第一人稱說謊家

First Person

理查・費納根

Richard Flanagan

張玄竺　譯

獻給尼奇·克里斯特

陪審團

囚犯流放案證詞

倫敦，一八三七年五月五日

問：有很多書店嗎？

詹姆士．慕迪先生：我想雪梨大概有六家吧。

問：你在那些店裡看到什麼書？跟你在倫敦書店看到的是同一類型的書嗎？

詹姆士．慕迪先生：當然更俗氣一點，比如有很多小說。我自己去過他們說的書展，發現確實有價值的書老是賣得比在英國便宜很多。我記得有一次有人提到犯罪小說《紐蓋特日曆》，屋裡鬧哄哄地，每個人都說：「啊，我想要那本書！」

我忘了看那本書會得到什麼，但會得到很了不起的東西……然後他們很喜歡攔路盜匪那類的歷史。

一八三七年英國國會文書

第一章

1

出生是我們的第一場戰役。我想生，他不想生。那天我們吵了整天，隔天又吵了半天。後來我開始理解他的想法，但他的想法確實是貨真價實又難以形容的阻礙——好像他根本不想要寫什麼回憶錄。當然啦，他不想出回憶錄，但他不是這個意思。重點也不是這個。但我直到後來，很後來，當我開始恐懼這本書的開始就是我的死期時，才意識到這點。

換句話說，太晚了。

這幾天我一直看實境節目。我有種疼痛又窘迫不安的空虛和寂寞，讓人害怕，讓我惶恐，因為我應該要好好活著的，卻從未活過。看實境節目的時候我才不會有這種感覺。

雖然那時候，這一切都令人困惑。其他人擔心我文學病又發作了。我所謂文學是指時間更迭的寓言、象徵、比喻；是沒有特定起始的書，或至少不是那種順序。我所謂的出版商，是一個叫吉因·培力，名字很不尋常的男子。在這件事情上，他一直都滿明確的：我只要講個單純的故事，至於不單純的地方輕描淡寫——有關棘手的明目張膽的犯罪行為——用趣聞軼事的方式帶過就好，一句話不要超過兩行。

出版社都在傳吉因·培力很怕文學，而且不無道理。首先，文學賣不好。再者，它的確都在問一些本身解答不了的問題。它本身就令人出乎意料，總而言之，很少是好事。它提醒人們生活就是種失敗，而不知道這點真的很愚昧。也許這其中有什麼超脫或智慧的成分，但吉因·培力對這種超脫的遊戲沒興趣。吉因・培力最喜歡那種反複講一兩件事的書，但只講一件事的最好。

吉因・培力會說，賣書就是說書。

我再次翻開手稿，重讀開頭幾行。

> 一九八三年五月十七日，我在澳洲國家安全委員會的安全行動人員（軍官）（行動班4／5）申請信上簽下五個字：奇格非・海德，於是我的新人生開始了。

直到很後來，我才發現奇格非・海德在他簽下那封信以前從未存在過，所以——嚴格來說——那不算作假。但過去的事總是難以預料，我才明白，他一點都沒有騙人的天分，因為他很少說謊。

奇格非・海德的想法是，他一萬兩千字的稿——他經常張開手拍那疊薄薄的紙，好像那是一顆可以回彈又可以打的籃球——已經把所有讓人對奇格非・海德有興趣的事情都講了。他繼續說，我作為寫作者，就只是潤飾他的句子，還有可能要稍微幫他東修西改一下。

他這麼說，因為他東拉西扯這麼多，帶著這種信念，這種自信和堅定，所以我覺得很難去指出他的稿件裡沒提到童年生活、他的父母，甚至是他出生的年分，雖然我必須要講。即便在這些年以後，我都一直記得他的回答。

人生不是一顆洋蔥，不需要層層剝去；人生不是一張羊皮複寫紙，不需要刮擦以回到某種原始的、更真實的意義。人生是創作品，永遠沒有終點。

對海德精闢的用詞，我一定表現出驚訝的樣子，所以他像在公共廁所挑標語一樣補充道：這是泰伯說過的名言。

缺乏事實作證的地方，他用保守果斷的結論補上；對於缺乏果斷結論的地方，他用事實補上，雖然多半是創造出來的，卻使一切更貌似有理，因為一切被恰到好處地抬到一個出人意料的角度。

偉大的德國裝置藝術家，海德說。湯瑪斯．泰伯。

我不知道羊皮複寫紙是什麼。或者泰伯是誰，或者裝置藝術家是什麼、做了什麼，才會說這種話。海德沒回我。也許如他之後跟我說的，我們藉由自己和他人的過去創造新的自己，而這某種新事物也是我們的回憶。我到好多年後才讀到泰伯的書，他寫得最好的是：別人的血浸到塵土裡，而我是那塵土。

我抬起頭。

好奇問問，我說，你在德國哪裡長大？

德國？海德說著看向窗外。我二十六歲才去那裡的。我告訴過你了，我在澳洲南部長大。

你有德國腔。

這樣啊。海德說。當他把那肥胖的臉轉回來看著我時，我努力不盯著他微笑時浮腫臉頰上的小塊肌肉看。一塊在鬆弛軟肉間的緊繃硬塊，一條隨脈搏起伏的緊繃肌肉。

我知道滿奇怪的，但你說到重點了——我父母都說德文，而且我沒有玩伴。但我很幸福。寫下來。

他面露微笑。

他的笑容：惡意串通的水下逆流。什麼？我說。

這個。

什麼？

寫「我很幸福」。

可怕的笑容。那扭曲的臉頰。

轟——轟——安靜地繼續。轟——轟。

2

我們在墨爾本港出版社總部，某位主管的角落辦公室。可能是最近剛退休或剛被開除的主編或業務主管的辦公室。誰知道呢？沒人跟我們說，但這間辦公室讓海德覺得自己很重要、這件事很重要，以及我沒必要覺得難為情。那是一九九二年，彷彿只是昨日的事，一個出版業主管們還享有主管辦公室和酒櫃的年代。那是在亞馬遜和電子書之前，在細分分析、消費者滿意度和供應鏈配適這類術語像拉緊劊子手絞索上繫在一起的圈套以前；在房地產冷酷無情地飆升和出版業崩塌、出版公司漸漸淪為屠宰場般的生產線以前。所有員工排排坐在懷舊長椅上，像一九七九年時的喀布爾紅軍自助餐廳。

如同當時的紅軍，出版業正走入不景氣的危機，卻還沒人知道究竟是危機或是末路。出版從業人員中有如此多閒職漏洞，冗員無聊沒事做，逐漸匯聚成一個大坑洞，自那之後幾年，數層樓的出版大樓突然無預期垮了，最後一陣重擊壓縮到只剩一樓。然後那層樓反而開始限縮成新創的海洋，經商公司和通訊行湧入出版商的辦公空間——像海洋入侵般崩毀——直到這層樓現在只剩半層樓，在那消逝中的島嶼上，書只能自我滿足，作者們只能滿足於當供應商、沙包，而且是越來越往下的階級，如果真有這種階級的話。這一切可能表示我寫的東西有點念舊、墨爾本港辦公室很有魅力或特色。

我沒有。

才不是這樣。

如果近看一字排開的書架的話，這些書架就像出版世界一樣令人氣餒。書架是仿柚木貼片的碎木板，排泄物似令人不舒服的棕色，柔軟而不光亮。還有書！那些書架上唯一的書都是那幢屋子出版的——當時赫赫有名的泛亞出版社（或其他別稱，泛亞或ＳＴＰ）。出版關於巧克力、園藝、家具、軍事史、退休名人的書，冗長的回憶錄和低俗小說，一小部分利潤用來出版少數幾本我認為是書的東西——小說、學術論文、詩、故事——沒有一本在那些虛有其表的書架上。除了這些，上頭還有市場價值的食譜書、畫刊和工具書，還有杰士·丹普斯特的作品集。**杰士·丹普斯特**的書每一本都如同大型煤渣，上頭沾附珠光寶氣的燙金字。多廢啊！看起來如此令人沮喪。那是我第一次知道我定義的書，對泛亞所謂的**商業買賣**來說——包裝如鱈魚般神祕——是小眾又極度不成功的非主流書種。

　　賣不賣就是一切。像「市場**就是**這樣」或「利潤很少」這樣的說法，表面上什麼也沒說，卻道盡了一切。從第一天起，我就知道**市場**莫名認為我來講海德的故事再真實不過，比我當時認為自己在寫的書還真實，那本真正的書成了我第一本未完成的小說。

　　我無法理解，但**市場**沒有道理可言。很沒道理，例如，海德的回憶錄竟然是祕密——我想不透是什麼道理。除了幾個跟我們一起做這本書的人，出版社裡沒人知道為什麼。吉因·培力自己雖然是出版商，卻把大部分工作交給編輯琵雅·加納維和其他一兩個人。我們告訴大家，我們在共同編輯一本中世紀西伐利亞童謠精選。我不太確定這是誰的謊言——當時是海德或吉因，還是後來的我——但這個謊言有多荒唐就有多令人印象深刻。就我所知，從來沒有人問出版社為什麼會做這件事。在一連串複雜的工作裡，這只是其中一點古怪的地方。但**市場**不就是這樣嗎？

　　裝潢和拙劣誇大的言詞很搭——過大的仿愛德華時代美耐板書桌，海德在那裡打過無數電話。如果我工作的會議桌真正用途是開會的話，它太小了。我們坐的半圓靠背椅有些髒汙，上頭是淺橙色與灰色相間的尼龍緹花編織。手指觸碰到沙發布時感覺像被融化了一半。歪扭糾纏的顏色不知道為什麼總讓我想起法蘭西斯·培根的畫，覺得自己彷彿置身無聲吶喊中。

3

基夫，吉因找你。需要你簽個合約。一個年輕女子在我們辦公室門口說。

吉因・培力不可能為這種事找我——我第一天來的時候就簽了，難以相信過那麼久，那時才星期一現在也不過是星期三。我知道，吉因・培力想知道計畫進行得怎麼樣。

吉因辦公室裡，他盯著桌面上的表格影本，我從他面前起身緩緩地說：他就是不說……細節。

早年生活呢？

在澳洲南部一個叫加嘎尼拉的偏遠採礦小鎮出生和德國父母，很模糊的故事。

就這樣？吉因說，還是沒有抬頭。

大概就這樣。

嗯。

大概沒多少。

詐騙案呢？我的意思是，他不會無緣無故就變成有犯罪紀錄的名人。七億澳幣，那是澳洲史上最大的詐騙案。他有說他怎麼做的嗎？

很籠統。

中央情報局？

比這更籠統。

嗯。吉因說完便陷入沉默。他講話常會停在這種逐漸變小聲的喃喃自語，好像每句話都被判失敗。我說話的時候，他不是這樣就是重複某句話。他整個人的說話方式很不尋常，簡略的句子忽快忽慢，經常聽起來像一臺快壞掉的電報機。

很好——我說。但我吞吞吐吐的。

吉因．培力在某張跟郊區小路一樣寬廣的空白表格上，明確地做了一些記號，鋼筆潮溼的黑墨水鮮明地印在淺藍和白色交錯、印有淺灰色點陣數字的紙上。

好故事。我說。只是有點……

模稜兩可？

模稜兩可？可能吧。

我講的時候，你可以寫。吉因．培力說道，眼神繼續搜尋下方的數字配置。但我們需要他講。

他內雙的眼睛很奇怪，還有他那張小臉、他的鷹勾鼻、隱約的粉味、可能突然用力咬人一口的感覺，都讓我想起蘇姿的寵物，那隻逮到機會就咬我的紅領綠鸚鵡。

我需要他跟我說點東西。我說。他——他只是對這本書沒什麼興趣。

吉因抬眼，用一種不能原諒我的眼神盯著我看。

嗯。他說完用滑稽的姿勢伸長手拿起他尺寸過大的鋼筆，像一道精緻又愚蠢的銘黃灌溉渠道，接著在試算表寫下長達好幾公里的數字。幾十年靠著像這樣的數字過活——印了**幾本**、賣了**幾本**、銷售率、退了幾本、剩餘幾本、送了書商**幾本**公關書、跟其他出版商和記者謊稱的**數字**、可憎可惡的真正**數字**、夢想中的**數字**、真實**數字**、虛假**數字**、貪婪賣書鏈下迷失的**數字**、政府補助愚庸作者和自吹自擂代理商的**數字**、絕望而美麗又帶著純粹神奇力量的**數字**——他們的**數字**、我們的**數字**、壞**數字**、好**數字**，甚至，天哪，**數字**上的**數字**——隨著時間過去，對於可能的利潤和可怕的損失這些算計不清的數字早已鍛鍊出吉因．培力近乎第六感的直覺。而那直覺即便在當時也有掙扎顧慮，也許是恐懼。

你的合約不只是寫，他說，聲音仍然和善卻堅定——有種執著。是要代表**我們**跟**他**一起寫。你的工作就是讓**他**開口。他不講就沒有書，六個星期後沒有書，你就沒有錢。什麼都沒有，沒有。懂嗎？

沒有。我說。懂。

沒有。吉因．培力說。什麼都沒有。

了解。我說。沒有。

吉因．培力說話時，把空白格紙折成一疊整齊的長方形，站起來，脫下襯衫，毫不彆扭或多想地露出瘦巴巴白色肉體上鬆垮的白色無袖汗衫。

他們說寫一本書只有三條規則。吉因．培力用一種，這種小道消息說多了都油膩的感覺說。只是沒人能記得是哪三條。

他細瘦手臂些微凹陷的下側有幾顆亮紅色的痣，沒比原子筆大多少的奇怪標記，給人感覺大概就是一副沒幹過體力活的軀體。我發現一個被取名吉因．培力但被叫吉因似乎也沒差的男子，就是一個超越男性自我懷疑慣例的男子。我倒是從小被教育要循規蹈矩。為海德的回憶錄忙了不過三天後，我開始體認到自身思想的狹隘只是我諸多侷限中的其中一個。我還是忍不住覺得像在揭露一具可恥身軀，臘腸狗的軀體套上小冠鸚鵡的頭。你得要是義大利畫家阿爾欽博托才能畫出這種身體的真實。

他打開櫃子，拿出一件剛燙好的襯衫。

吉因．培力說，先把初稿寫出來看看吧，越快越好，這是我的建議。

他毫不在意我在場，或我可能會怎麼想，他穿上襯衫，講了一句顯然是解釋的話。

午餐跟杰士．丹普斯特一起吃。他邊說邊扣鈕扣。

丹普斯特的書賣了好幾萬本，可能有幾百萬。杰士．丹普斯特**在書市大受歡迎**。

我的意思是，你這樣的作家可以跟世界級的丹普斯特學到很多。對吧？吉因．培力說。

對啊。我回答，或複述——反正差不多。像是——？

像是，如果你可以學著寫些拙劣的東西，就可以賺大錢。你恰好不太會。

我寫得很好？

你賺不了錢。

雖然吉因．培力稍微鳳眼的眼神和隱約的微笑滿溫和的，甚至帶著——或許吧——善意，那細瘦的身軀、那鬆軟的手臂裡，卻隱藏著對地位和金錢洞察秋毫的本能。但最重要的還是錢。也許那是他內心最渴望的東西，他對金錢近乎信仰的感受——它帶來的需求和渴求，狂喜心醉和折磨煩擾，和他作為金錢世界和我們世界的媒介所需要的懇求和儀式。我明白他的堅定，即便那很容易會成為一種殘忍。因為一個不在乎別人對他的身體有什麼想法的人，是個不在乎其他人怎麼想的人；或者同理而論，不在乎別人可能承受什麼命運的人。

丹普斯特告訴我，經典就是永遠不把話說完的書。他邊說邊解開褲子鈕扣，褲檔的布半開。

他把襯衫下襬塞進去，再把褲子鈕扣扣回去。

他說，你不是要寫經典，你要寫一本暢銷書。我要你寫大家都期待在書裡讀到的奇格非．海德，而且我希望那本書在六個星期內完成。

我得承認，看到吉因．培力換衣服讓我很焦躁。他的行為——像國王在大號時跟朝臣和諂媚者商議國事——比他對我說過的任何話都再清楚不過地說明我們的位階。他身上缺了很多東西，讓我了解人本是如此，但他很顯然認為自己高人一等。即便我厭惡自己如此，卻發現自己扭捏作態。雖然我告訴自己，我才不吃這套，但我緊張的回答似乎認同他的想法。

後來我告訴雷伊換衣服事件時，雷伊說，他沒多想。他知道。他知道他高人一等。像他那樣的人生來就知道這點。

你的鞋，吉因說。他現在已經穿好衣服，張開一隻手臂領我到門口。

他的視線往下看，我右腳愛迪達Vienna運動鞋的皮革跟鞋底分開了。鞋子沒有完全裂開，還沒全裂。如果我好好抬腳走路，不要拖著腳走，它還有希望再撐個六個禮拜。

你沒有別雙鞋嗎？

我那時只是睜睜地看著他，這才意識到，他一直在打量我，而且發現我不夠格。事實是我沒有別雙鞋，也買不起，但我覺得說出來或說任何話都太丟臉了。我只能更努力想辦法讓海德說話，好讓自己有錢賺，可以有點錢買雙新運動鞋之類的。

4

我走回那條長廊，努力要讓我的愛迪達鞋再多撐幾天而一拐一拐的，再回到那越來越有壓迫感的辦公室。海德正站在主管桌後面講電話。他對我揮揮手，用一種說是**主管**也不為過的方式——輕鬆的同時帶著輕蔑和控制，威權的姿勢。我在小會議桌坐下，旁邊有三張簡單的椅子，或許吧，我現在想想，不像法蘭西斯．培根的畫那麼複雜，比較像孟克的《吶喊》簡單直接。我邊開啟麥金塔經典款筆電邊看著海德。他放下電話，立刻開始把弓蟲症，或他說的**毒蟲**再講一遍。

海德對毒蟲很著迷，或海德說毒蟲很吸引他。反正這是他很常聊到的話題——弓蟲症如何影響老鼠的大腦，讓老鼠喪失怕貓的天性。無所畏懼的新種老鼠最後就會被貓吃掉，貓是弓蟲寄生的載體，弓蟲利用牠們下一階段的繁衍週期時再繁殖。於是貓便會藉由排泄物把寄生蟲帶到人體身上。

這些之外，最吸引海德的就是毒蟲如何影響人類——改變老鼠行為並致命的原因。對於瘋子常常有好多貓，他會思索好幾個小時。毒蟲是為了增加毒蟲在貓體生存的機率，利用這些人來照顧貓嗎？瘋子總是處在精神異常狀態嗎？或是毒蟲讓他們瘋瘋癲癲的？他會聊毒蟲對自殺和精神分裂症已證實有極大關聯。沒有人能回答的問題是：為什麼寄生蟲可以操縱人類做出這種極端行為？

只要你可以忍受一直聽他自顧自地說話，他倒是個很會說話的人，但他說的話對我來說幾乎沒有任何用處。當他講畜養業廢水的寄生蟲是怎麼感染海豚時，我開始擔心他就像那些令他如此著迷的毒蟲一樣。我突然有種荒謬的念頭，覺得某種東西可能已經掌握我的心智，讓我做出違背心意和志趣的行為。

因為那樣，我才意識到自己變得多害怕，而我的恐懼有多不可理喻。

我決定集中精力，只要一天再多寫幾個字就好。他第二次跟我說拿小孩當犧牲品的故事——或是第一次？——只是這次他對準那孩子的頭，這樣那孩子會死得很慢，他只要認真看就行。

你就知道海德怎麼回事了：回憶有多容易，但就算只有一段回憶，也很難知道哪些是真的。坦率如何讓必要的謊言更有力，而謊言如何讓我們活下去。

5

我記得我在第一次或第二次聽完犧牲品的故事之後，走到窗前看向窗外。從這個距離看，有些紅鶴疲倦地彎成弓形，牠們後方的地平線上，一抹紅霞低垂，將灰色和血紅的光線散落在下方世界。三層樓下的街上有幾個穿卡其色衣服的工人在踢足球。我羨慕他們，他們零碎的自由。我並不知道我那時還是自由的。我的視線向下看到泛亞出版社的入口處，看見雷伊正站在下方遠處，穿著皮夾克，拿著手捲菸草，一副無聊的樣子。

我轉過身，海德還在講電話。我示意自己要離開辦公室去休息一下，便走下三層階梯到大廳和主要入口處。

外面和裡面一樣，一切都是新的。門口那條走道的草皮沒有一絲髒污和菸頭。水泥建築的灰色混凝土沒有塗鴉，也沒有赭色和橄欖色的波形花紋裝飾，一眼望去街上驚人地充斥千篇一律低矮的辦公建築。一切井然有序而明亮，等待著被磨損成一模一樣的灰褐色，一切如此新穎，新到對面建築的某些窗戶還留著藍色塑膠保護膜，扭曲翹起的尾端東搖西擺。

用糞坑這個詞來形容這個糞坑，雷伊說，真是太有趣了。

一切都這麼新，但某些事已經過去了。感覺就是這樣。我渴望感受其他眾多事物——興奮、想法、我可以用來想像海德虛構童年的情緒。但我只感覺到巨大無邊的厭倦。如果我是真正的作家，我可能會察覺到後現代的美，或至少有一些假裝自己感受到的句子。但我是一個來自世界盡頭島上的島民，一切重要事物的評斷標準都不是人造的，而這種推動現代文學的視野無法感動我。我來自一個世人認為無聊粗野的落後之地，我甚至不知道怎麼看才是對的，又怎麼能寫得出來？

雷伊說，就是大便。

他正靠在一個高到胸口的長形混凝土種植箱上。種植箱外緣有一塊鋁板，上面印刷「泛亞出版社」，以及出版社的著名商標，一隻浮出水面的抽象白鯨。

我說海德又在講電話了。

風夾帶著飄忽不定的陣陣強風，打在我臉上的是砂礫。那天聞起來像潮溼的石頭。我想應該有聲音，但我不記得任何聲響。也許是遠處的車聲，也許不是。那是那種讓人沒什麼印象、沒有噪音、沒有寂靜的地方。

雷伊說，唔，這次我們沒有要死不活地抵達澳洲。

我是澳洲人，但我在塔斯馬尼亞州長大，對澳洲本島一無所知。沒人知道關於塔斯馬尼亞州的事，尤其塔斯馬尼亞人更始終只是神祕的存在。墨爾本是個充滿自信的城市，以地價來說的話是個大城市，雖然很少人認同。大家相信這是因黃金而生的城市，而不是因金礦發現之前幾年被范迪門開拓者們入侵而生，當時英勇的敢死隊在塔斯馬尼亞邊境獵捕塔斯馬尼亞原住民餘辜，並趁夜晚屠殺營火旁的族人。

一些塔斯馬尼亞人說墨爾本跟塔斯馬尼亞一樣，只是大一點。現在這種說法就跟說塔斯馬尼亞和紐約一樣只是小一點一樣蠢到讓我昏倒，有多實在就有多愚蠢。真的，這世界充斥著愚蠢的事物，但沒了他們，我們有什麼好聊的？或許人類和動物唯一的不同就是，人能夠用各種各樣愚蠢的事物來填塞自己的生活和人生，直到真正真實的事物，死亡最終降臨來結束這場荒誕。這些日子以來我很羨慕那些得知自己有這種或那種不治之症疾病的人。在比較懷有希望的時刻我總在祈求癌症降臨。

我要去走走，我說。

路上的瀝青是黑的，乾淨得像奢華的公寓餐桌椅面，新的混凝土灰讓街道淺灰色的路邊石顯得單調，鍍鋅的鐵格欄杆散發出銀色的珍珠光芒。我能從這些街道周圍的一切看出這個國家正在蓬勃發展——除了不景氣，除了利率——國內正在成長，或者至少經濟正在出現轉機，如同吉因．培力在我們第一次開會時說過的。那些日子有很多經濟相關的講座，就像基督救世主一樣。大家仍相信經濟，如同他們之前相信政治，更之前相信神一樣。天真的消費者甚至會在吞雲吐霧時聊J曲線和浮動的匯率，彷彿這些言談話語就是他們和他們的人生。

但當我站在第一個交叉路口，想著自己要不要在寫這本書期間戒菸——我唯一知道的曲線是鬆脫的皮革越來越翹，讓我右腳愛迪達 Vienna 慢跑鞋鞋底又多脫落了一點。越多街道的地方就越相似，完全千篇一律的迷宮，讓我一時間困惑自己身在何處、該如何回到出版社，而出版社不過在我後方兩百公尺處。我穿著我的愛迪達拖著一拐一拐的步伐走回去找雷伊抽菸。

你欠幹啊，雷伊說，你抽菸前應該先去動個髖關節置換手術吧！

他看著工人在街上玩橄欖球。有一個戴著牛仔帽的，他接到球時會停下來、直起身、彎下腰、拉高襪子、把碎石踢到風中，一本正經地把球踢回去給隊員。他的隊員接到球時他便繞著小圈子跑，揮舞著勝利的手勢。

我欠什麼？我說。

吃屎啦，雷伊緩緩說。他可以用敘述諾貝爾得獎的弦理論般莊重又神祕的口吻說出無意義的話。

什麼？

就是這樣，兄弟。

這樣是什麼？

這樣。他重複道。

我不知道他在說什麼，但反正我很少知道。

你知道的，兄弟，雷伊邊說邊傾身靠近。

他現在在微笑，替我用他的冠軍寶石牌菸草捲了一根菸，視線像在夜店打贏一場架或正要開始打架一樣穿越我。

馬的你知道。雷伊說完眨了個眼。他把菸給我，傾身靠得更近，近得我們額頭靠在一起。他偷偷摸摸地看了看四周，噓了一聲。

他覺得他們想**殺**他。

6

他們想說話，死去的人。平凡的、日常的話。有天晚上他們回來找我，我讓他們進來。我讓他們七嘴八舌。他們講我們看著的、我們見到的、我們聽見和觸碰到的事物，自由得像月亮從真正的夜晚漫步而過。無形體的空氣，梅爾維爾寫道。但沒有海德，沒有雷伊，沒有其他人。那時候，在我什麼都還沒寫之前，我懂寫作是什麼。現在我什麼也不懂。生活？不算什麼。生命？不算什麼。什麼都不算。

第二章

1

那些銀行，海德第四天說，彷彿要回應我打破砂鍋問到底的精神。他們想殺我。

經過前三天的慌亂、希望和興奮期待，事情慢慢陷入瓶頸。情況最好的時候，海德會用一些惱人的謎語來回應；最壞的時候就是心不在焉，或更糟的是，完全不想講。他最關心的就是怎樣才能讓吉因·培力把接下來那筆預付款付給他。

你？我說。他們到底為什麼想殺你？

因為我做的事，還有我知道的事。我知道很多可能會——嗯——毀了他們的事。前途無量的人啊，有權有勢的人啊。

他幾乎在低喃自語，對自己浪漫的命運束手無策。這時，如他一貫的作風，他似乎想到另一件事，突然變得有活力起來。

如果你現在可以拿幾頁給吉因·培力看，你覺得他會付我一半的錢嗎？

我說一頁都沒有。

那不是你的工作嗎？

我搖搖頭。

弄出幾頁？那不是你要做的事嗎？你在這裡幹麻？

我跟他說如果他可以跟我講點他的事情，我可能就可以弄幾頁出來，吉因·培力可能就會弄點錢來。

海德沒理我，如果他有聽到的話。

沒有銀行想殺你，我說，想辦法跟他保證。反正他們都快把你送進監獄了。

這種時候他總會神祕兮兮地四周張望，接著傾身向前，似乎要跟我說祕密。

我知道他們不希望你知道的事情。誰知道我在法庭上會講什麼？

像是？

海德笑了。他的臉頰深深凹陷。

我什麼也不會告訴你。反正那是他們以為——以為我會告訴你。而且**有人**讓他們害怕。

有人？

像埃里克．克諾斯這樣的人。他知道我的人脈，和我來往的人。

和誰來往？

人。

什麼人？

人，他發出不滿的噓聲。他吐出嘲諷的鼻息，對我不知道**人**是誰的天真搖搖頭。

還有，不知道為什麼，我對無法跟上像**人**這樣的事情覺得不好意思，就像我無法跟上很多事情一樣。

我說的這些**人**不存在你的世界，海德接著說。不過他們就是存在。在我們的世界，真實的世界，你必須應付他們，或者要有人替你應付他們。

所以呢？

所以，我就是那個人。

奇格非，如果你指的是中央情報局，你要說中央情報局。

我只有在七〇年代早期時替他們做事。寮人民民主共和國、德意志聯邦共和國，之後就沒有了，澳洲這裡沒有。

所以你在寮國替他們做什麼？我問完後，他再次用他迂迴曲折的謎語、打太極的反問句繞開，什麼都講了，也什麼都沒講。

或者以上皆是。

在智利。他說，像要再多折磨我一點。

智利？

他說，我的代號是伊阿古。

但他的語氣更加不確定了，似乎他對自己應該知道什麼、知道多少都不確定。他好像總能挑起某個神祕事件，但當你想深入探詢那個神祕事件時，他便會想辦法逃離他剛剛提起的話題。他的第一個假動作就是順著你對那個神祕事件的描繪，用認同和鼓勵把你拖進去。讓你捏造他的謊言。一開始我每次都掉進這個陷阱。最後，也許還不夠，也許我成了這個陷阱。

我不是我。我說。

什麼？

伊阿古。

那是我說的。

那是伊阿古說的。《**奧賽羅**》。但我將把我的心放在袖頭上讓烏兒來啄：我不是我。我說道。

瞭解。海德說。那就是我。

偉大的角色。我回應道。

偉大的小說！

於是我們退後，再度迷失，在那可能是或可能還不是的漩渦裡旋轉；之前不是或現在是，之前是或現在不是。

我的意思是，我們不一定要知道你的私事。我說。

當然。海德說。

但如果我們可以稍微從你的想法看到一些端倪會很好。

海德說，對，但我沒有想法。

那麼說說你的人生吧。一來讀者想知道，二來當有人思考人生，自己人生的時候，你會讓人有共鳴。未經審視的人生不值得過——

蘇格拉底。

——思考得太少。我說。很訝異海德接收到暗示。

海德說，問題是經過審視的人生不值得思考。

有人敲門，琵雅．加納維探頭進來。

她說，基夫，吉因找你，確認一些影本資料。

2

吉因．培力才不想確認影本——他只是想再確認進度如何。

我說，更糟。

泛亞的地下停車場裡，我和吉因．培力站在一起，他正在跟我介紹一臺他很快要賣掉的經理用車，一款 Nissan Skyline GT-R 四輪驅動雙門跑車，當年是炙手可熱的車款。在墨爾本工作這段期間，它將是我的用車。

吉因．培力說，我們之後就這樣定了。他非常白、非常細瘦的手指輕敲車頂，讓我想到袋鼠手掌。我希望你星期五把第一章寫好，在那之前是試用期。如果這章不是我們要的，我們會考慮終止實驗。如你在合約上看到的，資遣費是五百元。如果如我們所願，這一章過關了，我們就繼續。

這和我預期的不一樣，我也沒在合約上看到那些或其他條件。我原本以為只要開始了，就會有支票或一大疊鈔票在向我招手。但事情不是這樣。

我想要求一些預付款，因為蘇姿和我的銀行帳戶裡只剩兩百二十元澳幣，而且我不敢動那筆錢。我不知道要怎麼開口說這種事情才不會失禮。不管怎麼樣，一切都感覺制式化起來，因為我根本不知道怎麼在星期五之前從海德身上挖出一個章節。我感覺舌頭在嘴裡動，試圖找個方式告訴吉因．培力，說出我的感覺是我賴以維生的工具／把我必須生活作為合理的理由。但出版商什麼都知道，如此斬釘截鐵——他這麼神通廣大，我是誰？又算什麼？

所以我什麼也沒說。

吉因以為我惶惑的沉默是因為太喜歡那臺車了。他提了很多事情，問我在家開什麼車。

我說，國產牌霍頓的老爺車。

他笑了。誰不會笑？一臺將近三十年的老車，普通到不會有人喜愛，老到什麼也不剩，只剩不安全。零件簡單粗糙到連我都可以修理。我沒告訴吉因車底鏽蝕了，得換個新的玻璃纖維底。我沒告訴他下雨時車裡會漏雨，冬天沒有暖氣可以除霧，也沒告訴他車子打滑有多危險。

上車，試試看。吉因邊說邊拍了拍Nissan Skyline光亮的車頂。

坐在駕駛座感覺像身處飛機的駕駛員座艙。吉因坐在副駕駛座，向前傾，微微晃動，視線盯著某個東西或空氣，我覺得他蠻不在乎的淡漠像個祕密警探、連續殺人犯、投機的投資主管。

吉因說，你想要的話，我可以不付現金，就用這臺車當報酬。如何？

我和蘇姿聊過我們要怎麼運用這一萬塊——一半拿來還貸款、買嬰兒車、二手搖籃、兩百零二件嬰兒用品裡的一百零一件。

我說，我要的不是車，雖然有點可惜。我要的是錢。

嗯。吉因說著縮攏嘴唇，露出一個可能是微笑或威脅的表情。他沉下眼，彷彿一開始對我的小小興趣已被我的認真或無趣取代。

他憂傷的眼神抬頭看我說，基夫，我要的不是文學作品，是一本引人入勝的書。對這種書來說，這輛車是個好交易。

我們回到吉因的辦公室。電話響起時，他在書架上找橄欖球員的回憶錄之類的書，想給我當參考和範例。他拿起話筒。遙遠的憤怒聲傳來，吉因的臉突然緊繃扭曲起來。

杰士·丹普斯特！他大叫，一個字一個字清楚得像他剛剛碰上避也避不掉的極度恐怖事情。他沒拿話筒的手揮了揮要我出去。

3

在我們工作的小會議桌前，海德沒了勢力、面露倦容、支支吾吾。他似乎小了一號，整個人微不足道。海德的照片我一定看過上百次，或者在電視上和報紙上看過更多次，但我實在無法想起任何關於他的事情。就連跟他共事都很難見到他。我記得他頭髮不多，年齡不詳，體型不大，稍嫌矮胖，但除此之外——還有他抽動的臉頰——很難描述他是什麼樣子。雷伊有時候會說他是妖怪。對於這小巫師，這形容跟我想到的一樣好。從一開始，他就一直在那裡，而且從未有人發現他。

但我從吉因的辦公室回來時，發現他坐在那張大主管桌後時變了個人。他似乎更高大、更有權威，而且莫名堅定。彷彿那張桌子透露出的權力感讓他有了自以為權威的言行，而坐在會議桌單人沙發椅上的我，再也無法跟他平起平坐，而是個悲催的奴才、速記員、一個卑躬屈膝的服務生。就算這是個猜謎遊戲，我覺得可能還是會有點好處。

海德站起來，準備繞回他在小會議桌的位置，我請他待在原地就好。

我說，那裡的椅子比這邊的舒服多了。是真的，而且除此之外，你做其他事也比較方便。

他微微笑，沒有多想便轉身坐回主管桌後方的辦公椅上。我發現這是我第一次看到他這麼放鬆的樣子。他的身體伸展開來，語言不同了，用詞越發輕鬆友好，而且似乎能夠在閒聊和回答我問題這種比較難的事情之間找到平衡。他還是拐彎抹角——他始終如此——但他似乎終於可以想做什麼就做什麼，成為自己想要的樣子——我想應該就是，既有分量但又循規蹈矩的人，一個你可能在人群裡錯過的人。

你做得很好，基夫。我跟吉因說我很看好你。他邊說邊往後躺進辦公椅裡。

謝謝你，奇格非。我用一種下屬的口吻邊說邊打字。

主管桌後，海德的手交握，十指關節相扣，緩緩搖動椅子。我暗忖，並不是王座上的狗看起來像國王，而是大家都知道那不是隻狗。也許那時我對他的厭惡就已經在心中滋長。

我說，現在我們真的要工作了。

當然，不然我為什麼要來這裡？

中央情報局呢？跟我說那是怎麼回事。

我告訴過你了。

寮國。密戰。說一下。

我從來沒去過寮國，誰跟你說的？

蘭利[1]？

你要我跟**你**說？

我說，呃**對**，跟我說。為了他們付你的二十五萬澳幣，我希望你跟我說。不用全講，只要講一部分。大概吧！聊聊德國怎麼樣？

我一說出口，便拚了命搜尋自己腦中一九七〇年代早期德國的貧乏知識。

我問，我猜你當時替紅軍派工作？

我認識那個走狗，他們叫他卡羅。但這不能公開。我們的重點是國家安全部「史塔西」。

1 美國中情局（CIA）總部所在地，位於維吉尼亞州。（編按）

那走狗是好人。

海德說，什麼？管那東西好不好，我知道他也沒了。

海德走到電燈開關前狐疑地看著。

他說，你知道如果說出來的話他們會做什麼吧？

告訴我。

他笑著走到主管桌前拿起話筒。

海德說，你要知道，人生不等於成就。比如說，看看海地總統醫生爸爸[2]、智利總統奧古斯圖・皮諾契特、華特・迪士尼。成就創造人生，這不需要解釋。

華特・迪士尼？

沒錯，我說的就是他。

為什麼？我問道。

為什麼？海德突然大聲起來，用力掛上話筒。為什麼！為什麼！這是個覺得一舉一動都要解釋的時代。但沒有解釋。為什麼這樣？為什麼那樣？

什麼意思？

沒有為什麼！海德放聲大吼。

2 弗朗索瓦・杜瓦利埃，海地總統兼獨裁者，綽號「醫生爸爸」。

4

他是偉大的巫師，怒氣來得快去得也快，彷彿巫術一般，把禮物從原地變出來。

海德說，好吧，我跟你說一件事。只有一件，因為大家都知道這件事。

我等著。接著他第二次或第一次或最後一次跟我說了嬰孩獻祭的故事。

他說，那羔羊，小羊——你怎麼說？

小孩。

他用一隻手指指著我。對，小孩！唔，他們讓你手把手扶養一個小孩。

中央情報局給你一個小孩？

答對了。海德說，語氣更加肯定。誇張，對吧？但你就是這樣學來的。

你親手養育他？

海德一副詫異的樣子看著我。

他們是很好的動物，小羊，很聰明。

小孩。

小孩？對羊來說，小孩很聰明。他們跟你很親密，然後你越來越喜歡他們，接著有一天他們要你開槍殺了他。

訓練你殺人嗎？

不，嗯，可能吧，但這不是重點。

他們要你開槍射哪裡？頭部嗎？

他說，頭部。

他似乎不太確定。

或是其他地方？

他對於到底其他地方是哪裡沉思了一會。他的臉頰抽動，時間過去。最後他總算開口了。腹部。

為什麼是腹部？

海德沒說話，一根手指在書桌上下移動。他似乎在想其他事，但想的是回憶或是別的很難說。海德的話，什麼都很難說。他總是在算計某些東西——你、這世界、另一個故事。多半是另一個故事。

他說，所以他……他死了。

慢慢地？

慢慢地？對。海德遲疑地說。腹部。所以他慢慢死掉。

他似乎在琢磨用詞，而不是在說。突然間，他的語氣變得肯定，甚至堅決。

你得看著。

真可怕。我說。

海德微笑，對，可怕！可怕！小羊死的時候會發出聲音，駭人聽聞的聲音。還有味道！屎，羊屎。屎。

這是什麼時候？

毛骨悚然的聲音。像人類小孩要死掉一樣。

我不知道要說什麼。我想不出合適的問題。

海德說，那是很可怕的事情，我無法跟你講有多——

他們什麼時候要你做這些？

海德舉起雙手。

我已經說太多了。

時間。

你知道，重點是你聽著那隻羊死去。聽起來就像——

那是七〇年嗎？七一年？

——就像……**有人**把他們的皮都剝掉，你在親眼看著他們死。如果你想像得到的話。

或是六〇年代晚期？

我不能跟你說。

他們在哪裡訓練你的？說一下。

他立刻生氣地說，在哪裡重要嗎？重點是有一隻羊，一隻小羊——

小孩。

小孩，對，你聽到他死去的聲音，命令你殺了他的長官一直進來看。

美國嗎？

他問，那隻羊會怎麼樣？這是個考驗，你明白了。

寮國？

他們不可能在寮國弄到羊。寮國全是軍事行動，沒有訓練。你明白了，他們在監視你。

德國？

他們不想要精神病患——反正我的工作不可以——他們不想要沒有感覺的人。他們希望你有感覺，而且知道你必須戰勝那些感覺。

我放棄問話——抱著一絲可以得到增添這個故事真實性的細節的希望。我放棄了，就如同我已經放棄了這麼多真正的代筆作家不該放棄的事情。但我還沒**放棄**。

那一刻海德抬起頭，看著我的眼睛，我信了。也許只是一瞬間，但那一瞬間我確實信了。雖然我無法告訴你我完全相信海德說的，但也許，我想可能會有點什麼。

海德告訴我，所以你知道所有人對他們來說都是羊。所以你知道只要他們一聲令下，沒有誰是不能凌遲致死的。

菲律賓？

你不希望成為那個孩子。

他停頓，兩顆黑扣子般的眼球定在臉上。你不想成為看的人。

羊的故事很棒。或者也許沒那麼棒，但是有點什麼。但我寫完拿給琵雅·加納維看之後，她覺得不行。她說好像沒什麼說服力，我明白她說得對。

即便海德說得很真誠也沒用，我描述的故事讀起來就是很不真實。他很多故事都像這樣，把你的想法、希望和恐懼都加進他的故事裡——有點像倒推字謎——但我一個故事也寫不出來。他的故事就在那裡飄盪著，似乎從來沒到過地面；沒有凡塵，沒有細節。琵雅的辦公間是紙堆排成的洞穴，稿件像石筍高疊在她身邊，她舉起修長黝黑的手指晃了晃說，基夫，好作家需要一雙骯髒手。

回到我們辦公室時，我覺得超載了。我站在窗前，看向下方工業區和遠處墨爾本港憂傷的林蔭大道。一輛卡車從這邊呼嘯而來，一臺機車從那邊來。這裡大部分時候很少有車輛往來。這座城市和所有城市一樣，繼續化成骯髒的光線、街區、市郊，消失在萬古之外。

你是騙子。我在第一個星期四下午回去，看到海德坐在那裡時說。他坐在書桌上玩填字謎，那張桌子現在是他的書桌了。

真的嗎？

我不發一語。還能說什麼？

海德說，我們都是騙子。我們都知道自己在假扮成一個不是我們自己的人。我哪有什麼不同？

他像要摧毀一切似地擠眉弄眼，挑釁我再繼續追問。

為了一些他早年生活的小細節跟他鬥了整個禮拜卻失敗了，我決定最好不要再糾結這種故事背景，也這麼跟他說了。

我說，我不在乎你在哪裡出生。

出乎預料的是，他被冒犯了。他猛地抬起頭，只有一點點，但很快。

你不在乎？

不在乎。

你真的想知道嗎？

我說我不想，而且意識到自己真的不想。

他擺出詫異的樣子。他有很多種樣子，有時候多到支離破碎。詫異是他比較不成功的一種。他的表情怪誕，像垃圾場裡的狗使勁拉扯鍊條。

但你一定想知道我在哪裡出生？你想知道，對吧？

也許他覺得這是在挑戰他的權威。也許他原本說出生時間無關緊要、現在又堅持要我知道只是想看看可以對我做什麼，想知道可以挑釁我到什麼程度。

我說，我對開頭有新想法了。雖然我完全沒有想法。我已經沒輒了。

但你想知道，對吧？

奇格非，我不在乎。

是真的。我對海德感到厭倦，對他的把戲感到疲憊。

但你一定要把我的出生時間寫進去，一定要。

不用了，我不需要。吉因只跟我說把書寫出來就好。

我出生在——

你知道嗎？

他逕自繼續說，在澳洲南部沙漠裡的礦鎮**出生**，加嘎尼拉。

我期待侮辱他可以激發一些回應，說，我對你沒那麼有興趣。說實話，我覺得你很無趣。

現在那裡沒住人了。鬼城。

他之前就跟我講過這件事，我也查證過了。

我說，加嘎尼拉最近的出生紀錄是一九〇九年。

海德沒說話。也許他沒聽到。

我說，你倒是保養得很好。

海德放下報紙，終於抬頭看我，臉上帶著淡淡憂傷的微笑說，我出生沒去登記。怎麼可能去？幾百公里遠，我父母很窮困，根本走不了。

他繼續說那些我覺得是即興創作的故事時，我沉默不語。

他說，你怎麼能不相信我？他高舉雙手向上展開，彷彿正在賜福的神父。你怎麼能不信？

加嘎尼拉？

海德說，美不勝收的地方。

我問，你有去過那裡嗎？

海德說，一九七八年的時候。

意識到錯誤，他趕緊補充道，我會回去看家人。

所以你想把加嘎尼拉放進來嗎？

海德不可思議地看著我。呃……我在那裡出生的。

我說，當然。那裡是怎麼樣的地方？

塵土飛揚。

塵土飛揚？

對。

有其他的嗎？朋友？故事？家庭生活？

只有塵土。

果然沒有好結果。他說的我全都不能用。我得想辦法從他的塵土中挖出童年時期和一本書。我越來越恐慌。我發現自己不知道該怎麼寫出海德的回憶錄和拿到稿費，不知道如果想買一雙新的運動鞋，想在寫完我未完成的小說時帶著某種聯繫我們的東西回家、回到蘇姿身邊、回到我們人口漸增的家庭該怎麼做；更不知道我的主角是誰，也不知道下一步要做什麼。漫長的沉默裡我如此完整地感受到靈魂和心中的無力，以至於好一段時間無法開口說話。但我必須跟海德試最後一次。

我問，你是什麼樣的小孩？

海德回問。小孩？他匆匆翻閱最新一期《婦女生活》，頭也沒抬地說，小孩，對。小孩？我不知道。我出生之後就失蹤了。

他繼續看雜誌。

我打下：我出生之後就失蹤了。

我盯著那行字，然後從檔案最下方剪下，往上捲，貼到最上面，就在「第一章」正下方。我坐在那裡，看著那句開頭，還是不敢奢望它會變成一本書，我又看了一次。

看起來有模有樣的，但那是什麼東西還是很模糊。感覺像是沙漠裡的聲音。什麼也沒有，我決定就照這麼辦。我覺得這句話感動了我，或者更確切地說，我聽見這句話，那句話、那個句子讓我開始聽見其他的句子，一開始是一兩句，接著越來越多，最後多到擠滿我的腦子。

我刪去之前寫的東西，意識到自己有了開頭和可能是整本書的關鍵，我開始打下聽見的句子。有些夾雜著我先前捏造的，但現在用一種嶄新和七橫八豎的方式敘述那些東西，好像真有其事似的；很多則是重要的創新素材。就這樣我開始寫下澳洲最聲名狼藉的詐欺犯奇格非・海德的真實故事。

6

隔天是星期五下午，四點過後一點點，我穿過長廊到吉因的辦公室裡。我把印出來的第一章稿子遞給他的祕書。我不知道他會怎麼想，但我已經知道了。寫海德故事的同時，我會跟自己相遇。要寫這本書沒有其他方法。我和我。自己和自己。最開始的時候，我知道自己會犯下那些罪刑嗎？如果我知道，那並不是因為我沒有告訴別人，而是因為我連自己都沒有承認。但我想即便是那時，海德也是知道的。作為第一人稱，也許那就是我最恨他的原因。

第三章

1

巫術消失、電話響起時我三十一歲，雖然如你們將看到的，並沒有三十一歲該有的安穩生活。雷伊在另一頭問狀況如何。

我說，你知道的，很好。

我或許是說還過得去。我說什麼並不重要。也許我了問他過得如何，他告訴我他在約克角半島偏遠熱帶鄉村的工作剛結束。雷伊說了什麼也不重要，但如果他也說些話內容會豐富點。這段故事的重點是雷伊要說**什麼**，但他開頭就說，你還是想當作家，對嗎？

雷伊覺得當作家就像他在當大堡礁潛水嚮導的幾年前上的潛水教練課程一樣——簡短的理論解釋、學一些技術性的東西、開始帶他媽的英國背包客到十公尺下的石斑魚群和神仙魚群之前要先練習過。

我記得雷伊問我他真正要問的問題時是晚上，冬天的夜晚。但記憶就像癌細胞，蔓延到其他各處，難以置信地與一切交纏，壞的和好的，真的和假的。是我的記憶嗎？或只是想像？我們在那些漫長漆黑的夜晚躲進小客廳，小客廳裡有我自己安裝的臺灣製便宜柴火爐，柴火爐讓我們家至少有個溫暖的區域。我和雷伊靠得很近，聽他說話。重點是我試圖想寫一本沒錢賺的小說，而且失敗了。而我不知道我失敗了，或者就算我知道也裝作不知道。

但某種感覺——像那晚外頭無情殘忍的世界——撐住了我。我耳朵貼著話筒，回到柴火爐旁。火柴熱度讓柴火爐的鐵皮外殼因膨脹而吱嘎作響，燙到我的腿後方。我不清楚我要去哪裡，還有我們——我指的是我、蘇姿、還有我們的三歲女兒小波，她的本名叫波莉姬——會變成怎樣。

要我老實說的話，情況不太好。我並不恐慌，但的確感覺到陰影越來越大，我在想盡辦法遠離那個陰影。雖然不盡如人意，但我們對彼此的存在和交往時間都算滿意，也決定要有個家庭，在我們賴以為家的島上生活，我們說服自己，我們很愛這個家。雷伊更是滿懷期望。

雷伊總說，和泰希戀愛就像和美麗的毒販戀愛。雷伊也知道，壞習慣會讓人難過。

雖然我們不知道那幾年算不算好。好多未知的未來，好多難以置信和不好的事，但我們完全不擔心。我們支離破碎，沒有前途也沒有值錢的東西，但我們覺得人生是**美好的**。我們擁有的如此稀少，甚至不知道自己擁有的這麼少。我們不在乎。我們沒有的一點都不有趣，也和我們無關。未來是無邊無際的地平線，越過地平線，太陽仍舊閃耀著早晨的希望。一切事物都有味道，每個味道都是新鮮的——早晨的空氣、照在柏油路上的太陽、傍晚下的雨。只要有今天就夠了。

「壞事」的概念，不好的事情就等在那裡，所有不好的事情都會在你還沒想到的某天，來到這裡，來到你心裡——好吧，這只是我每晚唸給小波聽的童話故事。大野狼喬裝送禮的德國童話。

我問小波，波波，我們要翻下一頁看看接下來發生什麼事嗎？我總這麼說，小波總會閉上眼睛本能地抓著我。看！野狼假裝成樵夫囉！看！樵夫假裝要幫小男孩！看！野狼把他吃掉了！於是小波細聲邊叫邊笑，我翻到下一頁。

夜裡，我從背後摟著蘇姿，閉上眼睛看見我們雙雙漂浮著、曲著身子、飛翔著、纏繞彼此、抱著彼此，而下方圍繞著我們旋轉的是失控的世界，如同夏卡爾的畫作，野狼、野獸和火焰。但只要我們緊抱著彼此，就能夠脫離地心引力；我們很安全，不受外界那些等待著的紛擾事物。夏卡爾早年的天才創作隨著時間過去成了討好的高級庸俗作品。如果有他一半的機會，或許我們也會變成那樣。

無論如何，我們都不在夏卡爾的畫裡，我們在塔斯馬尼亞的荷伯特，也因為蘇姿懷了雙胞胎，要如絲帶般在風中飛翔和包裹彼此不再是件容易的事。我們對自己即將成為雙胞胎的父母感到詫異，如此不平凡的奇蹟事物。我們已經有了一個孩子，也知道這一切代表了工作、錢和生活，所以也有點害怕。蘇姿因懷孕變得沉重，說白一點是巨大。我們看書——就像我們一樣，你到了這個時間點還是會去圖書館借書瞭解那個帶給你壓力的事物，就像現在帶給我們壓力的雙胞胎即將出生——我們驚嘆和笑著看那些印刷品質很差的懷雙胞胎婦女圖片，說實在，她們看起來就像鯨魚一樣，可憐的腹部如此脹大。我們告訴彼此，她們可能是這樣，但我們不會這樣。看看，我們當時還是那樣說話的，還覺得我們是，嗯，我們。我們才不會變得那麼大隻，但蘇姿很快地、不可思議又驚人地越來越大隻。

我們

神聖美好的複數第一人稱。

有天晚上蘇姿醒來想翻身，我得把雙手伸到她肚子下面像挖土機一樣把她懷雙胞胎的肚子推起來轉過去，她才能跟著翻過去。蘇姿龐大到有一天我們已經把霍頓牌老爺車的前座椅子推到最後面，她的胃還是會卡到方向盤。龐大到她必須在懷孕七個月時辭去打字員的工作，現在離生產只剩三個星期了。

變成我一個禮拜有幾天得去一些議會場合當警衛。當警衛賺得不多，而且顯然越來越不夠。工作沒著落的時候、不太累的時候、起得來的早晨，我就寫作，試著把一些摸不著頭緒的筆記、想法和故事寫成前後連貫、可以變成小說的東西。不是我想成為作家，是我知道我是個作家。這完全不是我自大吹噓，而是這非常驚人。

我對寫作有很多想法、知道寫作必然的事實，如果生在另一個年代和另一個國家，我很可能會成為創意寫作課程或好幾門藝術創作課程的明星學員，就這件事來說，我也可能是教創意寫作課程的教授。

我有任何可能。

但我不可能成為作家。

因為我不知道怎麼寫小說。面臨這個不得不面對的窘境，說不出口的恐懼逐漸大到我覺得自己也許不能寫。在錯覺時刻，我覺得自己寫的文字，我寫的軼事、理論、抒情散文好像很棒。但只有在不清醒的時候這麼覺得。其他時候，我知道我寫的那些都是垃圾。我在寫作上什麼也不是，但在寫作之外，我有生活、感受、回憶、夢想——全宇宙！我怎麼會把這全宇宙寫成什麼也不是？我曾以為我會在這種掙扎裡得到一些智慧，但感覺只是讓自己更白癡。我寫的東西只是文字，沒有故事，沒有靈魂。對我來說，小說要怎麼有靈魂始終是個謎。

如果有奇蹟讓我去找到那靈魂，我也不知道要怎麼出版那本書。如果有第二個奇蹟，我莫名其妙出版書了，我更不知道之後要怎麼寫出讓我們脫離貧窮的東西。我不是沒有替代計畫，而是甚至連原本計畫都沒有。

2

那些年還是好的。一場重大的全球派對開始，柏林圍牆倒了，歷史結束，一切重新開始，似乎也包含我。在那一刻，這個國家在九〇年代初期的經濟大蕭條彷彿只是短暫離開成長的軌跡，情況很快就會再次好轉。經濟大蕭條的結果是利率大起大落，讓全國陷入報復性憤怒的情緒之中。結果證明這場繁榮派對持續了二十年。經濟大蕭條不過是忽上忽下的金融走勢，電流過大而燒壞的保險絲，這場派對會持續很久很久，但沒什麼比一場才剛開始就感覺要結束的派對更不討喜。

澳洲尤其對八〇年代的企業家不滿，他們幾年前曾經是國家英雄，贏得全球快艇競賽，還買下好萊塢工作室。但一九九二年時，富豪們開始走下坡，他們曾經備受擁戴的傲人經濟成果成了一張詐騙、陰謀和竊盜的犯罪網。銀行因為給了過高的貸款而倒閉，每個扛下這筆債的澳洲人——有一段短暫時間裡每個澳洲人似乎都有貸款——把持續上升的利率視為對他們的公然侮辱。好像這些企業家奪取了他們身為澳洲人的財產所有權，造成經濟大蕭條。沒有人想聽到自己身陷利息高得荒謬的高利貸。

我們也一樣。我們用信用卡貸款和跟朋友借來的錢買了房子。每個月都會收到律師信函——他們在處理非法抵押借款的勾當，後來也把美國牽扯進來，用最高的利息借款給貸款最少的——也就是說我們分期繳交的貸款又要再上漲。但我們每個月都會發現還款額還在增加，我們只能待在家裡。我每個月都會走到鎮上的律師「事務所」——他們把那寒酸、沉悶的辦公室講得真氣派。我每個月都會等著接待員輕拍一個黏著膠帶的鞋盒，在髒兮兮的索引卡裡找屬於我們的粉紅長方形紙板；我每個月都會把要繳的鈔票和零錢交給櫃檯。但那晚電話響起，餐桌上最近寄來的信寫著現在利息已漲到百分之十九點五，要還的款額已經超出我們的負荷。蘇姿沒有在賺錢，我賺的錢也不夠養活我們三個人，每過一天，我就越難完成小說，越覺得難以忽視自己的失敗。

就算我寫完了，又怎麼樣？我看過一些書，但波赫士、卡夫卡和科塔薩爾都不是我需要的答案。他們不用擔心每個月付不出來的貸款，他們可以盡情運用無限的時間，創造夢境和夢魘的虛構世界。他們甚至不知道我努力不去問的問題，我的問題感覺如此不文青。

像是：怎麼負擔得起十公升的油漆？備用尿布的錢怎麼還清？怎麼在晾衣服和拆開洗衣機修理零件之間寫完一本小說？哪裡有足夠的鈔票可以塞在我的錢包裡，讓我走到鎮上，感覺它們貼著我的臀部，之後交給律師辦公室的年輕女人再次點算，而我看著？

丟臉。

羞辱。

害怕自己算錯。為求保險起見，我離開家以前都會再點一次。那個世界和我的寫作沒有交集。怎麼賺錢？怎麼寫個能賣的故事？怎麼買的起雙人嬰兒車？怎麼在有限空間裡寫出好角色？有時我會把手伸到我們舊沙發後面摸一摸，找些零錢來湊總數。我花好幾個晚上和週末修理垃圾堆裡發現的老舊嬰兒床，重漆一個有抽屜的箱子，想辦法看我們要怎麼在一間狹窄的小臥室裡擠下三個孩子。我算了又算，但寫作永遠是第二位，生活永遠是第一位，有時連買食物的錢都沒了，我們就會煮扁豆或乾豌豆湯喝，直到下一筆錢出現。

我寫作的地方很小，只放得下我的書桌，書桌下塞了一張椅子，椅背貼著遠一點的牆，對面正對著我的是這空間裡唯一個裝飾品，一張畫著卡拉瓦喬《手提歌利亞頭顱的大衛》的明信片，畫上的臉是卡拉瓦喬的自畫像，掛著陰森的戲謔笑容。進出的時候我必須爬到桌上。一切都排山倒海而來，我算著貸款和小說字數時，卡拉瓦喬憂傷失神的眼睛朝下盯著我看，無論我怎麼算，永遠也不夠。

然後那晚電話響了。

雷伊說，基夫，你想，對嗎？

我很慢才回答。

我是這樣跟他說的。說你想當作家，沒錯吧？

我說，沒錯。

雷伊說，有個人想跟你談談。

於是一個帶著德國腔的聲音接過電話。

那頭說，基夫，你好。

3

雷伊很習慣暴力、毒品和女人，而暴力、毒品和女人也圍繞在他身邊。也許我全都喜歡，也許我喜歡暴力。我當然喜歡女人，那興奮時的顫抖。那裡有鬥毆、警察、汽車追逐。派對。小奸小惡。偷車和開偷來的車兜風，加速逃離時播放著我們隨身攜帶的錄音帶——聖人樂團的《絞刑》。有時候雷伊會帶著他的電弧焊面罩——他的工作是鍋爐焊工——撥掉打火機上的大麻菸灰之後，我們會輪流戴面罩，如癡如醉地透過叢林大盜奈德．凱利的煙熏玻璃面罩看著這世界因車燈和街燈光線化成斑紋——那是我們青春的畫面。

另一個畫面是我們偷來的維利安老爺車。那是一臺裝了雪佛蘭踏板增加馬力的老車，踏板是一片酷炫的鉻黃長鐵條，為了換掉原本的方向盤換檔撥片拿家用工具來裝的。偷工減料的關係，雪佛蘭踏板的齒輪位置不太尋常，原本裝在第一個卻裝在最後一個位置之類的。但我們對這種缺陷視而不見，只知道踏板有個很酷的，還有毛茸茸的袋鼠皮革囊袋固定著關鍵位置，取代方向盤換檔撥片帶著澳洲土味的——如此俗氣、如此安全、如此中古。雷伊特別討厭小時候他家門前追公車的上班族，他們寬鬆的西裝、絨布羊毛衫、萎靡的肉體——他堅信那是因為吃太多悶煮燉肉造成的。

他總會大叫，幹，去你的小奶羊！去你的公豬、去你的胸肉、去你的罐頭牛肉，幹，去你的坐辦公室的！

他對他們傳說中燉肉的恨意讓他稱呼那些可悲無趣的上班族為——牛臀肉。任何牛臀肉般的存在——像是方向盤換檔撥片——都會讓雷伊想做不良行為。

那晚後來我們從市街加速駛進小巷子裡，停好車才走去另一家酒吧。巷尾黑暗中突然亮起藍紅閃燈，一臺警車就在那裡等著抓我們這種獵物。偷來的維利安老爺車像太空艙，裝載著大麻菸和被遺忘的七〇年代歌曲，充斥著他們的探照燈和突然隨之而來的慌亂。當警車開始駛向我們，雷伊忘記詭異的齒輪位置是相反的，踏板整個卡住。

雷伊丟掉離合器踩下油門，維利安老爺車轟轟作響。但車子沒有高速退出巷子，雪佛蘭踏板反而猛力卡進第一個齒輪裡，車子像野獸般立起前腳，直接衝向警車。警察害怕受到瘋狂的正面攻擊，開始倒車跟著我們往巷子裡開，看起來跟追逐戰一樣。我們猛衝向他們，雷伊狂踩剎車，一邊努力踩向前開的踏板，我們頭猛地向後甩，老爺車一個甩尾，剎車和輪胎發出刺耳尖聲，齒輪和調速輪摩擦得嘎嘎響。

雷伊找到後退踏板，車子轟一聲，再次震動起來，我們的頭猛甩向前，高速退出巷子，衝進車水馬龍中。不知道我們怎麼閃掉碰撞的，而且看到那輛警車出現在街上、亮燈、警鈴作響、開始追我們時，我們已經闖過第一個紅燈了。雷伊關掉車頭燈，我們又闖過好幾個紅燈，在深夜馬路上迂迴曲折前進。我們在接近碼頭時甩掉警車，把老爺車丟在果醬工廠後面，走回酒吧。雷伊在酒吧裡跟三個保鑣幹架，很快就輸了。我帶他到醫院縫合傷口時，他要我跟他換褲子。他的褲子又破又血淋淋，他擔心自己看起來不體面。

雷伊會痛打他的敵人、陌生人和不該遇到他時遇到他的人，也就是說晚上十點過後他都在打架，除了星期日他要去媽媽家烤肉之外。他有一些露在外面的傷口，經常能讓美女讚嘆不已。當她們發現他和她們想的不一樣時；當他用出軌逃離關係，跟她們室友、閨密、姊妹——有一次是跟對方媽媽——上床的時候；當她們看到他——他有一晚就是這樣——把兩個夜店保鑣推去撞破窗戶時，她們終於明白改變不了他。他是個好人，但他並不好。

他就是這樣，就像所有關於他的故事一樣，他也不全是這樣，因為他也很有趣、善良，而且溫和得不可思議。對他來說，生活是持續不斷的驚喜。他希望去觸摸、去幹、去打、去舔、去品嘗一切。他的冰箱冷凍庫裡全是死掉的鳥——鷹鴞、老鷹、斑啄果鳥——全是他在無聊的時候撿回來照顧的鳥。他會為精緻的羽毛被、斑點顏色、鳥喙的形狀和這一切可能的意義動容。他渴望自己能飛。他會坐在餐桌前，把貓頭鷹或老鷹放在面前解凍，研究牠們解凍的翅膀、帶水氣的尾巴和冰冷的軀體，尋找那神祕的線索，彷彿丟失了某種他還不能修復的珍貴東西。

雷伊很善良。我不確定有多善良，但他是善良的。只是他不太喜歡這點，不太喜歡自己真正的樣子和外在的樣子。我正在讀榮格心理學，他說每個酒鬼心裡都有個探尋者。雖然雷伊的心裡只有更多的雷伊，而且很難說雷伊是什麼樣的人，因為他自己都不知道。也許他是個探尋者，他沒喝醉、沒恍惚、沒因為吞、抽、吸、注射了各種東西而筋疲力盡的時候是有點像。他是個讀赫曼．赫塞的鍋爐焊工。他是個覺得自己能飛的男子。他是個偽君子和混帳。最後分析的結果是，他很莫名其妙。

而他是我朋友，我最好的朋友。

有時候他會唉唉叫，說自己的腦袋像少了一個有生命的電極一樣，焊接起來會白熱化的那種電極。

他會突然用雙手抓住我的襯衫說，你聞得到嗎？電極在我的腦袋裡來回衝撞。你聞得到嗎？他會咆哮起來，然後把脹紅的臉貼著我的臉大吼，**幹，你聞不到嗎？**

4

蘇姿在我掛斷電話時問，雷伊想做什麼？我記得我停頓幾秒才知道她在問什麼，或她到底什麼意思。

我說，雷伊要我跟他老闆聊聊。

澳洲頭號通緝犯？

對，就是他。

那個騙子？

應該是吧。

那個騙子想跟你聊聊？

對。

他不是在監獄裡嗎？那次大追緝之後？

還沒。我是說他被關過，現在被保釋了。

頭號通緝犯找我們做什麼？

他希望我寫他的回憶錄。一萬澳幣。

蘇姿似乎不為所動。

她說，他是罪犯。

這是工作。

什麼意思？

我又再說一次，一萬澳幣。六個禮拜寫完。

代寫嗎？

應該是。

那你說不了？

不。

很好。

不，我是說，我沒說不。

那你怎麼說？

我說要出版社打給我，我跟他們談。我的意思是，我不想跟一個削了銀行七億的騙子談錢。

所以你要接了？

我怎麼能說我受寵若驚？迫不及待？說我覺得，呃，我活過來了？這麼久以來，我第一次覺得自己活著。

我說，我不知道。

我真的不知道。我只是在拖延時間。對一個認真想當作家的人來說，代筆見得了人嗎？我不知道。我等出版社的電話等到半夜，但沒人打來。我不知道該怎麼看待這件事。我的小說已經寫到需要成型的地步，但日復一日坐在那狹窄空間的書桌前就是無法成型。我的小說是一隻偽裝成大白鯊的水母。蘇姿幾小時前去睡了，但我終於上床時她還醒著。

他跟我想的一樣，就是個講幹話的騙子。我邊說邊替她翻身。

雷伊總說他是這種人。

我想也是。

那為什麼雷伊還要當他的保鑣？這跟你們兩個想划獨木舟越過巴斯海峽一樣神經病。

樓下傳來電話鈴響聲。

蘇姿說，天哪，誰會在這種大半夜打來？

雷伊打的。

我終於下樓接電話時他說，我只能講一下子，我要回去找他了。你接嗎？

是真的嗎？

雷伊說，幹，當然是真的啊！

我說，我不知道啊。要他的出版社打來，我才能知道他不是在講屁話。

兄弟，你要接，有好——

另一頭傳來話筒被遮住的聲音，雷伊對某個人大喊，接著回來講電話。

他說，基夫，我要走了。我只想說一件事，接下來，但別相信他就好。瞭嗎？

不瞭，不太瞭。

別跟他說自己的事，懂嗎？

不懂，雷伊——

什麼也別告訴他，別跟他交心。

我腦裡冒出的問題一個都還沒問，雷伊就把電話掛了。

5

我們做這些事是為了看看恐懼之外還有什麼。我們發現難以戒掉的癮頭。我們發現伴隨著橫衝直撞的放鬆和狂喜毫無意義。我們發現自己內心有一種殘忍，強者的殘忍，另一種最終將被海德打破的幻覺。我們像爬行動物一樣生活，睡覺、休息、等待那些我們真正活著的時刻。其餘時間是虛偽的冷漠、酒精、毒品、性交、虛度夜晚。

塔斯馬尼亞報紙上有我們在漲潮時划獨木舟越過卡塔拉克特峽谷的照片，標題寫著：自殺兄弟。那是個笑話，雖然我們當時的行為確實如此。報紙描述我們是無論急流多浩大嚇人都勇往直前的人。這就是我們最後在新幾內亞迷路的原因。

雷伊安排去新幾內亞高地偏遠無人河划獨木舟探險時，我二十一歲，雷伊二十二歲。說「安排」才能凸顯雷伊在這件事情上的能力。那個地方叫做南海科羅拉多，從來沒有人划船越過。那趟旅程是第三位探險隊員，羅尼．梅尼普贊助的，他當時替楚林波家[3]運送整車大麻菸草，開著摩那羅跑車每個禮拜來回格拉夫頓和墨爾本一次，一趟要一千五百公里。雷伊向我和羅尼保證三件事：新幾內亞高地現在是乾季，所以河流水位低，也沒那麼湍急；這趟行程是七天；他會準備所有我們需要的地圖。我們終於到了河流最上游時正值雨季，河水暴漲，水流湍急。

我們不知道怎麼在生平見過最大的急流中活下來的。第九天，我們糧食吃光的第二天，我和羅尼要求看地圖。我們站在巨大的卵石堆裡，下方是大瀑布，整條河一流進去就消失了。我們抽著最後的新幾內亞菸，用《雪梨晨峰報》舊報紙包剛好的九吋菸，不知道下一步該怎麼辦。菸草是粗糙的碎屑，剛抽幾口就燒得嗆。我們煙霧繚繞的一團火焰後方有一片廣闊叢林閃著微光。那是這世上最美的地方，於是我願意放棄去其他地方，去任何可能安全的地方。

雷伊拿出一張油膩的影本，上頭寫著「藍花楹中學生地圖」，一張小得荒謬的全國地圖。以這種比例來看，它就是個國家、一種視覺概念，而不是可以用來確定位置、距離，以及還要多久才能出河的地圖。但在這困境中，我們只剩自己了，即便一個想法都可能有用，一個細節都是浮木。

羅尼指指地圖下方說，雷伊？這裡是伊里安查亞[4]。

兩棵叢林大樹連著根、樹幹、枝葉被沖進瀑布，下方遠處浮出殘枝斷葉。

雷伊說，所以呢？他點菸吸了一口，鼻腔周圍火苗繚繞。

羅尼說，雷伊，以我剛剛所見，我們是在新幾內亞高地。

對啊，怎樣？

雷伊，伊里安查亞在地圖左邊，新幾內亞在右邊。

所以咧？

就是，你知道的，隔壁鄰居。

---

3 七〇年代，雪梨地區最著名的義大利黑幫家族，以Robert Trimbole為首。（編按）

4 伊里安查亞（Irian Jaya）是西巴布亞（West Papua）的舊名，位於新幾內亞島的溪邊，隸屬印尼。新幾內亞島以東經一四一度劃分為東西兩地，東邊屬地於第一次世界大戰期間由澳大利亞獲得管轄權，直到一九七五年才脫離澳大利亞，獨立為巴布亞紐幾內亞。（編按）

雷伊直盯著羅尼。

羅尼，深呼吸。雷伊邊說邊吐了一口深色煙圈。

雷伊，隔壁國家。

羅尼，我知道。但又怎樣？幹！

雷伊，你印錯地圖了。

雷伊說，所以咧？

雷伊，我不知道要怎麼解釋已經解釋過的東西。幹，我們在的國家不是地圖上那個他媽的國家。

但雷伊有時候甚至跟我們不在同一個星球。

十五天後我們成功了，靠著跟石器時代的村民乞討來的地瓜和玉米活下來，我們只得紆尊降貴表演把戲當作回報，像是從河峽上方的吊橋跳到我們小艇裡、唱歌給他們聽、讓他們小孩摸我們的白皮膚——他們只有在故事裡才聽說過白皮膚的人；或者讓他們的老人戴我們的塑膠安全帽和鮮豔的救生衣。村民們很親切慷慨，看得目不轉睛。

他們的友好讓我們絕地逢生、愚蠢又訝異。沒有他們我們一定死定了。然而我們旅程結束時，我染上熱帶潰瘍和瘴氣，羅尼得了瘧疾、肝炎和滴蟲症，雷伊則是越發幽默了。

幾天後我們活著逃離那條河，雷伊和我晚上走到芒特哈根的欽布迪斯可——新幾內亞高地一家草料屋頂的大屋子，保鑣們配戴幫浦式霰彈槍，別人可能會覺得那是個消災解惑的占卜道具。我們跟一個叫麥可的欽布人成了朋友，他帶我們去那裡的。那裡純粹是個當地夜總會，也就是說沒有白人去過。

欽布迪斯的劃分方式很令人困惑，融合部落和二十世紀晚期求偶儀式。欽布女人沿著一面牆站著，欽布男人在另一面牆站著。舞池幾乎是空的。一位ＤＪ放了混搭曲風，從蘇格蘭風笛音樂到《聖母頌》

到瑪丹娜，再回到風笛。所有音樂的共同點似乎都是起源於西方。麥可、雷伊和我帶了一些欽布女人離開。

我們迎面碰上三個近全裸、拿著斧頭、戴著飾品的欽布男人，這是他們常見的裝束，像石器時代戰士一樣，臉部彩繪和羽毛頭盔，只穿著當地稱做屁股草的東西。我們從他們身邊走過時，他們擋住我們去路。他們一動也不動地站在我們面前，堅定執拗，彩繪的臉上面無表情。我們露出微笑，說了幾句打招呼的話，但他們沒說話，只是繼續嚼著檳榔，燃燒般的血紅嘴巴不時張開，露出赤紅地獄。

我們轉身朝右走，但四個扛著斧頭的戰士從黑暗中出現擋住我們。當我們轉向左邊，那邊又出現了好幾個人。我們被包圍了。雷伊露出微笑。這天晚上的異國氣息終於轉變成熟悉的、在塔斯馬尼亞夜店的週五夜晚，因慣常的深夜鬥毆而充實。這想法似乎讓他極其興奮，我的理智讓我恐懼起來。

我用氣音說，他們一定是不喜歡我們跟他們的女人在一起。

地方文化的差異——這個差異是外人來到這裡按慣例或通常會被殺掉的原因——讓雷伊覺得不解。所以咧？

我們可能要叫這些女孩走。

雷伊說，不行，我想幹她們，**而且**我想幹場架。

圍著我們的人開始逼近，感覺是個勢不可擋的圈套。來了更多戰士，圍著我們的人現在有兩圈了。我第一次感覺跟著雷伊可能會死。那些女孩比雷伊聰明，這時候都已經消失無蹤了，麥可跟她們一起跑了。雷伊似乎沒有不開心，反正他理想的夜晚至少會實現一半。他興奮地脹紅了臉，轉頭看我。

他說，基夫，掩護我，你處理旁邊那四個，我來——

我開始說，幹，這不是荷伯特的週五夜晚——但我被一聲吼叫打斷了。黑夜之中出現一對昏暗的車頭燈奮力加速直接衝向那圈戰士，車身是一臺豐田的六噸平臺老貨車，麥可坐在貨車裡瘋狂對我們揮手。一個戰士被貨車擦過倒下，其他人立刻散開。我們看到麥可在駕駛座裡驚恐的臉對我們大叫，要我們在他衝過來的時後跳上後車斗。雷伊迅速恢復理智，我拉著他跳進車斗裡，抓著破爛的側板。

一些戰士們追上來，開始越來越近。麥可把低轉速的柴油引擎轉到二檔，但我們換檔速度太慢，車子檔速太低，結果沒加速反倒慢下來，我們大勢已去，戰士們占了上風。一個欽布男人就快碰到我們，好在雷伊爬起來把他踢走，沒讓他爬上車斗。我們開道下坡，貨車終於開始加速，我們快速駛進黑夜中，戰士們丟到車斗里的石頭彈上彈下，其中一個彈起來時打到雷伊的頭。

那晚後來和接下來兩天我們都躲在離芒特哈根二十公里遠的小屋裡，看著不遠處下方山谷的部落戰爭劇。有一次一個男子帶著桶子到河邊，十幾個戰士尾隨他，從我們的距離看去，他們好像用斧頭把他砍死了。

6

我們應該要把這些事情當警惕的，但我們太年輕，只當作是種激勵、考驗、魅力。

就因為這樣，我們一個叫班恩．庫爾斯的兄弟要在雪梨辦婚禮、我們又付不起機票時，我們理所當然覺得可以划船越過寬大概三百多公里、橫亙在塔斯馬尼亞和澳洲之間的巴斯海峽。而且到了澳洲之後可以從維多利亞省搭便車到雪梨。雖然說真的，我們會想這麼做是因為沒人幹過這事，而且大家都說不可能，說是找死。

那似乎是天大笑話，所以有無可抵抗的魅力。

但發生在巴斯海峽的事可不是笑話。一陣九級強風吹起，我們的船沉了，連續十四個小時我們都孤立無援，只穿著救生衣和T恤在廣大汪洋裡載浮載沉。我們試圖抓著彼此，但海浪像移動的山一樣把我們高高舉起再拆散。我最後看到的雷伊是消失在遠處浪峰上的一個點。

後來大家說我們跟白癡一樣。我們確實是白癡，但沒經歷過的人知道什麼呢？我們也差點在那裡死掉，而且出海真的是「出海」，遙遠到我他媽的都不確定自己回不回得來，遠得我或許一度到了另一個世界，也或許——說實在話——**或許**我永遠也回不來。

孤獨死去？

孤獨死去。

海浪在我身邊尖聲呼嘯時，我在海面載浮載沉努力讓頭探出水面時，我進入一個幻想、錯亂、超然和孤獨之境，如此可怕的孤寂，擔心孤獨死去的恐懼淹沒了我，想到這些我還是會如坐針氈般慌亂。

就在黃昏時，一艘漁船終於找到我、救了我。那晚後來我被送上警船，他們在找到我之前沒多久救了雷伊，距離漁船發現我的地方有好幾公里遠。雷伊走向我，眼裡要殺人似的、語氣氣急敗壞。

他說，基夫在哪？我們要去找他，我們不能放棄。

他不知道我是誰。我聽見他說基夫死了、基夫沒有死、基夫死了。事實是我們都因為沒有抓住彼此，覺得要為對方的命負責、覺得我們害死了對方。

好幾年後我遇見當時在船上的其中一位警察。他說雷伊當時重度失溫，他們都覺得他會死，而且已經為他準備了運屍袋。

很多人覺得這很好笑，但我在這件事過後一年或更久都笑不出來。沒有人看我的時候，我會像瘋子一樣趴在地上，耳朵貼地，這樣才知道地球還在轉，而我還在這地球上。我會用力抓著它，這樣才不會被甩飛。直到聽見它在我身下呼吸，我才能放鬆，雖然只有一點點。就是那時我遇見了蘇姿，她和地球合併成我愛的一切，我緊抓著她，能抓多久就抓多久。

第四章

1

那天早上雷伊打來之後，我在市議會的市民廣場展覽館做了四小時的守衛工作。那是我其中一個固定工作，一週四天早上要待在一棟曾經是公共圖書館的空蕩建築裡。我坐在舊閱讀室入口處的樓梯口，閱讀室裡有一些雜亂的模型、圖紙和展覽告示板，告示板大意是鼓勵大家發起有公民素養的辯論。我有兩個工作：用計數器計算訪客人數和確保不會有人把模型摸走。

沒有人來讓我計算，所以我大部分時間都可以在練習簿裡寫我想寫進小說的東西。練習簿就放在我腿上，藏在桌子下。但那天坐在那裡，我腦裡全是海德讓人糾結的提案。一方面，我會有錢——還有一本出版的書。我會寫一本書，不可思議，難以置信，我終於要成為自己一直說自己會成為的作家。不可否認的代筆作家，但那是小事。過了幾年貧困和越來越沮喪的生活，我對自己無法寫出小說絕望到谷底，而這似乎是一條成為真正作家的捷徑。有了這筆錢，我可以繳帳單、買時間，**還有**完成我的小說。

但在滿是灰塵、被遺忘的管理室裡，恐懼圍繞著我並混濁了我的心。我擔心自己會壞掉，不只是名譽，而是我為了金錢的魔鬼契約背棄神聖信仰的心。因為金錢是我會做這種事的唯一原因。幹他的錢，我暗忖。我在練習簿裡寫下：去他的錢！我一貫發洩心情的虛妄方式。我告訴自己，如果有錢，我想到這世界任何地方去，不是坐在荷伯特市議會展館的管理室裡。

我很在意我的文學名聲。一段時間後，我才意識到自己沒有文學名聲可擔心，因為我沒有小說。早些年有家布里斯本的聯合出版社，躍思出版社，不動聲響地出版了我的藝術歷史榮譽論文。躍思出版社作為聯合出版社算是滿幸運的，先是透過商業關係接洽到羅尼・梅尼普，後來因為普里特金的減肥食譜賺了一大筆。後來又因為羅尼推薦出版一篇完全無利可圖的論文而賠了些錢——我的《靜默之流：塔斯馬尼亞現代主義史1922-1939》。

除此之外還有兩篇短篇故事，其中一篇得了旺加拉塔市議會的藍利獎。評價讚許我「很可能是澳洲文學的新聲音」，這意義甚至超過那五百元支票。我覺得那個副詞有點多餘，我一向覺得副詞很多餘。

我決定要待在文學界，我要堅持寫小說，不能接那個代寫的工作。那對一個真正的作家是一種侮辱或更甚，即便是像我這種沒有真正寫過什麼東西的真正作家。

我繼續在膝上的練習簿書寫。看過我部分作品的僅有幾個人都說不出話來，不是因為太好不知道怎麼讚美，而是連蔑視都不忍。我給雷伊看過幾十頁，他很興奮——他說，榮幸之至！——他回到我們的廚房，把那幾頁紙放在桌上，抬起頭。

兄弟，好多字啊。上萬？

我說，溺水那一幕……寫得——

雷伊說，超讚的。他的語氣毫無熱情。

你覺得——

應該有上萬，對吧？

我真的不知道自己希望雷伊說什麼。雷伊也不知道。天才之作？大師之作？

過了一會雷伊說，我說的是字數，就是，我剛剛看的有多少字？三萬？四萬？

我說，三萬，差不多。

哇靠，兄弟，很強欸！我本來以為更多。感覺很可以欸，我是說字數。雷伊說。

就是那樣。就像一段硬塑膠管或水龍頭、叉子、排水管或餐巾，字數感覺很可以。唯一能做的就是繼續寫作，但寫作卻變成痛苦的事。簡單的文字變得難以置信地複雜，我花了一個早上聽自己唸那個從未有過的陌生神祕的詞彙「以及」。「以及」假設了一種可以有和應該有的連結，但在我心裡沒有連結。每個句子感覺都不對，我對語言的懷疑蔓延到對話裡，即便是我對蘇姿或小波說最理所當然的事情時，所有字句都瓦解成無意義的文字。

我告訴自己，撐住，你不是第一個感到絕望的人，會變得更好的。我努力說服自己，一個字接著下一個字，這樣句子、段落、愛情故事、戰爭、國家和小說就會合為一體。

或者我是這麼想像的。

但文字沒有出現，也不會出現。所以為了把它們擠出來，我嘗試了一些找靈感的方法，胡思亂想、勤奮努力、苦行主義、馬拉松、手淫、冥想、禁慾、廉價啤酒、自製白蘭地梅酒、麻醉劑、時空之旅。有段時間，我刻意不寫作，讓想法從一些原始的神祕機制中醞釀昇華出來。沒有想法出現，寫作不是麵糰或優格，所有事物和每個句子持續沉淪。我的心和展覽館一樣空虛，但對我來說，比寫作更糟的唯一一件事情就是不寫作。

2

我在市議會管理室的桌前想得出神，想到了蘇姿，即將出生的生命，比起我膝上滿是勉強字句和剽竊來的想法的練習簿，這對雙胞胎突然變得極其驚人、帶給我極大壓力，曾經淵博深奧、甚至才華洋溢的文字現在對我來說卻瑣碎又令人難為情。

我試著安慰自己寫垃圾也沒關係，這是個人生過程，不可避免的過渡期，這一切表示我之後會苦盡甘來。雖然一點苦盡甘來的跡象也沒有。我被困在恐懼中，害怕自己完成不了小說又像個傻子，或是完成一本垃圾書卻更像個傻子——更糟的是個糊里糊塗的傻子、二流又失敗的冒牌貨。我越來越清楚自己被騙了，我讀到方法就是找到自己的中心，從那裡開始寫。我不是擔心找不到中心，而是害怕自己已經找到了，那裡卻什麼也沒有。

在這所有一切中，蘇姿是個謎樣的人。對我的才華，她沒有相信也沒有不相信。她只會說，你就是你呀。隨著我無法成為作家的證據累積下來，我越來越憎恨她這點。我想，她當然應該要愛我的才華。但我的一切——我有沒有這個實力、這個天賦、這個意義可能大過我自己的東西——都與蘇姿無關。我發現問題是，無論我有沒有才華，蘇姿都愛我。無論對錯、好壞、有東西或沒東西，蘇姿都愛我；她的愛超越我可能是或可能不是什麼，而且與此無關。這樣的愛對我來說沒有意義。我甚至不時會因此恨她，因為在她的邏輯下，我希望我的才華並不普通這一件事無法被認可。

因為我的恐懼大過任何感激，我越來越多的失敗比她無條件的愛更加重要，於是我盡可能向蘇姿隱藏自己逐漸增長的害怕、憤怒、害怕和憤怒的徵兆，但我做不到。所以當蘇姿那天早上跟我說，她相信我可以寫小說，而且小說一定會很受歡迎時，我跟她說她會相信這種無稽之談真是愚蠢。她開始哭，說她只是很相信我，我氣得把一張椅子砸到廚房牆上、折斷一支椅腳，因為我覺得我說我寫不出東西的時候她根本沒在聽。

我大吼，難道妳看不出來，根本沒什麼可相信的嗎？

為了提醒我們自己有多平凡，摧毀偉大的愛很值得。泰伯大概是這麼說的。我不知道我們的愛偉不偉大，但的確翻船了。她懷孕的時候，我們開始越吵越凶。我們的貧困不是壓力，或者說我們不願意認清貧困是種壓力。但每一天貧困都讓「我們」越來越少。

我們不知道會變成怎樣，我們買不起食物、家裡不能開暖氣、車子一直故障、我們付不起油錢，時間把好的事情消耗成無數不好的小事——損壞的二手家具、需要重接線路的烤土司機、需要重裝的外門、車子的剎車。還有動不了的冰箱、只有一個爐是好的爐子、永遠洗得很辛苦的洗衣機、二手衣服、緩緩被侵蝕的快樂和不知不覺到來的憂慮冰河。雖然我們每天都這麼過，但那隱藏在這一切，甚至我們背後有越來越多說不出的絕望。

蘇姿越來越不切實際，似乎更加注意自己巨大的肚子。走路的時候，她會把手放在肚子上，彷彿陪伴著陌生人來到新世界。那讓我想到電影裡騎馬的人在騎馬走之前跟人聊天時會把手放在馬的脖子上。這個動作讓我莫名抓狂，因為懷孕這件事感覺獨占又排外。讓蘇姿到了新的地方，留下我孤立無援，被迫參與一件我無法真實感受到的事物。我很努力去感受，但除了有血緣關係之外，我沒有任何感覺。那不是我的肚子。我只有更加貧窮、與日俱增的憂慮、新的恐懼——全都正在凍結成逐漸增長的絕望。

我對自己這種感覺感到羞愧。

但我的感覺就是如此。

我的憤怒現在不同了，既是憤怒又是失控。我對這突然爆發的情緒束手無策，但我一向都束手無策，也許這才是問題所在。修過的變速箱卡住時我怒踢車子側板；洗衣機徹底壞掉時我用拳頭打破一扇玻璃門，但因為我們把所有積蓄花在修理變速箱上所以沒錢換玻璃。蘇姿不斷跟我保證雙胞胎出生時我們可以應付得來，我覺得她根本無視我們的真實處境。但事實不是這樣，她說的時候把手放在肚子上，彷彿這麼說的時候她正在前所未有地離我遠去，於是我大吼，怎麼應付？蘇姿，我們怎麼照顧他們？因為我再也看不到希望，雖然我後來為此縫了四十針，心裡的傷口卻越發惡化。

這種時候我嚇到蘇姿，也嚇到自己。玻璃門事件後的那晚，我們又吵起來。她說我是怪物，她說她不認識我了。其實我也不認識自己了。她抱怨那本書，彷彿它是個人、是個東西、是一股摧毀我們的力量。

也許是吧。

蘇姿說了一個我從來沒聽她說過的詞，用一種不同往常卻如此清晰有力，讓我不得不相信她的方式。她緩慢地、咆哮著說，彷彿這個詞彙像金屬塊一樣。我覺得很**委屈**，而且我覺得**委屈**是有原因的。她沒再多說，但已經什麼都說了。於是我像個傻子一樣，開始試圖合理化為了這本書犧牲的一切、為什麼我好像醒著的每一刻都在寫這本書、為什麼我沒時間找個真正的工作、為什麼這本書比什麼都重要。空氣中充滿我空虛的話語，就像螢幕裡充斥我空虛的字句一樣，於是我突然發現每個字都毫無意義。

我停止說話。

在那恐怖的空白中，我聽見蘇姿問我愛不愛她。

我沒說話，也想不出該說什麼。我疲倦地揮揮手，咕噥了一些這不重要的話。蘇姿聽到這些，手沿著我們唯一的書櫃，把好幾個隔層的書推到地板上，掉下來的書砸破一個咖啡杯、摔壞黑膠唱片機的壓克力表面。她大聲說我變了、我被附身了、她恨那本書、她再也無法理解我了。她說著跌坐進地上一堆雜亂散落的紙堆裡，我聽見她不停啜泣著：

那本該死的書正在摧毀我們。

其他時候對蘇姿懷孕的驚異感會以一種近乎暴力的力量支配我，我會抓著蘇姿，把我的臉貼在她熱氣球般的肚子上，同時感受驚恐和不可思議。那緊繃的半球是個奇蹟，而且無論我想不想要它，無論它要把我排除在外或包含其中，我覺得聽見裡頭遙遠的心跳聲，也是我的心跳聲，無論究竟是不是；這就是我，或它讓我進入其中，那裡有個你可以什麼都不是又是什麼的地方。但我不知道要怎麼觸碰到那個地方。她托著我的頭時，我只能跟她保證書很快就結束了。

蘇姿用一種遙遠的語氣說，基夫，永遠不會結束，永遠。

3

我還是一樣趁早上在市議會工作的時候偷偷寫作，練習簿放在腿上、藏在桌子下。這是我最後唯一僅有且不能磨滅的信仰——寫著寫著就會出現想法。我決定如果那個詐騙分子的出版社打來，我就接電話。畢竟對一個內心最深處害怕自己無法寫作的人來說，有真正的出版社打來問要不要替真正的出版社寫一本真正的書是滿足虛榮心的事。掏錢給我，這是這世界欠我的。

而我會拒絕。

雖然我不敢想，但我知道之後我會告訴寥寥無幾的幾個朋友，我，基夫・克爾曼，為了賺錢、為了專心成為真正的作家、寫完第一本小說，被叫去代筆寫書。

這麼想下去，我準備成為像德・莫泊桑一樣不朽的作家，他把槍對著自己的頭，轉動槍管，自殺失敗時認定那是自己不朽的證據。我的槍就是出版社的電話——我需要錢，我需要這件事可能會為我帶來的使命感，我需要出書，什麼書都好；我需要——去他的——機會。我要以平等地位跟出版社談，我要如同按下扣扳機的人一樣堅定。這就是為什麼他打來的時候，我可以用敢死的精神說不。

基夫？

我放下練習簿抬頭看，是市議會行政服務與公平機會處處長，顏恩・帛茗涵。她是個龐大的女人，隨時在恃強欺弱、可悲可嘆和醉醺醺之間游走，但大部分時候是醉醺醺的。聽說帛茗涵曾經是個大美女，她的大臉確實可以傾城傾國。她擦著和唇色相近的寶石紅唇膏。還聽說她不是想舔你就是想踢你。

上次她來的時候聊她女兒聊了非常久，說她不跟她說話了。但我能從她的語氣聽出來——有點冷淡尖銳——今天絕對不是舔人的日子。

是你嗎？

我不確定該怎麼回答才對。我被警告不能用議會上班時間寫小說，已經是最後一次機會了。但我在空蕩蕩管理室裡、為無人來訪的展覽館站崗，沒有人跟我說要怎麼利用這些無意義的時間來做點對市議會有好處的事。

你在寫——帛茗涵這時停頓一下——**那本書嗎**？

這究竟是本書還是個天大的誤會，連我都不確定。

基夫嗎？我們警告後又犯？還寫？

我盯著膝蓋，看著練習簿裡二十六個字母排成許多圖案，這就是書嗎？

我說，沒有。

基夫，很抱歉，我們已經一**而再**、**再而**三警告你——

我哀求道，處長——

但帛茗涵的真嘴唇和大概百分之六十畫出來的嘴唇試圖找個合適的詞彙來表達她的不屑，這畫面讓我收回話。她的冷酷中可以感覺到她相當不悅，但這並沒有讓她傷人的話比較不殘忍，也沒有讓我好過一點。當帛茗涵終於找到適合的詞彙時，她的嘴唇張開，大聲說——

寫作！

我緊抓著練習簿。

基夫，今天帶著你的爛東西滾！明天不用回來了，我們讓你走。

　　帛茗涵離開管理室後，我再次被留在空蕩蕩的展覽館前。我再次打開練習簿，寫下一句話。但那句話不怎麼好，沒有行雲流水也沒有活力，也沒有停頓，也沒有感動。我連站起來去上個廁所的骨氣都沒有，只站了起來離開大樓。

　　那天下我找了個工地的工作，不用動腦正好，我能忘了最後一筆固定薪水沒了，忘了我們僅剩這臨時工作賴以為生。我第一個小時在房子側邊挖水泥和堆水泥打地基；下個小時扛著鋼筋上陡坡而疲倦不堪；最後兩小時在手推車攪拌基腳用的混凝土。那是個潔淨明亮的冬日，我的身體一直是熱的，一停下來卻突然冷得刺骨。

4

我們住在一條老舊的斜坡街上。腐朽的殖民小屋讓這條街總像在中產階級化的邊緣，但中產階級化從未實現，也不可能實現。這條街上的人好像都沒怎麼在工作。我們隔壁鄰居是個毒販家庭，他們爸爸有八十三個販毒和製毒據點。他們靠生意往來過活，幾乎每天都有一臺警車在外面偷偷看進出的人。有時候，毒販老婆瑪瑞迪姿會拿著一杯茶走出來，靜靜抽菸、享受生活、空氣、車輛和過往的人們。喝完茶、抽完菸之後，她就站起來靠著低矮斑裂的水泥圍牆，突然暴怒尖叫起來。幹，種豬母給我滾！對面那輛車裡的兩個人影就會突然倒下。

那天晚上，晚餐後我跟蘇姿聊天，兩個人看著小波在一個紙箱裡玩，我感覺到某種料想不到的感受——這五分鐘裡我們三人之間流動的巨大情緒比一本上千頁的小說還豐富。

那是種震撼的感受，那超然的僅有時刻也是種永恆，萬物合一——小波的呼吸聲、她把玩從公園裡撿來的樹皮和樹葉窸窣聲、蘇姿綁在小波頭上的玩具黑鳥、蘇姿的笑容、小波的笑聲、丟在桌子下的玩偶、玩偶半掉不掉的頭、散在油地氈地板上的一團灰色填塞物和一些在四周爬的阿根廷蟻——沒錯，萬物合一，即便最微小的事物都似乎是懷孕的神啟。

而我知道如果可以把自己剛剛所見和感受的一小部分轉化成文字輸入螢幕裡，我就可以寫成書了。我衝到樓上狹小的寫作室，爬上書桌，滑進椅子裡，擠在書桌和牆之間剛好夠我擺動身子的空間。

但我的麥金塔電腦幾乎同時當掉了。我用迴紋針把磁碟片拉出來，放迴紋針就是為了這每日例行公事，再把電腦關機、開機，重新插入磁碟片。我等電腦重新開機時，牆裡傳來隔壁毒販夫妻吵架的尖叫聲。我有一臺錄音機專門在這種時候錄音。那細碎抖晃的聲音似乎越來越大，那世界的厚重噪音感覺要把牆震倒了。

重開麥金塔電腦幾次後，好像找到該有的平衡了。但我現在打下來的文字已經不是我感覺到的，沒有一絲一毫。我剛剛要寫的，不久前如此強烈飽滿的一切失去知覺，化成烏有。

鍵盤上出現一些水泥灰，是我打字時從指甲縫震出來的。我把鍵盤翻過來拍了拍，敲敲背面、擺正。我努力重新進入那個夢，不過幾分鐘前跟小波和蘇姿一起進入的遨遊世界，但已經沒了。我把桌上的水泥灰撥進放廢紙的啤酒紙盒裡。螢幕再次凝滯。我退出磁碟片、重啟電腦時，迴紋針因老舊疲乏而彈出來。牆後傳來摔碎酒瓶的聲音，瑪瑞迪姿的啜泣聲，然後寂靜。我找到一本筆記本打算寫下來，但筆接觸到紙張時，文字消失了。曾經有那麼一刻，但那一刻已不再。

5

蘇姿在樓下喊我說有我電話時，我仍盯著嘲諷的游標和空無一字的螢幕。我下樓回到客廳微弱的爐火暖氣前，拿起話筒。說話的人沒有先馬上介紹自己，而是問我是不是基夫．克爾曼。口音是讀私立中學、高高在上的澳洲英國僑民。我說我是的時候，他說自己是吉因．培力，泛亞出版的負責人，也是奇格非．海德的出版公司。

我驚呆了。

他問我寫過什麼，我告訴他我寫過塔斯馬尼亞的歷史、得過旺加拉塔市議會的短篇故事獎。他沉默了一會，那沉默讓我覺得自己的經歷少得可憐。

沒有其他了？他最後說。

我說，有一本小說，快寫完了，只是結尾要稍微整理一下。

我看過《死亡之流》了，標題下得好。

我糾正他，《靜默之流》，是歷史——

吉因打斷我，嗯，很好。標題很重要，但你能代寫回憶錄嗎？

沉默之後還是沉默。

你覺得呢？過了一會吉因說，蘇姿指指電話，我用嘴型表示驚訝，比比寫作的手勢。你知道如果我要雇用你，你就要接受我們的建議。我、編輯，諸如此類。如果我們說哪裡一定要刪掉，或這裡要寫多一點，你要照我們的話做。

我不知道編輯在做什麼。躍思出版社有認真周到，甚至賣弄學問的審稿人，但也就那樣。我也覺得困惑，我沒有說要接這個工作。我讓自己冷靜下來，用一種真正有許多選擇的作家的隨和口吻告訴吉因，我也有許多選擇。吉因繼續說這工作要跟海德密切合作、我需要到墨爾本——時，我意識到自己有必要盡快拒絕。

我說，我還沒說好。

吉因說，是嗎？

是。

吉因說，很好。稿子編輯完後你會拿到一萬澳幣。沒有名字、沒有版權，只有一萬塊。我先說這工作量很大，但錢很多。

一萬？我驚訝地說，因為我沒有真的相信海德，而我說這句時有種接受或同意了的奇怪感覺。

是的。

我對這種交易沒有經驗，不知道自己為什麼會這麼說，但覺得自己要加碼才行。我說，生活費的話，我在墨爾本需要生活費，住宿、交通、食物，還有——

多少？

不好意思？

你要多少？

我不知道怎麼回答這出乎意料的問題。我想應該會有搭電車的錢、午餐錢——餅或沙拉捲或是之類的——可能還要一兩杯咖啡。我可以睡蘇力家的地板——蘇力是我們家的老朋友，我去本島的時候總是很歡迎我——所以大概是這樣吧。我快速算了一下每天的生活費，大概接近九塊錢。

我說，十一塊五十分，可是——

我說不下去。即便在一九九二年，十一塊五十分也少得可以。我要拒絕的話這數字似乎不太對。沒說完話我就感覺到不希望的事情發生了，無形的權力平衡在改變，而我控制不了。

我聽見吉因說，**十一塊錢五分**？

對。我說完開始覺得不安。

吉因說，嗯……

我發現我要爭取的並不是生活費，而是身為作家的自尊。而我提出一個荒唐可笑的要求，用餅錢來確保自己是個作家的事實，無論這事實有多令人質疑。我進退兩難的是，吉因似乎認同我是個作家。在這超凡出眾的一點上，我無法反駁他，只能同意——

我說，對，十一塊錢五分。

我已經在後悔沒有更努力要求要十五塊錢，卻意識到這個想法一樣愚蠢，而且我已經遠遠離開原有的道路。

全部嗎？吉因問道，帶著些許不可思議的口吻。他讓我從假裝自己有選擇困難的痛苦字謎中解放出來。他比我更了解我的需要，但我後來才知道，除了這點以外他什麼也不懂。

我說，我需要想一想。

吉因說，嗯。

我錯以為這個都市來的、大有來頭的出版人本來可能覺得蔬菜捲、咖啡和電車錢九塊錢很不錯了，現在會覺得我是可恥的騙子。我擔心聽見一聲冷笑。

我說，我可以帶茶包，或者——

基夫——我可以叫你基夫嗎？基夫，我們不談生活費。你在這裡的時候，我給你一臺工作車，怎麼樣？

好棒啊！我說完就馬上後悔了。我天真到還會覺得這種東西很了不起，更糟的是，現在吉因知道了。

你可以免費在我們員工餐廳用餐。

我要想一想。我試著冷靜下來，努力用正確的語氣讓他感覺我會拒絕，但卻失敗了。

吉因說，我會給你一張員工加油卡，這樣你就不用付油錢。

我還沒說——我開口，但再次不知道該怎麼說下去。想說的話悄悄散去。我還沒說——什麼？不好？好？我想要更多錢？我聽見自己在話筒裡的呼吸聲。

基夫，我信得過你嗎？海德有給你大概的時間表嗎？

他說時間很趕。

我現在說話的時候，海德在法院爭取六個半星期的時間。他會坐非常非常久的牢，書得在他坐牢之前完成。

六個禮拜寫完草稿嗎？

完成一本書。

培力先生——

請叫我吉因就好。

吉因，我覺得我沒辦法——

基夫，不用現在決定。你接下來有二十四小時的時間慢慢想，明天晚上給我答覆就好。

我同意了，因為同意總是比拒絕要簡單。除此之外，想到要做這麼重大的決定很能滿足我的虛榮心，即便我心裡很久以前就做好決定了。我不會代寫任何書。我唯一要寫的只有自己的書。這世界從「好」開始，地獄也是。

第五章

1

培力先生？

請叫我吉因。

一陣停頓。一天過去了，我的決心沒有改變，只有更堅定，而蘇姿雖然對我們要捨棄這筆錢有點失望，卻仍支持我堅定的立場。但不知道為什麼，和出版社的第二通電話開場不太順利。

我說，吉因，這份報酬很慷慨，可是——

他說，的確是，**非常可觀**。

我努力想要怎麼拒絕，但又可以跟吉因保持聯繫——他是唯一一家跟我談的真正出版社——好讓我寫完小說的時候可以請他出版。但這必要的禮貌不只讓我離題，也讓我避免不了這場我並不理解的對話。當然，吉因知道自己要什麼。我只是沒有意識到，他也知道我要什麼。

吉因，我昨天晚上在寫自己的小說——

對，你的小說！他把小說這個詞抓出來，好像我在跟他說《尤利西斯》的初稿想法。我請我的祕書替你訂了明天早上到墨爾本的機票。

這讓我嚇傻了。我本來要拒絕，但現在這一切終於發生了——機票、工作、書。錢。只要我說好，這些全都是我的。我沒有說好，但也沒有說不好。我迴避推託、我不作聲、我提出質疑、覺得該是時候了。

你說一萬塊嗎？我用自己都不認得的語氣問，彷彿在確認一個自己仍覺得會推掉的案子。

對，一萬塊。

我聽見自己說我太太懷雙胞胎八個月了，聽見自己堅持要每個週末回家的機票，還有讓我驚訝的是，吉因答應我的條件了。

我屏住呼吸，大膽繼續說。

如果我在墨爾本工作時她臨盆了，我希望可以立刻搭飛機回家。我說道，雖然有些結結巴巴。

當然。

還有兩千塊訂金？

我不敢相信自己在說什麼，但終於成為作家的想法有無限的誘惑力，更加難以置信的是，有錢領。

基夫，我們可以等你來的時候再討論這些細節——擬出計畫、跟海德碰面，還有你們兩個可以在午餐時間工作。

好。雖然沒有完全同意，但我聽見自己同意了。也許我只是想再多享受這一切久一點。

幾分鐘後我放下電話。我走進廚房，倒了杯水，把水放下。

蘇姿問，怎麼了？你答應了嗎？

我說，沒有，我沒答應。

我確實沒答應，只感覺一股激流抓住自己，把我沖出去，我沒奮起對抗，只是隨著它游出去。

於是我來到這裡。

我第一次在二十四小時裡做了我說我二十四小時以來都在做的事——思考。後來有些人說跟一個罪犯共識，我應該要覺得良心不安。我或許說我確實良心不安，但除了電視新聞和報章雜誌裡模糊的記憶，我真正了解他什麼呢？我印象中得到一個微笑、一些指責、更多的是閒言閒語，這些都不會讓我生氣，也不覺得他的道德在我之下。畢竟，我是作家呀！沒什麼比我更低下的。

我當時唯一個顧慮是：到底怎麼代筆寫書？我是什麼交易都做過的基夫，做過電鑽工、守衛，偶爾當屋頂油漆工，身為作家卻不寫作的巴托比，永遠不把自己的書寫完。如此因為某些不知名原因，我盡心盡力替別人寫書。但我能不能勝任這種工作毫無頭緒。我假設因為我可以做很多其他事情——像奴僕一樣卑躬屈膝、不值一提——所以當然，我向自己再三保證，我可以寫書。這並不是《巴黎評論》裡那種作家們的自白，而是我唯一的念頭，而且我莫名地感到欣慰。我上樓打包手提行李袋，出門只帶這個就夠了。

蘇姿站在房間門口說，你在做什麼？我以為——

我抬頭看她，肚裡裝著我們兩個孩子得她龐大得像戰艦一樣，聽起來很荒謬，我開心笑了起來。

我說，我要變成作家了。

2

泛亞出版社是個坐落在墨爾本港荒地的六層樓大廈，周圍是燃料庫，燃料庫外面有距離不等的突出黑色矩形玻璃櫃。這塊地有著粗野平庸的灌木，與養老機構以及其他各式各樣帶著最後希望的建築相呼應——州立學校、大型零售店、市郊外圍超市——水泥盆栽裝在灰棕色壓克力裡、周圍有尖刺的草當裝飾，像一束束短劍。

計程車往上開時，我看到雷伊站在一個類似的的水泥苗床旁，他高䠷的身影傾身靠近一個戴墨鏡、蓄鬍的矮小男子，男子穿著紅色棒球夾克、戴著棒球帽。我付司機錢的時候，雷伊往計程車走來。他一副滿腹陰謀、鬼鬼祟祟的樣子，跟我認識的他完全不同。

兄弟，太好了，你來了。來跟奇哥見個面。

我驚訝地問，他已經在裡面了？

他用頭指了指戴球帽的矮小男人，說，沒有啊，他在那裡。

那是假鬍子嗎？

他擔心有人要謀殺他，所以要變裝，那是假鬍子。

雷伊打住，彷彿很困惑，一下子心情似乎又變開朗。也許是感覺到自己的處境尷尬，他笑了。

兄弟，人人都有可能——你可能是殺手！

我說，絕對是我。

天空陰陰的，大街上沒有影子，在這種一切都很平凡、縮減到只需要賺錢而且只有賺錢、其他事物都不存在的地方有種歡迎的氛圍，甚至是安全感。我莫名覺得感動，這裡看起來像未來，雖然才來不久，但我卻覺得自己是一分子。

在這超然的心境裡，我並沒有看自己往哪裡走去。當我們走向海德，我一腳踩進我猜是裂縫修補劑的螢光綠膠土裡。我感覺到有液體流過我愛迪達鞋鞋底上方，浸溼我的襪子，襪子噗滋作響。

我並不希望初見海德、被引薦給出版社、開始工作會是這副德行，整天下來一隻溼答答的腳慢慢越來越冷。我脫下鞋子，把沒有被襪子吸收的液體倒出來，感覺好心情隨著含砂礫的綠色液體跑走了。當我單腳站穩、半駝著身體時，我聽見有人講我的名字。

我一抬頭便看見自己在一副墨鏡裡扭曲的倒影。但我蜷縮的的影像只持續了一下子，接著單調的灰泥粉飾牆、貼膜的窗戶、黏合泛亞出版社傾斜廣告板的黑色矽利康殘膠映入眼簾，在那前方站著一個戴飛行墨鏡、貼著可笑假鬍子的微胖矮小男子低頭盯著我看。那偽裝、鬍子和美式棒球夾克——在澳洲非常奇怪——比起掩人耳目，似乎更引人注意。

這些日子以來，我從食譜修過的照片裡，或者上升到手錶無法到達境界的手錶廣告中找到慰藉。除此還有Instagram上的食物照片。但在那些日子，我想是我比較幸福的日子裡，就像所有人一樣樂觀，我希望去喜歡別人。但看到澳洲頭號罪犯這麼平凡，我還是覺得詫異。但哪有什麼職業一定長什麼樣子呢？海德彷彿看出我心裡想的事情，他帶著不像電話裡那麼彆扭的德國腔輕聲說：

所有的人類來往都令人失望。他笑著補充道，泰伯說的。

後來我才發現他是在說我。

雷伊替我們介紹。海德叫我基夫，我喊他奇格非。他油腔滑調的舉止、突然露出空洞微笑的嘴、用力握緊你的手、隱藏在金邊墨鏡後直盯著你的眼神讓人心神不寧。

基夫，我必須要求你保守計畫祕密。

這是個讓人意外的要求，他一直握著我的手，好像我要接下什麼密令，而且他一直微笑。他定住微笑，像中風或齜牙咧嘴，帶著十足把握和幽默感要人同意。我想起那個微笑，是那個時代的微笑。但只有當海德盯著你露出那微笑時，才有那種難以抗拒的力量，而且你沒同意之前它是不會消失的。那微笑是支配的工具，力量的表現，而我唯一的回應是看向別處，但只有說再見的時候才做得到。我後來才發現，海德可以永遠那麼笑著。

他說，基夫，沒有人知道。沒有人可以知道，這非常重要。我有理由的，他轉過頭東看西看，彷彿在掃視路上、大型零售店和辦公室，看有沒有尖端掠奪者。

他開口時，我沒有太認真聽，只試圖想找個可以描述海德的感覺。但我找不到。我試著不去盯著那像魚一樣抽動的肌肉，比起那肌肉，他肥胖的臉倒像一張空蕩蕩的漁網。因為他幾乎沒什麼特色，一種謎樣的其貌不揚、一張有著奇異空虛感的臉。他說話時始終帶著微笑，彷彿他告訴我的一切對我們兩人來說都是美好的事情。

海德說，這棟大廈裡，沒有人可以知道我們是誰，以及我們為什麼在這裡——除了總經理、出版人和編輯。海德說，你要知道，我們得保守這個祕密。

為什麼？

海德震驚地說，因為**我們必須保密**。

我看了雷伊一眼，他點點頭。

海德說，必須這樣。他攤開手像捧著海灘球一樣，像傳播凶兆的第一流福音傳播者。他默默繼續說，我得傾身靠近才能聽見，有東西，**有人**。

人？

彷彿有人在偷聽一樣，他看看四周，點點頭。

人。

我問，奇格非，那為什麼我們要來這裡？

叫我奇哥，你現在是我朋友了。

奇格非，我的意思是，他們問我們在這裡做什麼的時候我要怎麼說？

基夫，大家會問我各種問題。如果我告訴他們真相，他們說我是騙子。但如果我講謊話，他們很開心。

那個笑容又來了，那個有毒的笑容。他以一種修道院長的風範，彷彿引領見習修士進入悲傷的神祕世界，繼續說道：不知道為什麼我們需要欺騙、說善意謊言和戴面具來生存下去。

你了解嗎？

不了解。

泰伯說文字是殘酷的比喻，人們遺忘的是殘酷的比喻。聽懂了嗎？

聽懂什麼？沒，沒聽懂。

海德說，但基夫，這東西就是這樣。他繼續微笑著、微笑、微笑著。文字讓我們遠離真相，不是靠近真相，像倒退走的瘋子。

我轉開視線，避開他無休止、堅定得令人無法忍受的笑容。

他繼續說，這就是為什麼沒有真相，只有詮釋。這就是為什麼我們拋開真相之後能做得更好。相信我，這就是為什麼我們要寫詩集的原因。

我說，詩集？

沒錯，選集，這就是為什麼我們來這裡。

我問，什麼選集？

西伐利亞民謠詩選，確切說是十五世紀。我們是編輯，詩選是封面。

我們需要封面？

每個人都需要封面。

我問，那雷伊呢？

這麼一來雷伊突然變成累贅了。他讀過赫曼．赫塞的作品，是真的。唔，我不確定，也不確定他從裡面讀到什麼，因為他是個沒辦法聊文學聊超過一分鐘的人。因為這樣，他真的不是一個可以聊天的人，行不通。

顧問。

我沒說話。

助理，海德說。他似乎重新思考過了，感覺這說法好一點，有一半是真的，因為保鑣就是助理的一種。只是以我的經驗來說，無可否認地，海德並沒有任何詩人或編輯的樣子。還有，我從來不認識中世紀德文詩選的編輯，而且感覺出版社裡也不會有人認識。

我說，我不懂德文詩，比西伐利亞民謠詩更不懂。你呢？

海德說，我是森林，也是暗樹之夜。

這是第一次但不是最後一次，我出奇不意地被打動了。

海德繼續說，但不害怕黑暗的人將在我的柏樹之下找到一岸玫瑰。

或許我已經陷入他的咒語之中了。那是中世紀西伐利亞的詩嗎？

不是，海德說，笑容別有深意地緊繃起來——藐視嗎？勝利嗎？他說，不是，是尼采。

他繼續說，繼續微笑，臉頰的肌肉繼續扭曲，我們走上前往泛亞出版社辦公室的階梯時，我心裡默許默從的節拍器拍打著。

3

海德現在擺起曾經的執行長架式，我們走到電梯時他自信地昂首闊步，似乎很習慣有雷伊和我像隨從一樣跟在後面，我們和他位階不同，是權勢的下屬。到另一層樓時，我們走過長廊，和一位祕書擦身而過，直接進到一間大辦公室裡，辦公室裡的高瘦男子立刻站了起來。他一手扣起西裝外套，另一手拍拍海德的肩迎接他，感覺像公事公辦又不真心的共謀。

他們閒聊的時候，我看了看辦公室，心生疲倦地對他們的傳統風格點點頭，我後來才知道泛亞出版社裡沒人相信這個傳統。法式淚柏書櫃和那棟建築裡的其他書櫃都不一樣，老舊、堂皇、過度裝飾、缺口又有墨漬，和一整面牆一樣大。那疲倦、微微凹陷的書櫃簡直是收藏了澳洲文學史的小博物館。

幾乎是早期泛亞圖書出版的全套平裝本，那微笑的笑翠鳥出版商標曾在一九四〇和一九五〇年代的澳洲市場掀起一場閱讀革命。其中四格櫃子裡放著一九七〇年代的厚重精裝本，那時泛亞圖書和一九八〇年代隨民族主義風光崛起的權勢集團合併，一九七〇年快倒閉的施歐集團創辦泛亞出版社，引領一九七〇年代澳洲文學復興。一九八〇年代，德國傳媒基團施勒格成立施泛亞出版社，在國際上造成大轟動。諾貝爾獎得主的海報和杰士·丹普斯特這種本土當代大家的海報一樣大，臉貼臉放在一起，讓他很快就和十九世紀留八字鬍、把施歐當作家族名稱的民謠歌手一樣聲名大噪。那些諾貝爾獎得主除了在紐約或倫敦或巴塞隆納簽的版權合約，對澳洲一無所知。也許書還流傳著，但出版社似乎成了一個快要被遺棄的金礦井，有價值的礦脈幾乎被挖空，只剩詭譎的殘骸喀喀作響和木材支架吱嘎呻吟。

我把我們的寫手帶來了。海德邊說邊展開手臂指向我，那是一種有時在書裡仍會被形容成慈祥但其他人都覺得詭異的手勢。

那位經理說，啊，基夫，真高興見到你。我叫吉因，吉因·培力。

他跟我握手，向雷伊打招呼。在他的認知裡，雷伊似乎是狗，或說是購物袋。

他在公司電話上按了一個鍵，輕聲要人送東西來，或是要某個人過來，不久之後一個大概三十歲的女人來找我們。

基夫，我來介紹一下。你的編輯，琵雅·加納維。

我想到琵雅的時候，第一個想到的就是她的笑聲。喉嚨通到腸子，一點也不禮貌、不虛偽。但我要到之後才會聽到她的笑聲。很奇怪的是，我記得她長長的手指和稜角分明的臉，淺褐色皮膚，被金色錦緞上翻的領子和紫紅色夾克襯托出的身形，讓我想到拜占庭帝國的聖像。後來我發現這一切都是假象，她跟拜占庭帝國聖像差遠了，是個喜歡黃色笑話和八卦的人，而且很武斷、耳根很硬，但那印象還是在我腦中。

吉因要琵雅帶海德和雷伊到我們之後工作用的辦公室去，我則留下來填一些「無聊的紙本資料」。

4

吉因．培力在其他人離開後問，為什麼是我？為什麼選我？我知道你在問自己這些問題。

並沒有，但我同意了。吉因．培力靠在椅背裡，好像在欣賞我。他舉起一隻手，像在空蕩大街上指揮交通的交通警察。

基夫，我們等會再說。

他繼續盯著我一會兒，嘆口氣。

我常說自己寫傳記根本行不通，最好讓專業的人來執筆把故事寫好。但奇格非堅持要自己寫，幾個月過去了，什麼也沒生出來。嗯，有啦，一張一萬兩千字的新聞剪報。他說那叫回憶錄。為什麼要多寫一點？整個人生離不開一張報紙紀錄，說他沒有靈感。我們前後派了三個最好的編輯去給他，每一個都不到半天就放棄了。

我問，為什麼？

吉因說，要說他們邊尖叫邊跑出去有點太精彩了。

所以？

他們哭著爬出那間辦公室。沒有啦，開玩笑！但他確實會恐嚇他們、脅迫他們。他無視他們，根本沒人能跟他共事。他是爛人，努力擺爛好讓他們放棄。後來，我們堅持要他找代筆。這是最好的方法。這個代筆作家幫一些赫赫有名的人寫過，球星、政治人物、影星，全是怪物！他知道怎麼跟這些自我中心的人相處，但奇格非不是自我中心，或說至少不是那樣。那個代筆作家撐了兩天半。他放棄的時候說，他寧可跟柬埔寨大屠殺的波布或殘暴的弗拉德三世共事，但他是有極限的。開玩笑！

吉因有時候就像被碎紙機碎掉的《芬尼根守靈夜》一樣難拼湊。但即便我很困惑，我也不會想懂。

我鼓起勇氣問，那為什麼是我？

我跟奇格非說，要是你不跟我們的作家合作，你就要自己找。他說他不認識作家，然後他的保鑣——

雷伊。

對，反正那保鑣嚷嚷，我有個兄弟在塔斯馬尼亞，他想當作家。所以我拿到《死亡之流》，看了《死亡之流》。話說前頭，我沒有很喜歡，但奇格非很喜歡。說實在地，我們沒得選。

這時吉因似乎重新回到出版商更傳統的技巧——笑裡藏刀。

除此之外，你很讓人驚豔。前途無量的年輕作家，對吧？

我不知道如果同意了算不算放肆或自負，所以我什麼也沒說。

吉因換個說法。

奇格非大概也是本書，對吧？

對。

吉因說，嗯……

他的視線飄向書櫃，有片刻似乎不太確定書是什麼，他坐在椅子上移動，伸手到書櫃上輕抓一本厚重的書，只是為了把它推進去。

我希望——

嗯？吉因回到書桌前。

呃，名字可以出現在封面。

以作家身分嗎？

雖然感覺到那簡單一句話讓我們的分歧變大了，我說，作家，對。

基夫，我們等會再說。我常說不要侮辱出版社，不要假裝我們沒有提供一點專業協助。不是件簡單的事哪！我們可以等一下再講這件事。現在呢，有一些程序要做。他說完把一疊紙從桌上推過來。書送印的時候我們付你五千，出版當天再付五千。沒有版稅。

他把他的鋼筆遞給我。

簽這裡。他邊說邊翻到有箭頭記號指的虛線處。

我努力弄懂合約時，吉因陷入沉思。

像我說的，代筆作家跟高級妓女和清潔工沒什麼兩樣，大多數人不知道，只透露可以說的話。

我抬頭，吉因看了手錶一眼，試圖不要露出不耐煩的樣子。我感覺到讀合約很不禮貌，因為會花掉這個大人物太多時間。

你知道法國怎麼稱呼代筆作家嗎？

不知道。

Nègres。還有這裡，他說。我簽完第一頁之後，他翻到另一頁指著。還有這裡。

我簽了又簽，又再簽的時候覺得很感激，甚至覺得驕傲。

黑人的意思嗎？

奴隸。吉因輕聲說，一邊翻過一頁。還有這裡。

第六章

1

我第一週的第一天進到辦公室時，海德已經要離開了——我很快就會熟悉的模式。我午餐有個會。他說著便從大主管桌上拿起帽子、墨鏡和鬍子。你在這裡整理一下。

我們同時看著這裡讓人震撼的擺設，現有的椅子只能用來坐，會議桌只能聊天和放一臺麥金塔電腦讓我打字、辦公室只夠讓我們寫書、側邊桌上整齊放著一疊海德的手稿和另一疊海德相關資料筆記、筆記旁有個餐盤上放了總匯三明治——總而言之什麼都有，和海德剛剛說的背道而馳。

沒有什麼要整理的。

他用一種慈祥的口吻，彷彿自己是主人、泛亞出版社是他家。請安頓下來，我下午回來就開始。

第一次看見他的眼睛時，我才打算說我們可能需要好幾個小時。我幾乎從來無法記得別人眼睛的顏色，即便是我的孩子，但我從未忘記海德的眼睛顏色。那雙眼是致命河流裡的黑水，有深不見底的冷靜。後來某幾天我注意到他的眼睛像野狗，有大到不可思議的眼珠。這種時候，他幾乎就像一頭圍捕獵物的狼。雖然大部分時候，他的眼睛都帶著動物路死的呆滯光澤，沒有希望，讓我又害怕又著迷。我無助地盯著看時，他嘴角提起露出齜牙咧嘴的微笑，半帶嘲諷、半帶勝利，彷彿所有皮膚都被剝去，恐怖的是他臉頰上抽動的神經。

2

海德下午很晚才跟雷伊一起回來。我放下正在看的資料筆記，說我願意留晚一點繼續工作。海德不發一語，轉過身對雷伊示意，朝打開的門輕輕點頭。雷伊彷彿受過訓練的動物，從角落起身把門關上。他們兩個很少交談，但海德只要指一指、看一看，雷伊就會完成指令。門關上後，海德坐下來面露微笑。他總是能讓最簡單的人類互動感覺像陰謀詭計。

基夫，我聽到了。我想我們要合作最好的方式就是一起吃晚餐了解彼此。

於是我們離開辦公室。酒吧裡有酒，中國城裡有晚餐和更多酒。對話很奇怪，我想了解海德的人生時，他總是避而不談，反問我的人生，我同樣用更多問句來躲避。

海德突然起身說我們要早點回去，因為有很多事要做。一整晚無所獲的互問就這麼結束了，和開始一樣。我們走出餐廳，走進下毛毛雨的後街。一個守株待兔的攝影師開始按快門，海德拿出錢包，把一團五十元鈔票交給雷伊，接著露出微笑。雷伊跟狗一樣，轉身走向那個拍照的人。海德繼續走，示意我跟上。雷伊和拍照者的爭執聲被某個破碎聲蓋過。

海德招了臺計程車，替我開門，露出微笑說，不用看，不用擔心雷伊。

計程車開走時，我從後車窗看見海德招了另一輛計程車，丟下雷伊。我過了一會才意識到自己正在做同樣的事，沒有做自己想做的，而是做海德想做的事。我要司機掉頭，我們發現雷伊在街上遊蕩。他上車，咒罵那個拍照的人。跟海德在一起的時候，雷伊很陰森；沒了海德，雷伊還是雷伊。

我問發生什麼事。

雷伊過了一會只說，他不該沒有經過奇哥允許就拍照。他說溜嘴，說自己跟那人要底片，那人拒絕後他抓過相機、曝光底片，把相機砸到人行道上。

我問如果那人去找警察怎麼辦。

雷伊說，他不會，我丟在地上的錢比他的相機和那些照片還值錢。還跟他說，如果再犯就不是相機壞掉這麼簡單了。

他說他看那雞巴不爽時，我問他為什麼願意為海德做這些。

雷伊說，幹，誰知道。

我不知道。

你會知道的。

外頭是墨爾本的冬季，熟悉而不值得懷念。看著窗外的濛濛雨、車子和夜晚柏油路反光下閃爍不停的燈光，雷伊的心情因這充滿可能的夜晚明亮起來。

他問，我們要去哪裡？

但我不知道，完全沒想法。

3

最後，我們去了一家雷伊知道的、叫做地溝星辰的酒吧。沒了海德，我們回到原來的樣子。但有些事不同了，比他在出版社裡對我的奇怪態度還不明顯卻又深刻，比海德在時他的虛假警戒還多了些什麼。

他很懷念跟海德一起在昆士蘭北部的時候。從海德獲保釋，離開那汽車和直升機經常難以進入的熱帶約克角半島後，那是他們最美好的十五個月，

我問他們在那裡做什麼，雷伊突然間鬼鬼祟祟低聲說這是祕密。當我問為什麼，他說是商業機密。

雷伊，你在說什麼？商業機密？我開始覺得雷伊在推託，而且根本不知道關鍵細節。

雷伊最後說，這不會寫到書裡，對吧？你不能跟別人講。

雷伊壓低聲音，我都快聽不見他說話。

我們在找火箭發射地點。

什麼？

這是大事情，他媽的鳥事。美國太空總署。

美國太空總署雇用你和海德，要你們找火箭發射地點？

不是啦，不是那樣。

但就是這樣啊，那就是——

不是，聽我說，我不能再講了。但是……顯然……南半球需要一個衛星發射地點，給特殊衛星用的。

多特殊？

暗中偵查用的，星際大戰那種東西，你知道吧，雷根總統開始的。

所以美國太空總署付錢給你和海德花一年半幹這好事？

可能吧，我不能說。去問奇哥，我不知道。

我不能踹他，所以沒辦法相信他。

雷伊說，嗯，別信他是對的。

他咒罵海德，點了一罐啤酒和六杯南方安逸，順手抓了一些啤酒杯。我們靠在酒吧的小桌子上，坐在凳子上，像扶持彼此一樣傾身互靠，雷伊一直要我不可以跟海德講自己家裡的事。他把南方安逸逐一倒進啤酒杯裡，再把啤酒倒進去。啤酒味道因此變得很糟，但味道從來不是雷伊喝酒的樂趣所在。

基夫，你是個好傢伙，別當好傢伙。他會想跟你稱兄道弟，別當他兄弟。

他是你兄弟。

我知道，否則你覺得我怎麼會跟你說這個？

他說你是他最好的兄弟。

雷伊茫然地看著我。

資料筆記裡有布萊特·葛瑞德的故事。

雷伊似乎突然醒過來，他說，什麼樣的故事？

我說，那個消失的審計員。

我知道布萊特·葛瑞德是誰，什麼樣的故事？

一直問問題，不讓海德解釋，他在擾亂整個節目。

雷伊說，奇怪的人，所以咧？

然後他消失了。

跟我說的一樣，奇怪的人。

海德說了類似的話。一個人物評論裡提到他說葛瑞德是那種二十年後你發現他在卡卡杜雨林廝混的傢伙。

雷伊發出嗆到的聲音，好像他努力想把東西吐出來又同時想吞進去一樣，然後怪罪給啤酒。

我說，有個資料說是奇哥送他去的。

殺了葛瑞德？什麼資料？

我說，傳言是找職業殺手殺的。

雷伊說，那種東西能信，屎都能吃。他突然莫名生氣起來，誰跟你說這無聊東西的？奇哥？

我說過了，出版社給我的資料筆記。

雷伊似乎在思考，或許他並沒有在思考，而是其他遙遠又如此近的東西占據他的視線和思緒。

我問，所以你覺得海德會下這個手嗎？

雷伊乾掉啤酒、再倒一杯、喝乾，然後看著我。他的眼睛有一剎那跟海德一樣像垂死的袋熊。

重點是那眼神在一段時間後會進到你心裡，他講啊講啊講啊，全部都抓住你心裡的某個東西。

聽著雷伊說話，我發現他很害怕，我從來不知道他會害怕任何人或任何事。

讓他**講講講啊**，但就是什麼也別跟他說，我的建議就是這麼多。不要提到蘇姿，不要提到小波。

我本來想開個完笑，但打住了。

不要跟他說蘇姿懷孕了，而且如果他打電話去你家，別讓他跟她講話。

雷伊看著半滿的啤酒杯，盯著啤酒和南方安逸的泡沫漩渦。聞起來像汙濁的腋下止汗劑。或許他看著的是巴斯海峽裡距離我們如此近泡沫風浪和恐懼之海。

雷伊看著杯子裡的海浪殘餘物說，他像軟泥一樣。他掩護你，而你甩不掉他。那是我的夢境，我身上全是他，這團軟泥、他媽的綠色爛泥，在下面拖著我，我用力一直刷一直刷，但就是甩不掉他。

4

那晚稍晚我回到蘇力家後讀起海德的手稿，沒花太久時間。手稿是關於澳洲國家安全委員會——或是他經常說的澳安會——的發展史，一大段從報紙、定期報導摘錄、紀錄、各個政治人物的讚美信和公眾人物的感謝函拼湊而成的句子——總理、退役美國將軍遺言、使節、警員、消防隊員、大商人——海德隨意將沒什麼意義的文字拼湊在一起。手稿非常驚人，因為幾乎無法閱讀。看這個例子就知道大概是什麼樣子。當時的總理描述海德是**真正偉大的澳洲人**，還說他是**全體澳洲愛心關懷的楷模**。

我明白他們為什麼需要代筆作家了。沒有海德的成長背景、私人生活，也沒有澳安會崩解、消失的數百萬元、接連倒閉的銀行、企業、工作和人命、通緝、他後來被逮捕和等待他的判決。總而言之，沒有可以寫成書的東西。

接著我讀完資料檔，從媒體採訪澳安會的大量報導影本彙整來的。對雷伊來說，在澳安會工作就像隸屬於一隊菁英部隊，有制服、軍事訓練和昂貴的玩具。新聞報導了類似的事：澳安會的後勤、科技和設備複雜精密，與政府或業界的格格不入，他們擁有超乎人想像的能力卻無法盡其所長。他們是第一個國內有救火直升機、第一個備有特殊海上搜索船艦的單位，船艦同時連結迷你潛水艇和直升機。

澳安會承接更多傳統油礦產業的工人安全訓練、行人和漁夫失蹤協尋、更多林地野火消防專家，澳安會有了驚人成果——打撈帝汶海失火而造成生態浩劫的油船；澳安會英勇解救世界知名法國船員奧利佛·伊斯派思，當時他的快艇在澳洲南方一千五百公里處汪洋中傾覆，而他受困其中；當隧道坍方、十七位獵人谷煤礦工在地下一公里待了十日，出動全國防災資金投資的巴靈頓十七號。

但對這種規模的單位來說，澳安會這種快速興起的能力始終是個謎而且經常受爭議。簡報以此為區隔：右翼新聞報導讚揚澳安會為二十世紀新商業模型；左翼譴責澳安會跟惡名昭彰的努韓銀行一樣，實為中央情報局門戶，並直指海德打造的是地下軍事單位。

我看完時蘇力還醒著，坐在他客廳裡一張裂開的黃褐色躺椅上看書。他似乎知道這種事情，在古怪的夜間小酌、廉價西拉酒、弄亂臨時書櫃的空酒瓶之間，他說政府在八〇年代突然放手讓企業介入，做國外零售進口的都是神，甚至連企業都在花成本買一些現在看來無足輕重的服務。政治人物或執行長之外的一切——從社會福利、監獄到搜救工作——突然變得無足輕重。真的，唯一奇怪的就是國會本身沒有重組。無論是什麼，任何在這些區域開張的生意都會有爆炸性成長。根據蘇力說，澳安會只是剛好符合一種愚蠢的新型公眾生活。

解釋完之後，我悵然若失，不懂為什麼這些解釋似乎有講和沒講一樣。

5

隔天早晨，我決定要有個好的開始，提早到時卻發現海德已經在那裡了。他站在一個很醜的書架前，看著出版社出版的可憎書籍。我進去時，他正抽出一本書，放進他放在餐具櫃上的一堆書裡。

我走到書桌時他看看四周，我們打招呼。我第一次清楚看見他的臉，在高畫質電視螢幕發明之前，我再也沒看得這麼清楚過。他的臉上有好多瑕疵——彎曲的牙齒、高聳的眉毛上頂著一頭亂糟糟的頭髮。小地方像長錯了一樣，太過強烈突出，彷彿我正用顯微鏡看著一張又遠又近的臉。也許這就是為什麼很難確切說他的臉長什麼樣子，怎麼說都不對，因為那張臉一度如此模糊，卻又莫名清晰得連孩子都能說出個類比，像月亮，但這個類比卻等於什麼也沒說。有時候，他彷彿並沒有真正在那裡。

我問，奇格非，你希望……你希望我們怎麼做？

海德用特別溫柔的聲音說，你決定，就是這樣。

沒有你不行。我說，以為他在開玩笑。

他們付你薪水就是要你決定。他說完繼續漫不經心地翻書。

我猝不及防。我說我只能整理他的想法，寫下他希望寫的東西，但我不可能**捏造事實**。

這個消息對海德來說似乎是個意想之外的不速之客。他看看手錶，問我來的時候有沒有看到吉因。

沒有。

他說，他們只付我三分之一的預付款。

突然間，他的情緒從溫和沉靜變成暴怒，聲音從低沉變成近乎吼叫。

幹！這什麼東西？幹！他們不付我錢，他媽的怎麼能期待我把全部事情做完？

我說，規定就是這樣。簽合約時拿三分之一，定稿時拿三分之一，出版時拿三分之一。

海德喃喃說這都是他的錢。他指著我說，多虧他我才會在這裡，所以書是一定會完成的，吉因應該現在就付款。

我試著轉移話題來轉移他的情緒，便問他童年生活的事。

和剛剛暴怒一樣突然，他打住，什麼也沒說，繼續翻他那本光滑的繪本。

我問了一個和他父母有關的問題。

海德把書放回書架，抽了另一本出來。

我問他和母親親不親近。

他拿著翻開的《巧克力愛好者的托斯卡尼之旅》走向我，說，你把這本帶回家吧！

這些書不是我們的。

海德露出微笑。

拿去吧。

這是偷竊。

你是作家。

我不是小偷。

可能吧，但你喜歡書。

那不是書，那是個笑話。

彷彿有人偷聽一樣，海德四下張望說，喔，我懂了。那你喜歡什麼書？奇格非，我不想要這裡的書，如果要，我會自己問。他們會很樂意給我或你需要的東西。

海德微笑著說，那拿去吧。如果他們不在乎，你也不用在乎。你想要就拿去。

我說，我不想要。

如果你不想要，拿去給你太太。再說一次，她叫什麼名字？

我說，蘇姿。

蘇姿，他說。他說的時候，我想起雷伊的警告。蘇姿喜歡巧克力，對吧？

我試圖問關於他父母親的問題來當作回答，但海德打斷我。

她喜歡，對吧？雷伊把她的事都告訴我了。還有雙胞胎，對吧？沒錯吧？她現在隨時可能臨盆，她一定會想吃點巧克力，對嗎？

我不確定要說什麼——我想著要怎麼把這流淌的河引回原來的河岸。

海德繼續說，她會想的，誰不想呢？雷伊說她很美，也許我該去塔斯馬尼亞，這樣我們就可以在離蘇姿近一點的地方工作。這樣對你來說一定好很多吧？

他繼續說話時，那本書一直在我們面前開著，一張巧克力溢出銅鍋的大照片。我第一次感覺到奇怪的慌亂緊揪住自己。

我說，我們得繼續工作了。

6

為了把我們的對話記錄下來，我開始跟隨海德的工作，期待這樣能累積自傳的資料，接著我的工作就是整理和以書的形式把海德的記憶形象化。但我大概就像用剪刀接水銀一樣，什麼也沒接著。我改變方法，直接問他一系列這或那的相關問題。我從他的閒聊和謎語中收集到一點什麼時——最多十五或二十分鐘——我便會暫停對話，要他在我把這幾頁打下來時去打電話。

我工作大概半小時之後，便會用些必要謊言把他的注意力拉回來——奇格非，我可以跟你確認一些發生的事嗎？讓他離開電話往往是個困難任務，我成功後便會把根據他的妄想和推託創造出來的內容唸出來。他傾身靠在桌上，右手握拳托著臉。我寫的故事越是古怪，越和他描繪的模糊事實無關；我越可笑，他似乎越開心，越會說那**完全**符合他的記憶。不到五分鐘，他就會跟《六十分鐘》的查理、紐約新聞頻道《先鋒》的葛瑞格或加拿大國營頻道《這小時有七天》的瑪各特講電話。在那第一個禮拜，他從這些捏造的故事裡擷取三段到個人訪談裡，還收了錢。

因為事實證明不可能知道出生地，童年又令人困惑，我決定聊應該會比較好聊的話題：青春期。但並沒有比較好。他只提到阿得雷德市，這可能可以也可能無法堆疊成一段故事。除此之外，就是一小時越來越折磨人的推託迴避。一小時後我說夠了，他可以去做自己的事。我盯著一明一滅的游標和閃動的螢幕看了好幾分鐘。

我盯著看——

——看了又看。

但沒有其他辦法，我得捏造出來。海德看報紙、雷伊打瞌睡、我工作，過了半小時後，我問海德能不能確認一些細節。他埋首報紙頭也沒抬地點點頭，舔舔手指，翻過一頁。

我開始唸一段乏善可陳的創作，裡頭描述海德在六〇年代在阿得雷德市的青少年時期。我已經盡力用一些陳腔濫調來形容嚇人的熱氣、青春期的孤獨和過於寬廣的街道，描述一個我一無所知的時空。但這不是俄裔美國作家納博科夫的自傳回憶錄《說啊，回憶》，而是，我僅能對海德缺失的青少年時期能做的最好解釋。古怪得很，海德似乎很喜歡。

我繼續唸。

海德心煩意亂地嘟噥，對，沒錯。

我繼續唸。青少年時期是年輕海德的高峰。我延續我唯一知道二十世紀阿得雷德發生的事，披頭四於一九六四年造訪該地。

海德認真起來，對，沒錯。

披頭四讓年輕海德甦醒過來——我說年輕海德在他們住的旅館當服務生，遠遠看見他們——決定有番作為。

海德放下報紙，抬起手臂指著我，再用手指戳戳我，發出卑鄙的嘖嘖聲。

對，沒錯！就是那樣！事實就是那樣！

他笑得彷彿剛看見一張遺失的信用卡，他傾身向前，拿起話筒，撥了一個號碼，開始講話。沒多久，他就引用了一段到青春期的訪談中，拿了錢，高潮是披頭四造訪阿得雷德市。他跟記者說我剛剛跟他說過的話，彷彿是自己人生中某些遺忘的片段般。我聽得出來，這些很快就成為他人生的一部分了。

只是海德說的時候，這個故事充滿我從未提及的細節，好像我的版本對事實的註解不夠。

海德講到有個攝影師偷偷潛進披頭四那層樓，引發一場鬥毆。約翰．藍儂摔壞攝影師的照相機、揍他、把他的頭壓進馬桶裡沖。海德當時是個年輕的服務生，被叫到那層樓去清理摔壞的照相機。他記得喝醉的約翰．藍儂咬著指甲；好幾個年輕女人，其中兩個上身赤裸，跟林哥．史達在床上喝茶。

他說故事的功夫是大師級的，一場驚為天人的表演，但更精采的還沒到。

海德繼續說，接近半夜他快離開的時候，約翰．藍儂問他什麼時候開始工作，海德跟他說中午。今天辛苦了，披頭老大邊說邊給他一張五元。

海德說，我不知道要說什麼，沒多想就脫口說確實是辛苦的夜晚。我記得約翰．藍儂笑了，說這很適合當歌名。然後有天我在廣播裡聽到這首新歌……

那一刻，我對自己身為作家意識到的僅有價值更少了。我甚至不知道自己在做什麼，跟一個連我們寫的是不是自己的人生都不知道的男人共事，但把我枯燥乏味的產物變得更加有趣的過程中，他卻樂得把附屬權利交給我，讓我編撰他的人生。

我感到一陣沮喪。

寫作曾經是我的熱情、野心和希望所在，是夢想。現在我再不知道究竟我是作者或海德是我，或其他幾種更令人心煩意亂的可能。然而我越懷疑自己，我便越要把他和他狂想散漫的閒談弄個清楚。

我仍舊告訴自己，這是工作。而所有和工作有關的事情——工作模式、時程表、計畫表、儀式和工作夥伴——並沒有讓我不愉快。我在茶水間或走廊上遇到其他人時，我堅稱著詩集的謊言。這個幌子是種負擔、玩笑，也是種刺激，但回頭想想，應該也沒人會有興趣去在乎這是不是真的。中世紀德文詩選的確是很奇怪的書，但幾年下來，出版社還是可以出各種各樣怪異的書，而且還賺得到錢。在這種建築裡，大家都有自己的書和自己的擔憂——要編輯、設計、行銷、銷售、發行的書。他們何必在乎某個臨時編輯做的某本神祕書籍，一本出版時同時受到讚譽和被遺忘的書？在愚人的文化裡，這本書隱約比大多書還渺小。現在回想，我覺得那裡的人知道我們的幌子是垃圾。唯一真正相信這場騙局的人是我。從一開始我就在海德的股掌之中。

7

讓懷孕的蘇姿一個人留在荷伯特、還要照顧小波，我一直覺得不好。但打從我接下這份工作，我們彼此都清楚這是唯一能夠維繫我們家的辦法。這並不是最好的決定，卻是必要的決定。這似乎和懷孕有關，懷孕是一股把我捲入蘇姿和奮力捲離她的力量，一股強烈的向心力和離心力。為了從來不明確的原因，我們對彼此變得殘忍，也越來越常爭吵。也許那是因為我們一開始就錯了，雖然我們無法看清是什麼緣故，但也就如同我們無法看清如此多事情罷了。

我們爭吵過後常有激烈的性愛。我們的性愛變得不穩定而敷衍，變成一種詭異而情急拼命的狠勁，也許因為蘇姿似乎全心迷戀著自己的愉悅感，所以情況越是如此。彷彿性愛是我們唯一需要解釋、理解一切無法解釋且無從理解的方式。她搖動的身軀，她隨之而來的柔軟嘴唇。她的命令：愛我。我聽見大家說她很漂亮。他們不知道。但使我們暫時在一起的只成功使我們更遙遠、更空虛、更孤獨。每次都只證明了我們兩人都不希望講出來的事實。

我們用米粒大的紙上文字掩蓋揭開的深淵和我們的眼睛。多數時候是愛，經常是家，那種字眼。可以說是盲目的謊言。然而，這些文字錯得如此對。蘇姿被酗酒的父親扶養長大，總渴望家人、穩定、家。也許我渴望類似的東西。當然，我使用相似的詞語來遠離恐懼。如同蘇姿，我渴望家人、渴望平靜，但背後總隱藏著死亡，我對死亡的恐懼，一種在我內心深處的恐懼，在一片汪洋之中死神始終渴望著我、一直拉我下去。而現在我想嘲笑死神，想提醒死神我還活著、想在離去之前品嘗生活、即便只有一點的渴望在我心裡排山倒海而來。

但要怎麼活？

這問題讓我心慌，海德讓我覺得自己答錯了。因為我也想自由、孤獨，那想望帶著一股近乎粗暴的力量，除此之外，想逃離那朝我而來、如蜘蛛網覆蓋住我的事物。或許我總在計劃逃跑。說我對自己說謊很不公平也很不對，我是徹底欺騙了自己。

但有時候在墨爾本的夜晚，我獨自躺在蘇力地上的泡棉床墊上想到蘇姿、想到我們已出世和未出世的孩子、想到那莫名繫著我們的貧窮，我總會感覺胃痛苦揪著，如此折磨人的力道令我氣喘吁吁。

8

我星期六中午到家，蘇姿到機場接我，她雖然疲倦卻意外健康。醫生一次又一次警告我們要做最壞的打算，但除了那無邊無際、非同小可的現實困境，蘇姿除了睡眠不足和偶爾消化不良之外並沒有健康問題。她也出奇地平靜，彷彿懷著雙胞胎讓女人體內在這種時候釋放出雙倍劑量的安定荷爾蒙。她多半微笑著或笑著。

醫生說蘇姿在六個月之後隨時可能臨盆，但六個月安靜地過去，第七個月我們焦慮地等待，然後來到第八個月，我們仍在等羊水破，還在等第一次宮縮，等所有奇怪的、未知的、無可知的生產預兆。然而神奇的是，一個又一個禮拜過去，現在我們進入第九個月，蘇姿和未出世雙胞胎的健康都保持在良好狀態。我們凝視著蘇姿的肚皮，想找生產開始的徵兆，但除了已經很龐大的蘇姿變得更加龐大之外，什麼事都沒發生。

因為很可能早產，醫院在好幾個月前就替我們安排了新生兒加護病房的特殊照護。助產士帶我們穿過嗡嗡作響和喀噠喀噠的機器、管子、明亮的日光燈、高效空氣過濾器，來到保溫箱前。裡面裝著一個初生的小爬蟲生物，半透明皮膚下維繫生命的纖細微血管如小花點點。

她說，這是蕎安，她是我們重點照顧的女孩，三十一週早產，現在已經三個星期大了。

蕎安這個名字對這個皺巴巴的小東西來說似乎太重了。兩顆紅疹，一顆在眼周肆意生長，比較大的另一顆長在不時抽搐的四隻蜷曲的小手腳上。這個小嬰兒最像人類的一點便是小手指握起大膽違抗的拳頭。

護士說，蕎安經歷了所有可能發生的事，但她很勇敢奮鬥。

我們被告知，雙胞胎不只會早產，而且通常會早很多，事實就是兩個牽連的胚胎會讓身體開始宮縮。結果很難預料，我們真正擔心的是許多不好的事，這些可能性多到現代父母再也不去想。這些多半與死亡有關，或即便逃過死劫也必然要付出的殘酷代價。

當我們盯著那讓人揪心的小寶寶們蜷縮在微微透光的有機玻璃保溫箱裡——透過糾纏細長的監測線路、餵食、點滴和呼吸管持續游移在死亡之上——他們說雙胞胎在生產過程中可能會有一個或兩個都活不了。即便生下來了，他們之後還有漫長的掙扎。

一個接近三十歲的活潑女人跟我們說明大概的風險須知，細節枯燥沉悶。餵食困難、呼吸困難、發育困難、以前雙雙死亡很常見，現在不會了、現在一個死亡很常見、活著的可能終生有健康問題、智力發展受損、治療、早產死亡、早夭、產婦死亡。

我們似乎離開生活，走入戰區，那裡不再有為人父母或家庭的承諾、幸福、簡單的快樂——如果本來有的話；只有創傷、治療選擇、最好是存活。那裡每一處都潛藏死亡、可能會死、恐怕會死。結果那股在二十世紀末席捲西方世界、讓生產更舒適的新微風——減少醫療介入、低光源產房——並不屬於我們。

懷雙胞胎的事實把我們推進另一個時空、另一個白衣人擁有所有掌控權的時代。我們無能為力、我們為未出生的孩子擔憂恐懼，我們同意他們所有的規定和注射。我們有什麼選擇？

9

星期日下午，在我搭飛機回墨爾本的幾個小時前，吉因打來說他看過草稿了。他說目前為止都很好，雖然他覺得我描述的是海德的內心，而他現在需要的是故事。讀者需要故事。他繼續說，市場需要故事。

他說，所以照之前說的，就用你寫的這些為基準，你在星期四之前把整本書的大綱寄給我。

這是他第一次說這些。

可是……那一章呢？我問，對於吉因似乎覺得這不太重要感到惱怒。我不確定自己期待得到什麼回饋，德語詩人里爾克寫給年輕詩人的信？我全都想要，想要更多。但我只有吉因，吉因愣了一下，像被要求解釋空盤子裡裝了什麼。

他說，喔，但那不用了，我們現在真正需要的是大綱。

我漸漸明白，在我順利成為這本書的作者前還要過好幾個難關。當時我並不明白，但我現在知道吉因如同我和海德一樣孤注一擲。我們都做了太多讓自己後悔的事情，彷彿我們三個當時就站在即將被填滿土的灰暗墳墓前。我努力壓抑增長的厭惡感，問什麼樣的大綱。

吉因說，你知道嘛，簡單的大鋼，就那種東西。每個章節寫一點。中央情報局？銀行？行銷部要求我給點具體內容，他們的要求是對的。二、三十頁就夠了，但我星期四要拿到，這樣我們才能知道這本書能不能成。

講完電話後，我覺得又生氣又難過。什麼叫做那種東西？二十頁叫不多，那跟山一樣！海德的人生，我根本連一頁都寫不出來。這個禮拜以來海德說了很多話，但幾乎等於沒說。奇蹟般地，我根據語氣、聲音、奇異的聲調和沒多少的具體細節捏造出一個章節。幻想接下來幾天會有多大產能簡直是個殘酷的笑話。

我把吉因的要求告訴蘇姿，我說我不知道要怎麼寫出來、有多無能為力。她告訴我，她知道我可以做到的，我一直都可以。我心情沮喪，而她的安慰令我火冒三丈。我做不到的時候她知道嗎？她說她都知道。她怎麼會蠢到不知道這根本不可能？她回說，對我來說不是不可能。就這樣我們開始吵了起來。

我對海德越來越多的憤怒，對失敗最深的恐懼，全都化成對蘇姿的怒氣。我揮舞著廚房流理檯上的刀，我大吼大叫說我做不到吉因的要求，難道她不懂嗎？我揮手強調重點，想也沒想就把刀舉到肩膀高度重重垂直砍下。

妳看不出來嗎！我吼叫時看見蘇姿的表情變了。她盯著我的頭上方，我抬頭看見一把刀懸在我們兩人上方準備要落下，而我正握著這把刀。我不知道我要拿這把刀幹嘛，我從來沒有過這種可怕的感覺。

基夫？

盛怒之下，為了證明即便我現在都不在乎能不能用文字表達的情緒，或是恐懼，或是羞愧，我在蘇姿面前用力把刀甩掉，劈進不鏽鋼水槽裡。

那把刀直直立著，前端用力插進不鏽鋼裡，隨著輕微撞擊聲顫抖，那撞擊聲是等待犯罪的控訴。那把刀似乎靜置了很久之後傳出一陣震動，那漩渦似的環繞音包覆著我。違背意志地，我感覺自己開始被往下拉，開始變成另一個人，一個陌生卻熟悉的人。

或許我們懷抱著探索的希望傷害彼此，卻發現我們希望自己從未知道的一切。我轉身面對蘇姿。我聽見自己在講話。我聽見自己試圖捍衛那本書、我付出的時間、我想成為作家的野心、我對她的忽略。

我覺得自己說出的每個字都無限空虛。

我說不出有意義的話，於是走出廚房，上樓繼續書寫完全沒意義的文字。

第七章

1

我的第一個禮拜雖然困難，卻滿有生產力的；第二個禮拜一開始就不順利，因為海德對這本自傳越來越沒興趣。除了海德的禮貌回應，我問不出什麼東西，他坐在書桌前，安靜地沉浸在報紙裡或打電話。

例如我記得問他布萊特．葛瑞德的事，葛瑞德是澳安會一直以來的審計員，他在一九八七年消失無蹤。我提到雖然葛瑞德是個小職員，但聽說很多人很喜歡他，他的失蹤一定很令人難過。我期待能勾起一些回憶。

難過？海德說完繼續讀報紙——他很喜歡報紙——過了一會，他沒放下那頁紙，像要人幫忙想填字謎，找出表示*satisfaction*（滿足）的兩個字，加起來要八個字母，他說，非常難過。

我開始懷疑海德有沒有任何真正的情緒。與其說情緒，不如說他心裡有一個裝腔作勢的畫廊，當他覺得不恰當時便有必要走進那個畫廊掩蓋內心——例如同理心，或憤怒、盛怒或感情。或許他什麼感覺都沒有，也許他住在一個沒有愛、沒有悲傷、沒有痛苦的世界。也許他看著這個世界，像跟我們——雷伊、吉因、我——玩耍一樣扮演邪惡的角色。

他指著一篇正在看的文章，關於昆士蘭州政府拒絕媒體報導與美國太空總署雇用海德打造祕密火箭發射地的計畫。他搖搖頭，反駁說報導裡的細節錯了，說不懂骯髒世界的傻子才會講這種話。這種話顯然說明這事的確和太空總署有關連，但我之前問的時候他卻否認太空站確實存在。

我印象很深刻，午餐的時候他說約克角半島是西雅圖一家創投公司出資的大計畫，一小時後他說那全是媒體的莫名打壓。傍晚那又變成新加坡匿名媒體大亨的業餘計畫，但他不能透漏人名。

他用新的謊言反駁原有的謊言，然後否定自己說法矛盾。彷彿他一旦接受自我否定就無法生存一樣。海德說的故事必然不完整，他並非否定該有的事實，而是堅稱有其事實。海德並非有意識地讓自己緩慢拼湊的故事前後不一，或經常完全相反，是一種更厲害的本能招數。因為要把這種無法無天謊言拼湊起來的難事不在他，在於你這個傾聽者。

我因此更能感覺到這對自己想當作家有多大幫助，我不知道的事如此多，我更加確信我先前完全不了解自己的職業。我跟一個對書沒興趣，只想盡可能偷東西的人在一起，但他對書本能的瞭解卻比我多得多。

我再一次問海德誰是發射站計畫的真正資助人時，他再次轉移話題。記取**我們**在智利罷免阿葉德的錯誤，他暗示自己曾跟中央情報局於一九七五年合力罷免當時澳洲總理魏德倫。

智利是另一個海德反覆提到的咒語，不像毒蟲那麼頻繁，卻更加混亂。有時候他彷彿希望把聖地牙哥國家體育場和其餘波中所有受苦的軀體和腫脹的屍體當作自己的遺物似的——卻對寮國密戰和被遺忘的死去寮國人隻字不提，只是不停又不停地拐彎抹角提到，在印尼、海地、尼加拉瓜、如此多其他國家中被燒成灰、被屠殺和遺忘的死人、無止盡被永遠忘卻的死去之人——事實上死了這麼多人、這麼多令人憎惡和錯誤的事，而他似乎只要驕傲地用自己的編造的方式暗示這一切，卻從未詳細說過任何事。

有時候他用那種輕柔、理性的方式說話時，我會覺得他是不是想把所有邪惡一吐而出。幾乎像是他覺得自己可以無數次進出這世界上普遍存在的恐怖事物。那恐怖事物也同樣荒唐、可笑又擾人，但你一旦追問他某個細節，他就會從這胡言亂語中抽離，繼續問一連串經常讓人覺得懷有惡意的問題。這種時候，他說得很簡單，就像最頂尖作家可以寫得很簡單一樣。他什麼也沒說，卻潛藏一切，而我感覺到的是冰冷殘酷的重量。

你愛你太太嗎？那個星期一我追問太空站時，他用這個問題回應我，他溫柔的嗓音像神父、像告解者、像條子，耐心等待你自投羅網承認從未犯過的罪刑。

當我沒回答的時候，沉默卻也彷彿莫名的背叛，他狡猾地露齒而笑。

基夫，你愛嗎？

2

我說，奇格非（我在前幾個禮拜還是很尊重他的），如果你知道中央情報局和魏德倫被罷免有關就直說。

海德回答，我在想自己的事，如果我去塔斯馬尼亞會不會對你比較好——說白了就是書的事。

我說，只要一個事實。

我們可以在你家工作。

說出來就是了。

那你就可以幫你太太。

哦，不要聊我的私人生活。

再問一次，她叫什麼名字？蘇姿？

奇格非，那不是這本書的重點。

他說，蘇姿，果然沒錯。你知道嗎？基夫，你是個討人厭的執行長。

你是個偉大的小說家。

好的執行長懂得**分享**，那是讓部屬打開心房的能力。他嚇人的微笑，他跳動的雙頰，他死屍般的眼睛。

海德說，我怎麼能對一個連孩子名字都不告訴我的人忠誠呢？

這個要求對我來說太多了。

我說，你太太怎麼能對一個連真名都不告訴她的人忠誠呢？

海德繼續說道，基夫，你沒必要有這種敵意。如果你在家工作，就不會覺得壓力這麼大。我會跟吉因談一談。

我什麼話都沒說，希望渺茫地期待或許他會疲倦。他沒有，他不可能。

基夫，你不該站在他們那邊指控我做壞事。

誰那邊？

銀行。你是來幫我說故事的。

你的故事跟哪一邊無關。要從更多角度切入，而不是一面破碎的鏡子。

那麼，那是什麼？

我說，小說。他打敗我了，我沒主意。

或許我這麼說有無法掩飾的一點讚賞。他有我可能不曾有過的東西，要完成一本小說，那冰冷的壓力或許是必要的。或許要去偷、要去殺。

海德往後靠，他的皮革椅浮誇得令人厭煩。我說，我的意思是總要有個東西，對吧？有些人拿著短獵槍、戴著搶匪頭套，沒人看見他們的臉。之後如果成功逃跑，他們就躲起來。他們小心翼翼花偷來的錢。

但你——**你**公然搶銀行，用握手、拖著攝影師、電視團隊來搶劫銀行。然後你瘋了一樣在他們眼前花幾百萬，到處都是你的臉，他們甚至命令你搜刮澳洲。

有時候海德認為指涉他偷竊七億元是邪惡又毫無根據的毀謗。但我漸漸不再害怕得罪他，反正那天他心情看起來很不錯。

我繼續說，瘋狂的事一樁接一樁，武裝軍隊——

海德糾正我，傘兵。跳傘的傘兵，用軍隊組織和紀律訓練的急救人員。我們對那樣的訓練引以為傲，他們五百個人都是最優秀的。

那海底潛水艇呢——我是說，**潛艇**？

海德微微笑。他說，兩艘迷你潛艇和一艘潛水器。

我說，潛艇就是個「什麼」。

海德笑出來。

他說，是啊，雖然裡面很不舒服、很狹窄。我們聘了一個兼職的心理學家來處理潛艇人員的狀況，因為健康和安全一直是我們最重要的驅動器。基夫，大家太容易忘掉這點了。寫進去，這很重要的。

他因此得了些空，好像他還是那個要求看年度報告、指定產業最高標準、獲獎條件、專業發展計畫、策略目標等等，以及等等的執行長，很快他又開始講起毒蟲。雷伊把這種急促含糊的說話方式稱為**海德語**。雖然有時候海德還滿有魅力甚至有趣的，甚至有一兩次很有才華——他跟我說代筆回憶錄只是「以吾攻吾」——但他說的多半是滔滔不絕的廢話。我再一次想辦法把他拉回自傳。

3

我說，我不懂為什麼澳安會的理事會會同意。他們有法律責任，他們為什麼沒提出問題？理事會？他緩緩搖搖頭，彷彿勾起感傷的回憶。

他走向十幾個放在辦公室角落收著文件資料的檔案箱，打開其中一個，在紙堆裡翻找，最後拿出一張照片遞給我。

他說，這就是為什麼。

照片後面黏著一張紙，紙上的印刷字寫著「一九八六年澳安會理事會議」和一串名單。一開始掃視過組成澳安會監管理事會十幾位溫順綿羊的自負臉龐，我無法理解，接著我定睛一看，開始明白他的意思。

他指著一個西裝外套、銀頭髮、打了蝴蝶領結的人。

他說，主委是埃里克．克諾斯。

他迅速翻了翻另一個箱子，從相框抽出一張照片遞給我。那是一艘黝黑帥氣的迷你潛艇。

海德說，澳安會的**克諾斯號**。每個理事會成員都有以自己名字命名的一艘船艦或一架飛機。有些人有一艘船艦和一架飛機。克諾斯有很多——潛艇、拖船、兩棲直升機母艦，還有直升機、快艇和我們最大的飛機。我只要讓他們一直出現，讓他們覺得自己很重要，並沒有那麼難。

他給我看了更多理事會成員出席開幕剪綵和慶祝活動的照片。

他們不覺得——我開口，但他露出要笑不笑的表情打斷我。

覺得？基夫，大部分人都活在別人的想法裡。我只要把他們的想法說出來，他們就會非常開心。

他用手指指過一排人，直到停在自己身上。

他說，那是我，就是個傻小子。

在那些無聊的會議紀錄照片裡，我開始知道海德的方法有多天才，他把自己縮小到如罹患幽閉恐懼症般渺小，成了所有澳洲人的謎樣縮影。**就是個傻小子**，另一個循規蹈矩的澳洲人，平凡如他，令人過目即忘。

海德把一張凹起來、帶著反光的大照片拿給我，克諾斯在另一艘以他為名的船頭上笑著準備搖香檳。

他說，阿諛奉承，這麼明顯、這麼容易，笨蛋也知道，但這就是笨蛋的證明。

他若有所思地看著我。

他說，這一切會讓你寫出一本絕妙好書，彷彿我正在主持另一艘虛假船艦的下水儀式。

4

克諾斯那個**混帳**。星期二上午十一點五十分海德走進來時說，離那天我們開始工作已經過了快四小時。他的厭惡出人意料。他努力保持語氣溫和卻經常演變為傻笑，但他不時會露出殺人般的表情，直到揚言要殺人之後他才會立刻露出笑容，回到他拐彎抹角的陳詞濫調，他一貫的交易技倆。但那天早上他發脾氣的樣子是我從未見過的。

海德把一張報紙丟到我的鍵盤旁說，看看這個，看看！

標題寫著：「**克諾斯表示應將海德終生監禁**」。

海德接受各方採訪，咆哮吼叫、手顫抖著，好像他什麼事都沒做！

今天的情緒似乎是憎惡。

離審判只剩幾週了，他說我分明是他媽的犯罪天才，把他和銀行一樣耍得團團轉。

他旋即冷淡麻木又暴躁地一屁股坐進椅子裡，又突然後退站起來。

我說，呃，我想我們真的要盡快把書整理——

他的視線掃視辦公室四周，好像有什麼東西藏在那花俏庸俗的書櫃後面一樣。他說，我要跟吉因談一談。我需要兩萬澳幣周轉，那是他欠我的。

海德走到門口，要離開的時候又走回來。

他怎麼能要我坐在這裡浪費生命又不先付錢給我？

說完他就走了，只是和往常不一樣，不到幾分鐘就回來了。他跌坐進椅子裡，兩眼發直盯著前方，手指在桌上敲。我發現他發抖的嘴唇在無聲說著話。

他終於大聲說出來，這到底有什麼關係？

我問他有沒有拿到錢。

如果說絕望有表情，他說話時就是那個表情。

海德語氣越來越激動地說，他拿到大綱前一分錢都不會再給我。你寫好了嗎？

我說如果他經常不在，想寫什麼都不容易。

海德做出一連串歌舞伎表演般激動又精細複雜的動作，坐在辦公椅上往前滑，手肘靠在書桌上，雙手往外展開，過了好一會才緩緩把疲倦茫然的臉埋進手裡。他就這樣撐在那，像揉厚重黏土一樣按摩自己的臉。這動作持續好幾分鐘或更久，直到他突然抬起頭來露出全然不同的臉——微笑振作的臉。沒了憎惡，雖然現在的情緒是什麼難以確認。

閒聊夠了，他說，雖然他已經好一段時間什麼也沒說。**夠了！**

他雙手交疊一副主管要找你懇談的姿態。

他露出經理級淺淺微笑說，我們真的要讓你工作了。

就這樣，過了一個禮拜的搪塞、大概驚覺到需要吉因進一步推進，我們總算勉強開工了。

他開始說，大家批評澳安會，但我們雇用好幾百個人，幾百個！我們高峰時期就超過八百四十個，不對，八百三十八個全職員工和九十六個兼職員工。而且我們和本迪戈的工程作業和其他小本生意都有往來。他們說那叫什麼？放大效應？那是好事啊！我們做的就是這個我說，好事，寫下來。

你沒賺錢？我覺得惱怒，因為他說的全都是大眾已知的事。

政府賺錢嗎？

你不是政府，你是做生意。

瞭解。我們是模範企業，我們得了績優出口商獎。

你們沒有出口任何東西。

我也覺得奇怪，但我們是個成功的企業，那就是為什麼他們頒給我澳洲勳章。

你不是澳洲人。

我沒有護照，有差別的。

沒有太大差別。

瞭解。我的澳洲勳章上寫著「二十世紀末傑出新創企業」。這──

企業要經得住市場的考驗。

嗯，我們很經得住考驗，市場給我們七億元。

你沒有還回去。

市場從不管這個，那好像是未來的事。

你騙銀行。

我老實跟他們說我們能力所及，讓他們看我們的貨櫃，我們創造工作機會、拯救生命、撲滅火災。我們救船員、救礦工，把產業訓練推到另一個層次、重新定義卓越的標準。銀行很欣賞我們，全力支持我們。

用別人的錢。

用全力支持。而且哪家公司會用自己的錢？我不知道我有什麼不同。如果有更多時間，我們可能會是全球成功的案例。

怎麼成？

怎麼成？我們可能會賺到錢，就是這樣。為什麼我們做的是錯的，但別人做就可以？我看不出有什麼不同。

他們很誠實。

你信嗎？真的嗎？

怎麼讓銀行相信你有賺錢？

海德抬頭看我，說話時黑色眼珠一度明亮並同時閃耀著堅定和疑問。

我把他們的錢變成一種神奇迴圈。他們給錢，他們收錢。所有生意都這樣做的，不是嗎？這就是為什麼全世界都愛我，不是嗎？

5

那天晚上我才剛回到蘇力家，雷伊就打來說火車要走了，我們得上火車。如果是其他狀況、其他晚上，我一定會拒絕。但我需要大醉一場。我跟他在野獸酒吧碰面，一小時後我們繼續去地溝星辰酒吧，再從那裡前往市區一家夜店，雷伊跟我保證那裡有所有夜店都沒有的好東西。結果沒有，但那時要離開已經太遲了。

當墨爾本的暮色開始融化，彷彿滴落在計程車擁擠的後座裡、滴落在我、雷伊和兩個女人身上。因為她們洋裝的顏色，雷伊喚她們阿粉和阿紫。我問雷伊海德一直提到的貨櫃是什麼。

我說，我不懂。幾百箱裝載百萬設備的貨櫃，澳安會卻還賺不到錢。

阿粉說，我要隨波逐流。

阿紫附和，對，我們就是這樣。你們知道，我們就是，嘩啦啦！到處流。

阿粉咯咯發笑，嘩啦啦！嘩啦嘩啦啦！

阿粉和阿紫都是為雷伊而來的，或為彼此而來，或者因為她們跟我們一樣，都走得太遠，去不了別處。

雷伊說，裡面都是空的。一邊把手伸進阿粉的迷你裙裡。

我說，那些設備和專業人員，真是好辦法。

貨櫃裡是空的，雷伊像嘴裡全是彈珠一樣，用一種做作的腔調說。

我說，那就賺不了錢呀！

阿紫問，再說一次你們是哪裡人？

阿粉說，挪威。他們說過了。他是挪威作家。

阿紫說，我是丹普斯特女郎。不是因為我看過他的書，因為我知道我是。

阿粉說，所以他講話很好笑，雷本，說一下。

雷伊說，歐哩博哩。

阿紫說，哇！

雷伊用更加荒謬的腔調說，真的，很空。

阿紫問，什麼？你這個不要臉的在做什麼？

我轉頭看雷伊，他似乎正在舔阿紫的耳朵。

什麼？

雷伊對著阿紫的耳垂說，海德說我不能告訴你。

裡頭什麼都沒有？

可能有一些蜘蛛吧！

阿紫說，說點丹麥文。

什麼都沒有？

雷伊說的時候邊跟阿紫半推半玩，對，什麼都沒有，幹，兩百件空空如也的貨櫃。

阿粉說，那不是丹麥文，幹，如果是丹麥文我一定聽得出來。

計程車外，墨爾本的雨不停歇地斜落在墨爾本，層層疊疊的車尾燈和交通號誌。事物飄著浮著，什麼也沒留下，我們仍繼續走進那紅紫傷口化膿的萬花筒裡。阿粉說她快吐了叫計程車停下來。

計程車司機緊急剎車，把我們全趕下車。

我說，**清空**嗎？

計程車司機大吼，幹，都給我下車！

阿粉邊吐雷伊邊笑時，我們就站在聖科達沿海廣場的邊緣，我抬頭看見黑暗和雨絲中有張大開嘴巴，大概五公尺高的笑容，框在一張三倍高的巨大白臉上，長著撒旦凝視的藍色眼珠，上方發散的紅黃射線發散到隱約帶有東方味的舞臺裝置裡。

那是月亮先生，慶祝進入月亮遊樂園的入口。他的血盆大口、鮮明深刻的臉頰線條、奇怪弧線的眉毛如地獄般可憎，簡直是咧嘴笑的卑鄙魔鬼梅菲斯特。

雷伊說，海德是一針見血的哈哈鏡，看他看得夠久，你只會看見自己。

阿紫很不開心，說她們要回家，我們可以滾回北極去了。

雷伊說，只是比較醜一點。

我們看著那兩個女人搖搖晃晃走過馬路，要招往我們反方向去的計程車。

雷伊說，光看他用叉子我就能學到東西。

兩個塔斯馬尼亞雙頭怪去吃屎吧！一臺計程車停下來時，阿粉對我們大叫，阿紫對我們比中指。

雷伊開心朝她們揮揮手叫回去，滾，醜八怪！

你學到什麼？

不能跟你說。雷伊邊說邊對離開的計程車送上飛吻。

什麼？

很多。

6

我睡了兩個小時，舌頭像安全帶扣一樣卡住，而且我很晚才去上班，到的時候海德已經坐在主管桌前，背對著我講電話。

他壓低聲音激動地說，照我說的辦。克諾斯，埃里克·克諾斯。

我不想打擾他講電話，海德繼續說話時，我靜靜準備今天要做的事，整理紙張、筆記和筆記本。

幹掉他，一萬塊，好嗎？

我開啟麥金塔筆電，筆電發出呼呼聲和喀啦聲時他把椅子轉回來。

謝謝你，他說完深深看了我一眼。終於可以聊天了。

我移開視線，轉回來時看見他那令人恐懼的微笑。

我解釋道，昨晚玩過頭了，又補充道，**雷伊**。

我隨意敲擊鍵盤假裝在工作，心想著：幹掉他？埃里克·克諾斯？

我想過很多關於海德的事，但這件事！這個命令，或許是謀殺命令！讓我不寒而慄。但我馬上想到，我不確定，我究竟聽到什麼？海德起身說要跟一位名人經紀人開會，對方想代表他發聲。

我以為湯米·席勒替你發聲了？

海德說，我知道，但他哪知道什麼。

海德離開後，我等了十分鐘，接著走到他的書桌前。我注意到這些日子以來，他已經讓書桌有了他的氣息，一些主管把玩的玩具、文件、兩張自己和家人的照片，一張是比較接近現在的正式照片，一張是傻瓜相機拍的泛黃照片，照片裡是好幾年前孩子還是嬰兒時他們去露營、坐在紅白交雜豐田五五越野車前營火旁的影像。我拿起話筒，按下重撥鍵。等待接通時，我聽見敲門聲。

一個答錄音機的訊息傳進我耳裡。您好，貝堤披薩義大利麵外帶專線，我是葛藍・杭特利。

門打開，吉因走進來——他第一次到我們辦公室來。我把話筒拿離耳朵，感覺應該很像打私人電話被抓到的驚嚇樣子。

吉因說，看到奇格非離開了，只是想說我很期待明天可以看到你的大綱。

現在為休息時間，我們的營業時間為——

我對貝堤披薩義大利麵外帶專線的答錄機說：很有用的資訊，謝謝。我放下海德的話筒。

吉因問，順利嗎？

我想我終於瞭解實情了。

很好，吉因說。他發出彈舌音，眨眨眼。在唯我獨尊的辦公室外，他似乎養成了這種奇怪又神經質的做作模樣。

我說，是啊，真棒。

奇格非好像沒那麼常來這裡。

他說我寫作需要空間。

吉因說，但他不在這裡，你能寫的並不多。

這是警告。吉因要離開時，我脫口問了個問題。我問他**理想的**回憶錄要有多少字，好像理想字數會跟一般回憶錄字數有很大差距似的。

他停在門口說，嗯，以名人回憶錄來說，重量比長度更重要。重量是加分的，看看美國小說——誰要讀六百多頁的小說？我們說它們很重要，但很多人連拿都不敢拿。我擔心在床上把書打開的時候手會脫臼，但它們得到很高的評價，因為沒有人可以讀到最後，所以他們必須說它很好。澳洲人的回憶錄和美國小說一樣，數大雖是虛張聲勢，但總是很有效。

所以……六百頁？那是多少字？一陣翻攪的絕望感升起，想著並不是每本美國小說都那麼長或那麼糟。

喔，這本書的話，十二萬五千字就夠了。

我承認我覺得海德的故事沒辦法寫到十萬字。說老實話，我很想說我覺得一句都湊不出來。

我問，最少大概要多少？

吉因拉下臉。

我想，七萬五千字吧。

數字似乎沒什麼好想的，但我還是再三琢磨。效率好的話，我的小說一天可以寫三百字，乘以二十三天，我可以寫到六千九百字。這是短篇故事的篇幅，或者不到吉因的回憶錄最低標準的十分之一。還有，吉因先前要的大綱還沒寫。我開始覺得寒風陣陣。

吉因想了想說，我們可以大量留白。我們有很多偷吃步的方法，放大字體、增加行距、用厚一點的紙來製造假象，雖然這些方法有風險。

嗄？我說。聽到七萬五千字之後我就什麼都聽不見了。

吉因邊開門邊說，大家可能會看出來，但我有把握，你給我們的東西連讀者都會喜歡的。對了，你有看過最新一期《婦女生活》嗎？他突然要笑不笑地說。海德講到跟約翰·藍儂相遇的事情，很棒的故事，只是那是我們的故事，不是他們的，我們有他的獨占權。我不太高興，但奇格非保證之後不會再發生同樣的事。

他親切地揮手說再見。

基夫，我很期待明天看到你的大綱。

對於自己處境的恐懼席捲而來，大綱在一刻打敗我了。我毫無頭緒，連怎麼寫都不知道。我正在山崩裡衝浪，努力不要跌下來。

我結結巴巴說，吉因，我覺得明天應該不太可能。

不可能嗎？

很抱歉，你也看到……人不在。需要時間填空。需要——

吉因像交通警察一樣舉起手臂。

他說，基夫，不用說了。行銷會議是下禮拜三。我可以等你到當天早上十點，但不能再晚了。

最後一聲彈舌和眨眼後他便離開了。

7

吉因離開後，我坐在會議桌前。眼見沒有選擇，我花更多時間在算術上。算術從來不是我的強項。我覺得海德就跟數學一樣，計算出的結果和他的性格是不可靠的數字。我只剩四個多禮拜，接下來每個禮拜交二稿和三稿——荒謬，我暗忖，而且坦白說，無論怎麼想都不太可能——我剩不到三個禮拜來完成初稿，總體而言可能更加荒唐。寫初稿時，我一度樂觀地、莫名大刀闊斧地刪掉令人困惑的筆記，完成了八千字的稿。這充滿希望的數學是我唯一的指南，我把七萬五千字分到二十一天裡，發現每天要寫三千五百七十一字才夠！三千五百七十一！在這幾乎不可能的目標面前——我的失敗或海德的失敗——什麼都不重要了。

我輸入：

海德回憶錄計畫表
（每日共三千五百七十一字）
第一週　兩萬五千字（初稿）（兩天沒了）
第二週　兩萬五千字（初稿）
第三週　兩萬五千字（初稿）
第四週　二稿　七萬五千字（重寫）

第五週　三稿　（定稿）七萬五千字（潤稿）

我看著計畫一，顯然絕對會把我變成毫無人性的生產工具。一天一千五百七十一字？**每天**三千五百七十一字？一**個禮拜**七天三千五百七十一字？我試圖規劃計畫二，殺人？

或許——只是或許——如果有人願意跟我合作，有人準備好做這份工作，回答我的問題和填補細節——我做得到。我按住刪除鍵，看著游標刪去我的時間表，釋放無限希望。

我再度試著打下：

海德回憶錄計畫表

第一週　長出翅膀
第二週　飛到月球
第三週　治療運動神經疾病
第四週　百米世界紀錄
第五週　寫書（定稿）

接著我把這也刪除了。我盯著空白的螢幕和喘息的游標，它們是夢魘。我寫小說時一天最多寫過五百六十二個字，而且很多都在抄襲的危險邊緣游走。我再次安慰自己，這份工作就是抄襲，代寫不就是搶劫另一個人的人生，把它稱作書嗎？

我再次確認數字，也許我算錯了，我通常會算錯。我再次計算那長長的除法，再次得到同一個數字、同一個答案、同一個問題：怎麼可能？因為我每天都看著這數字，的確不可能。

8

午餐過後沒多久，海德結束會議回來，雷伊順從安靜地跟在後面。他用海德語說了一些話，但毫無意義或用處。不到五分鐘後他宣布自己要再度離去，他說，跟另一個記者開另一場會。另一個謊言。

出於倔降而非好奇，我問他要跟誰開會。

他說，是祕密。

我問他為什麼一切都是祕密，他看了我一眼，可能是憂傷或是嘲笑，或兩者皆是。

他說，沒有祕密我們要怎麼活下去？說完後他便走了。

我覺得完全被打敗了，被海德搞得筋疲力竭，我醉醺醺地躺在地上，幾乎立刻就沉沉入睡、沒有夢境。我在黃昏時因極度刺眼的夕陽醒過來。天空是一條條青和紫的漸層。我看著紅色太陽落下，像被打進地溝的人頭。

9

第二週的最後兩天，海德繼續咆哮和滿口謊言，我彷彿終於收下最沉重的負擔，讓所有重量落在背部和肩上，支撐著我前進的每股力量開始搖晃。在比較樂觀的時候，我甚至覺得自己可能做得到。

我現在很少記下海德說的話，我是個太糟糕的打字員，而且不管怎樣，他說的話多半模糊不清。我發現自己對海德說的話越來越沒興趣，只專心觀察他說話的方式。為了幫助自己達到每日目標字數，我逼自己灌下他說話的聲音，使勁抓取他在電話那頭的聲音旋律，努力捕抓他字裡行間的奇怪斷點，一個拍子就可以讓我開始描繪出飛扶壁般支撐著主句分量的不完整句，反倒開始寫一頁用段落堆疊出的創作。我凌亂的散文開始浮現新樣貌——那些暗示、難以理解、由兩個相反問題組成的句子拱門在空虛之上延伸：或許如果我告訴你，或者是也許如果要我說……

它們是無意義話語的裝飾品，但音樂穿插其中。幾乎是爵士樂。他是孟克，而我試圖耐心等待，順著他的旋律填盡所有他不在乎的音符和節拍、他需要我尋找創造出童年和職涯輪廓，好讓他變得完整。

這樣一來，我發現那不可能的數字，三千五百七十一個字帶給我一股在寫自己的小說時從不知道的創造能力。

但現在我知道，我總以為自己只是在模仿語調、捕捉節奏，但某些東西已經深深烙印在我體內。因為我從他身上學到暗示的力量大於實際示範；推託逃避的力量大於啟蒙教化；只給一個事實——或其實只是個謠傳的事實——然後讓讀者創造出與之有關的一切。

我並沒有意識到自己正學著把讀者帶離事實好取悅他們，反覆述說讀者相信的美德討好他們——他們所謂的善良和得體——同時將他們帶入格格不入的黑暗之中，而那黑暗正是真實世界，或者也許是真實的他們；於是有時候，我害怕那是真實的我。

我對他瞭解得越多，我越發現每個微笑、每個動作都是假的，於是一天比一天更害怕他。我開著Nissan雙門跑車回家，慶幸自己逃離他和那間辦公室，但我並沒有真正逃離什麼，因為我一旦回到蘇力家就會去洗澡，用力轉開水龍頭，再次把蘇力鍋爐裡的熱水用完，沒有臉告訴他自己在裡面待那麼久只是努力把海德從身上洗掉。

每一晚我以為自己在洗掉他時，也是在欺騙自己。因為他已經進到我體內，我什麼辦法也沒有。我感覺得到，怎麼可能感覺不到？但我忽視這些，因為靈感來了。他進入我體內，越來越多文字湧現，每個字都與我越來越無關。我是艘拋錨的船，再次漫無目的地漂浮在汪洋大海裡。只是這次，我並不知道，我已經讓他進入。我並不知道，而海德一直都知道。

10

如果我是更好的作家，我會重新把這整個故事寫成吸血鬼小說，但我只是寫下發生的事。我並非沒有抵抗，我抵抗了，只是我並不如自己以為的那麼擅長抵抗。這也是為什麼「騙子」這個詞常讓我覺得不適合用來形容海德。騙子的目標是你的錢。也許他的確是，從他的罪名候選清單來看是這樣沒錯。但海德的目標還有更多東西，**他的目標是你的靈魂**。

一開始海德給了我友情、溫暖、某種忠誠——或許像海德這樣的人可以偽裝出來——除此之外，還有對作家的尊重，那是我比什麼都渴望獲得的。他甚至請我幫他寫演講稿，他跟我說那是他在幾個禮拜前受邀到奧爾伯里–沃東加一場全國審計員會議的重要演講。他告訴我他們的主題是「審計：公正公開，清廉自持」。

那時雖然我很懷疑是不是真有這個邀約，讀到他的演講筆記時覺得不可置信——文字支離破碎，偶爾幾乎組織成有條理的句子，我承認他講清廉正直、現代生活道德敗壞和近代社會罪犯的那些蠢話有其美妙高尚之處。坦白說，我覺得他開頭第一句話好得不得了：「咩咩叫的羊不該跟狼群一起嚎叫。」

我好幾年後才發現，那是從七〇年代一本關於巴斯克牧羊人的新時代暢銷書偷來的。雖然在一群參與者以剷除詐騙為己任的會議上，以一段抄襲的話作為開場也真是膽大包天得令人敬佩。一個簡單到出人意料的人，在另一種生活裡可能會被捧為自助自立的專家，進入《紐約時報》的暢銷作家名單，被花錢請去講激勵人心的愚蠢演講。誰知道還有什麼？個人品牌，甚或香水產線。某種程度上，可惜他所盼望的事物對我、對回憶錄和一群聽眾來說越來越渺小。

我看得出來對其他人來說他似乎散發著某種無法定義的氣息，邪惡卻帶有魅力，神祕的陰謀讓你和你們想加入，在那最高處有一種不全是邪惡卻又不能說不邪惡的優雅黑暗。不——我完全不這麼覺得，至少一開始不覺得，可能因為雷伊的警告把我嚇壞了，所以我不敢去感受任何海德的奇特魅力，只覺得是詭計、欺騙、控制。但我感覺到這些之外的東西，別的東西——屈從和征服別人的機會，畢竟這不就是我們這麼多人所祕密渴求的？有人告訴你要做什麼、不要做什麼？不要獨自一人？誰能抗拒被領導的巨大吸引力？

如果我是個明智的人，我可能會理所當然喜歡他，把他的故事好好寫完。但我對別人和對自己太虛偽，距離明智非常遙遠。隨著第二個禮拜即將結束，雖然我心裡對他的感覺在增長，那感覺是義氣、同理和狼狽為奸的混合物，卻也滋生出甚至更強烈的、特殊的反抗情緒。這另一種情緒讓我不寒而慄，恨意總是始於認同嗎？

第八章

1

星期五晚上八點的野獸酒吧有那個時代夜店裡的倦怠臭氣，菸味、啤酒酵母和香甜刺激氣味的黏膩悶熱感，戰地在傍晚轟炸間的安逸氣息。雷伊從容地喝酒，伴著只存在空酒杯這種廚房器具裡的糟糕功效。

雷伊又乾了一罐酒時我對他說，海德又在跟你鬼扯了。

在我還沒跟海德見面前，我就從雷伊那裡知道他們曾一起在約克角半島工作滿長的一段時間。但我很難相信雷伊說他們在那裡是為了找火箭發射的地點。直到昆士蘭州政府反駁之前這故事都太過牽強，但我從海德亂七八糟的說法裡漸漸相信那個奇怪的反駁倒是證明了確有其事。但雷伊剛剛說的話讓我再度懷疑。

雷伊說，海德沒跟我說。我幾個禮拜前去一個派對遇到佩卓・摩根，澳安會軍事行動的老主管，有幾個澳安會的資深指揮官也在那裡。他們都跟海德很熟，是他最好的兄弟，我們聊了太空門的事情。

太空門？

在約克角半島蓋火箭發射基地的提案公司，奇哥交保後就整頓那家公司。

我從沒聽過約克角半島的事，根本天高皇帝遠。

沒錯，這就是為什麼這件事天衣無縫。但因為海德破產，又要處理後續還款，他不能當太空門的執行長，他沒辦法借錢。

所以呢？

所以他找了六個前澳安會的資深成員，他說如果你們是兄弟——**真**兄弟的話——就跟我一起做這個，因為這件事價值連城。人造衛星是全世界的潮流——通訊、電視，任何你想得到的東西。

但由海德經營。

不是正式經營，他破產了嘛，法律不准他經營。

所以私下經營？

雷伊說，呃，當然，他是奇哥啊！後來他說服他們抵押房子、拿錢投資太空門。所以說他們就變成董事了。

所以你是說約克角半島計畫不是新加坡巨亨或美國太空總署資助的？什麼？

或中央情報局？

我只是跟你說我知道的事。

是前澳安會員工拿他們畢生積蓄來付的錢。

你這樣說的話，聽起來還不錯。

我說，所以海德只是騙了自己兄弟的錢。

我不知道。雷伊說完便走向吧檯。

他回來時我說，那是他最後一樁詐騙。

雷伊說，我是說有可能，但我覺得不是這樣。他們都是聰明人，如果覺得這個計畫不好、不想在約克角半島蓋火箭發射站，他們不會冒著賣房子的風險把自己的錢都投進去。

但為什麼他們覺得這是個好計畫？

唔，有很多依據。那裡比較靠近月球吧。雷伊看向我，一副我可能會跟他確認的樣子。

不是嗎？

什麼？澳洲嗎？

雷伊說，約克角半島。他不太確定，喃喃說，那裡的赤道比較厚，對吧？

比較厚？

或者什麼的。他咳了咳，像要朗誦一樣讓自己鎮定下來，接著告訴我科學共識認為那是全世界最適合發射火箭的地方之一。

我說，真假？誰說的？

就……欸，**共識**。

雷伊，什麼共識？

雷伊頓了頓，困惑地看著我低聲說，科學家？

雷伊，什麼科學家？

幹，我不知道！兄弟，我不是專家，但反正有很多證據就是了。

你有看到任何這麼說的科學研究嗎？

並沒有。

沒有？

沒有親眼看到，好嗎？但奇哥有，他跟我說的。

海德跟你說的？

好幾個自相矛盾說法似乎都立刻打臉雷伊。

我問，雷伊，他有給你看嗎？

發現自己的失誤，他把空酒杯舉到嘴邊，罵了聲髒話。他說下一句話時語氣鬼鬼祟祟的。

他把這些……**文件**……科學**文件**放在公事包裡。

你有看嗎？

雷伊想了想，嘴型無聲換了好幾個字，像嘴唇上有一打魚鈎往反方向拉扯，彷彿他又回到那遙遠的新幾內亞河岸峽谷，看著潮溼的伊里安查亞地圖。

唔，沒有。

沒有？

他跟我說的嘛。

那你相信他了？

他的嘴巴再次像掛了魚鈎般噘起。

我相信，但你這樣說……我不知道。

這都全由他的老朋友們買單？

好兄弟，嗯，對。

雷伊，這不可能。

兄弟，我不知道，而且就算不可能，這計畫也是滿好的。

你看不出來嗎？這只是另一個謊言。

你不覺得這對澳洲來說很不真實嗎？澳洲的休士頓？

對奇哥來說是個好想法。

好想法有什麼不對？而且熱帶地區的大氣比較稀薄，對吧？

是嗎？

奇哥好像跟我說過，或是佩卓說的，我不知道。

佩卓·摩根怎麼會知道？

我猜是海德跟他說的，我跟你說過，他做過研究。

海德？

對，海德，但這不是超棒的嗎？我是說澳洲有自己的火箭發射基地。

海德？他們只有海德說的話當擔保？

雷伊有點洩氣地說，我想是，但我知道昆士蘭議會講的都是無稽之談。

州政府否認和這個計畫有關的事嗎？

對。

我說，但那正中海德下懷，因為政府一旦否認，其他人就會覺得他們在掩蓋事實，一定不是空穴來風。或就算我們政府沒做，那另一個政府，美國一定有。這就會讓海德看起來更神通廣大、更重要。

雷伊再次陷入沉默。

2

然後他說：

你知道嗎？那裡很美，剛好降落在我們想去的地方，那夜空啊！

他像那樣一直講，講到跟儒艮一起游泳、跟當地原住民一起打獵、火烤工阿那[5]的味道、甜美又飽滿、紅樹林沼澤又臭又香的特殊氣味，還有他把泥土搓進身體裡，這樣就能確切知道那是什麼味道、會變成什麼味道；還有某天他們跟原住民抓到一隻大棱皮龜，原住民把牠的腿打斷，這樣牠就不會跑走，也不會太快死，肉質就不會因為熱帶雨林的熱氣變質。他們在兩天後宰了牠。

他說，那味道很不真實，非常好吃。但知道不可思議的是什麼嗎？我看著那隻龜的眼睛，牠就想活下去，不願意死。他說，我們吃牠的前兩天牠不死，牠想活下去。牠是個奇妙的東西。

他繼續說，我記得那晚在沙灘上，看著那片天空，好像是個新世界，那真是——

他停下來思考要用什麼詞形容。

——**自由**。

也許也只有自由。

可能吧。

---

5 工阿那（goann），當地原住民語，指澳洲巨蜥。

雷伊大口喝啤酒，打了個嗝，用手背擦擦嘴。

他說，也許是某種東西，也許是全部，我不知道。那感覺他媽的好，我只知道這樣。

我們沉默了一會。

雷伊說，重點是，那烏龜想**活下去！**我只記得這個。看著牠的眼睛，牠在垂死掙扎，但牠不願意停止活下去。

雷伊彷彿飄回另一段回憶裡，大拇指上下撥弄啤酒杯上的水珠。

他說，佩卓他們不知道。

不知道什麼？

錢全沒了。

他們的錢？

那一年半海德把錢都花在直升機、他那艘新巡洋艦和一些其他玩具上。

你們沒告訴他們？

幹，你開玩笑嗎？

所以他們賠掉自己的房子？

唔，我不知道。奇哥會——他會把他們的錢賺回來。

你剛剛說他們的錢沒了。

我不知道，可能、或許吧，那是海德跟我說的。我猜那就是為什麼他打給你。他要讓別人覺得他會出書來還他們一點錢。

如果不是如此絕望，我可能會感到憤怒；如果不是如此憤怒，我可能會陷入絕望之中。如此這般，於是我變得麻木。

所以我只是另一場騙局？

雷伊說，我沒這樣說。

換我沉默了。

雷伊把啤酒杯墊拿起來擰一擰說，我的意思是，他在做對的事，對吧？他在用這筆預付款還一點錢給他們？

是嗎？

嗯，那他跟你說什麼？

我告訴雷伊，我偷聽到海德在電話裡說要幹掉克諾斯。我說，可能錢是要拿來幹掉他的。我還告訴他我撥了那個號碼，結果是一家披薩店的答錄機。我笑了，但雷伊似乎嚴肅起來。

你以為你瞭解他，但你會發現自己什麼都不知道。你以為他講的是事實，結果全都是謊言。你以為他講的是最莫名其妙的屁話，結果卻是真的。

我覺得他就是在說謊，也許他根本不在乎錢，一切只是個遊戲。

雷伊說，或者也許他需要這筆預付款來堵住佩卓・摩根的嘴，或者也許他只是想要這筆錢來付我們的旅館錢。我們已經在那裡住兩個月了。

沒有書，對嗎？

雷伊別開視線。

對嗎，雷伊？

雷伊低頭盯著他的酒說，幹，我怎麼知道！你跟我說啊，你是作家欸！

幹，根本沒有書，只是一個用來清償舊騙局債務的新騙局，而海德繼續逍遙法外。

只要把這件事結束，就會有書了。你想要當作家，不是嗎？當他媽的作家？所以把書寫出來就是了。海德才不管你寫什麼，寫或不寫，都隨你。

我們繼續喝酒。

好幾個小時過去，雷伊跟一個太妹調情沒成功，午夜過後，我們靠在牆邊，在人群和樂團聲中跟彼此大聲說話。

我問雷伊，為什麼跟著那個蠢貨混？

雷伊大喊，什麼？

我說，海德。

海德？去他的。

為什麼？

雷伊說，因為我喜歡他，這就是為什麼。

你喜歡他什麼——

基夫，你會喜歡他，幹，我就是這個意思。

雷伊把兩根手指頭靠在一起，像螺旋鑽在我額頭上來回轉動。

他進到你腦裡，他進入你心裡，鑽進你身體裡，然後你就……就……

怎樣？

雷伊把手放下說，無法，就逃不了了。

他開始喋喋不休講黏滑的泥濘。

我不懂雷伊。站在我旁邊的是個平凡人，也許尤其是個軟弱的人，一個我一直以來都錯以為很堅強的軟弱的人。

雷伊，他抓住你什麼把柄了？

什麼意思？他沒有抓——

你好像很怕他。

話一說出口我就後悔了，因為覺得雷伊會把這視為莫大的侮辱。

他拿出冠軍寶石牌香菸，開始捲菸管，眼神堅定地盯著菸草和捲菸紙。

雷伊安靜地輕拍捲菸紙，或許是吧，或許是吧，兄弟。

我以為只是本書。

雷伊笑了。

他放下香菸抬起頭、搖搖頭說，喔，兄弟。

於是我們繼續喝酒，聊其他事情，過了好長一段時間，我的故事再度成了他的故事，我們再度對所有事物有了共識，我們後來離開酒吧時，一切就像以往那樣，彷彿親兄弟自然親近。

3

我們年少的時候，有時候我會開車到塔斯馬尼亞偏遠的西海岸，到雷伊做焊工的地方，他做的是皮耶曼河水壩水力發電建造大計畫的最後階段，聽說是一個賣餡餅的塔斯馬尼亞囚犯命名的，那個人在逃跑途中把一起逃走的同伴殺掉吃了。我在高地待了五個小時覺得空虛痛苦，便掉頭開往西部雨林荒野峽谷，直到開進死氣沉沉的礦鎮，像月球表面般孤寂的幽靈廢墟，烏青發綠和明亮黃銅岩石在下不停的雨中和孤獨的黃燈小徑中熠熠發光，再往北開，經過最後一幢因波浪鏽蝕的鐵皮屋、喝完七瓶啤酒或更多、開速越過綠意包圍的山間小路，直到終於抵達圖拉最後一個興建大水壩的村莊。

我在聖科達酒吧聽雷伊講話，可以看出他全心投入在自由和現有欲望的神祕戰役中——成為怪物的奴役。雷伊似乎突然成了孩子，手無縛雞之力；他因在那山間營地的酒吧打架鬧事打響名號，他拿鈔票在那裡炫耀，說自己是法國貴族，只要有人敢笑他就一拳揮過去，他走上圖拉營區的酒吧，用所有圖拉人都覺得是法文的語言要啤酒喝。

Je suis more drinko.（我是更多酒）

知道他、這個笑話和整個塔斯馬尼亞山區營地都是個愚蠢笑話，誰能不笑？因為太可笑了，這個世界的人都在假裝自己不會被快速侵蝕、不會變成領養老金和為了肺氣腫、糖尿病、敗壞的心臟、壞掉的背部和越來越困惑的腦排隊領藥的破碎軀體；假裝自己超凡入聖、凶猛幹練、固若金湯；這群勞工是最脆弱又最容易心碎的人類。

幹，Jay swee more fucking drinko（神經病，來點酒）？二號廚師複述道。除了講法語的領導階層之外，販賣部的二號廚師據說是圖拉最難搞的人。

二號廚師長得像公路列車一樣，他的頭是一顆生氣發紅、裡頭裝滿石頭的氣球。他盛怒的時候會像吐出斷牙一樣講出只有單詞的句子，或是用很多單詞組成一個句子。

你！幹！自大！操法國屄！

他們走出去，整個酒吧的人跟著他們出去，留下他們用電線杆一樣粗的樹幹升起來的三公尺營火。在潮溼的碎石停車地、被路燈照亮的雨中，他們看著兩個男人粗暴毆打彼此。

大概持續了十五分鐘。

那廚師受到很大的打擊，他也反擊，而且手法——用膝蓋撞、踹人、踢人——毫不留情。某些打架的人拳腳中帶有優雅、美感甚至魅力，這位二號廚師什麼都沒有。他是隻野獸，一隻犀牛、鱷魚、瀝青湖裡常見的史前怪物的。那廚師讓雷伊的頭用力甩來甩去。

雷伊身形較小，但速度很快。他用一連串快速的左勾拳把二號廚師逼入絕境，直到那大隻佬大口喘氣慢下來。雷伊一個右勾拳正中那廚師胸口，那大隻佬突然停下來氣喘吁吁、大聲咆哮；雷伊眼見機會到了，對準他沒有保護的臉，從下巴一拳揮過去。那廚師倒頭向後倒在地上，雷伊用力踢他的頭讓他爬不起來。沒有人移動，那廚師不再試圖掙扎，他血淋淋的擁腫頭部和薑黃色的頭髮像在水泥潭裡的奇怪漂浮物，像雕像一樣在街燈的反光裡漂浮著。他的身體以奇怪的抽蓄方式顫抖著。

我要去拉開他時，雷伊衝我喊，他在報復！卑鄙小人！他邊喊邊朝我用力揮來，逼我離開他，好讓他可以繼續毆打那個廚師。他指著那抽搐的身體說，幹，他還想跟我槓，**蠢貨**！

我再次抓住雷伊，從他身後扭住他的手臂，但他掙脫開來，把我推往一臺汽車撞去。他站在二號廚師上方，沒有拳打腳踢，只伸出拳頭吼叫著。

跟我說啊！他對著二號廚師吼叫，像對著遠處原始叢林、對著月亮、對著群山叫喊。幹，跟我說啊！他嘶聲嚎叫，**是什麼？什麼！到底是什麼啊**？

但二號廚師回答不了，群眾也沒人回答得了。圍觀人群眼看又冷又下雨，酒吧裡乾燥又溫暖，在夜裡消散而去，而那遙遠的夜晚消散成另一個夜晚和我們現在所在的市區酒吧。雷伊從海德身上第一次找到人生中對抗某些侷限的方法嗎？那侷限是他無法理解、難以克服、掙脫和逃離的，他無法擠進碎石和泥潭裡，無法縮小成一隻倒在雨林山腳的髒水裡呻吟的褐黃動物。因為我們現在漸漸有了生活的重量，這股重量將我們拉回那恐怖的空虛之中，有一小段時間我們兩人都以為逃得掉的空虛，他的身體和冒險，我的書和寫作。他的暴力，我的文字，兩者同樣注定造反。

也許是第一次，我感覺到他的恐懼，恐懼我們做的每件事、過去做的每件事都不足以戰勝我們內心仍然強烈的島嶼思想——保守的中產階級和政客、小鎮商人和各式各樣把我們踢出來的廉價牛肉罐頭、他的家人和我的家人、體內緩緩流著痛苦奴隸血液的囚犯後裔，而那血液仍跳動著、被監禁者和監禁者折磨人的遊戲、某種壓抑的本質在兩百年來混亂了這酸苦、瘋狂又美麗的島嶼。

我記得拿發狂的怒氣，想要恨、被恨和往所有人臉上吐口水、踢到對方動不了的欲望，一種暴力又自由的行為。那是錯的，那就是吸引力所在。那是錯的，因為這世界總是對的，我們會在它面前投降，而它會席捲我們。但我和雷伊最後一次去那家圖拉的酒吧之前並沒有放棄，雷伊用極度荒謬的語氣說：

Je suis more drinko！

然後上下打量酒吧，對上每個人的視線，直到他們低頭或轉開視線，挑釁所有為這世界背書跟他槓上的人、任何一個。

靠在聖科達酒吧黏呼呼的牆上那一刻，我才意識到我認識這麼久的雷伊已經消失了。那個總是胸有成足、無所畏懼的雷伊，不知道為什麼茫然無措。我心想，如果他會怕，那我應該要害怕。我再次看向他，努力再看一次那個開著偷來的維利安老爺車闖過一個又一個紅燈、穿梭車陣、因為我們終於活著而滿是狂亂興奮的男子。

但事態不妙，他不在了。

第九章

1

跟蘇姿和小波一起在家的週末來去得太快。我回到工作崗位，海德在他的主管桌後，對於我的問題他比平常更加推託逃避、更多虛偽的惱怒。誰能怪他？我也對這些問題感到厭煩，對他堅持要我創造的那個人物感到厭煩——一個不溫不火的科技主義者，一個勤勉愛家的男人，一個因為自身謙遜而意外成為領袖、莫名其妙帶來澳安會天大的成功。海德現在開始像唱歌一樣提出要求之前——早餐要好一點的茶、催另一筆預付款、暖氣要調高或調低、關起來的窗戶要打開或旁邊的門要關起來——很難多等個幾分鐘。

但 rorts（詐欺）這個讓搶匪像做功德一樣肆無忌憚的澳洲詞彙很不可思議，使 rorts 在回憶錄裡傳遞出更多東西，嗯，某個接近誠實的東西。他偶爾才會自己開口講，就算有也很少，像商人描述自己的手工藝品一樣，這對他來說太簡單、太明顯了，像每天都會發生的事。但就在星期一早上的這個時候，我感覺到他即將揭露真相時，我滿懷希望覺得還是有可能寫成書時，海德站起來、穿上夾克、默默說要去跟他的律師開會，而且傍晚前都不會回來。

琵雅後來進來看狀況，看到我自己一個人沮喪的樣子，便說要帶我出去吃午餐轉換我的心情。我們去了市區一間充滿異國風情的餐廳，我格格不入的地方。餐廳主人是琵雅的老朋友，他熱情招呼、自在的女服務生、琵雅對料理的熟悉，許多字我連聽都沒聽過，一切對我來說都很新鮮。我覺得自己像笨拙純樸的少女、穿著便宜衣服和破鞋的鄉下人，但琵雅完全沒有注意到這些跡象，她對我說的每句話和每個動作都說明她將我平等以待。她一往如常精心打扮又亮眼，雖然我並不記得她穿什麼。我只記得她搶眼迷人，記得那個在自己世界裡自信而自在的人，我深刻體會到那種自信自在是我所沒有的。

一開始，琵雅聊到名人猥褻下流的故事，故事結尾必然直接伴隨著短促鹹溼的笑聲。斯堪地那維亞恐怖小說的百萬作家在七十八歲時娶了一個二十七歲的女孩，堅持每天寫完五百字之後要做愛，還有他在澳洲旅遊時文思泉湧，在一天寫了一千六百字之後被送醫急救；英國布克獎得主在參加活動過後總有兩個妓女等著；著名美國詩人在飯店打給她隔壁房間的宣傳，要宣傳替她點顆水煮蛋要客房服務送去；在重大電視訪談前酩酊大醉或吸毒昏死的作家們，琵雅用那些光鮮亮麗、鬧騰又失控的言行、惡魔、私下和公開的瘋狂的事蹟來款待我。

每當琵雅說完一個故事，她總會把頭微微往後斜，眨兩到三次眼，一種像抽筋又像相機快門閃動的姿勢——那時候的相機——捕抓你當下的回應，彷彿她就在那兩三下眨眼之間瞭解你了，卻不會妄加評論。

她的趣聞之間穿插了題外話，關於她母親因失智症過世，關於她的野心。她想成為跟大作家們合作的編輯，現實卻是做一些能賣出去的垃圾。關於對老化、喪失心智的恐懼。關於她怎麼把匆匆校對的名人廢話做成暢銷書，藉此得到名氣。關於修改丹普斯特每年出版的磚塊書的龐大工作量，她得創造出那些垃圾對話。她問我的婚姻狀況，我知道那是為了跟我分享她的私生活。她沒有結婚，似乎不乏追求者，也承認有伴的人有種**邪惡的魅力**。

她說，你覺得在愛裡還可以戀愛嗎？她的自信、自在外表下，我開始注意到有著怯懦、神經質和恐懼。琵雅的細節開始奇怪地匆忙待過，導向某個未知的重點，我們的話題一個換過一個，直到突然到站了，抵達我們真正的目的地、這頓午餐的重點。

基夫……**基夫**，奇格非有打電話到你家過嗎？

我告訴琵雅他沒有我的電話，而且我的電話不在電話簿裡。

琵雅說，我也是，但他不知道怎麼拿到我的電話號碼。我該擔心嗎？

但如同所有問問題的人，她並不想要答案，而我也沒打算給答案。琵雅從一開始就負責審查海德的回憶錄，跟之前很快就被海德逼到沮喪離職的編輯和代寫作家合作。我第一次在吉因辦公室見到海德和琵雅時，他們像老朋友一樣，但顯然事實不是這樣。她在美式咖啡裡加了一顆方糖。

他打來我家，說想聊這本書的事，但什麼也沒說。

黑色液體由下往上滲進方糖裡。

她問，你會怎麼做？

我不知道。我不好意思說雷伊警告過我，所以即便有違本性我還是什麼也沒跟海德說。我問她海德說什麼，說或許真的沒關係。

她把方糖拿到面前，看著黑色液體將它完全滲透。

琵雅說，對，我想應該沒關係。

她看向別處，轉回視線時傾身向前，臉朝下、眼睛往上看。如此靠近，我能聞到她的香水味。只是，基夫，他知道很多事情，很奇怪。

我問琵雅是什麼意思。

琵雅說，他知道他不該知道的事情。我有一隻貓，非常老了。唔，牠很失控，開始會到處小便，可憐的小傢伙。我沒辦法忍受，但能怎麼辦呢？我幾個禮拜前跟奇格非提到牠，我們說完隔天貓就不見了。

她拿著的方糖已經變成黑色，開始融化成糖漿。她把它倒進咖啡裡。

貓就是這樣，不是嗎？

我不知道。

我說，我覺得是，牠們會自己跑掉。

琵雅說，對，牠們會自己跑掉，但隔天晚上海德打給我——

海德打給妳？

他問貓不在有沒有比較好一點。

琵雅用咖啡匙在桌上畫小圈圈，像在找什麼東西。

重點是，沒人知道，然後再隔天晚上，一個朋友離開我家後他打過來。他用那個討厭的奇怪腔調說，妳晚上跟客人聊得開心嗎？**你們晚上愉快嗎**？我很想說，不愉快，因為你打來了。

她沒搭理我說的話，眼神呆了好一會，然後才回過神看我。她把咖啡匙放下，推開咖啡杯。

她說，你寫了什麼？接著立刻補充道：我可不想捏造任何事實。

我問她有沒有告訴吉因。

基夫，我不能說。海德對公司來說很值錢，這本書背後有一大筆數字。

我試著說這不一定代表什麼，可能有人跟海德說的。

我說，雖然有點毛骨悚然，但他不至於把貓殺了。

琵雅說，不，我不是指這個。

一陣長長的沉默。最後我說我也不懂海德。我覺得琵雅可以懂我的沮喪，所以告訴她我接這份工作——我本來以為是簡單的工作——是為了賺錢把我的小說寫完，但直到現在都沒能寫出一本真正的小說。我擔心自己連當代寫作家、寫一個三流名人回憶錄的能力都沒有。

琵雅笑了，她跟我保證我可以的、一切都可以拼湊起來、這本書會是一流作品、這些都是很正常的。她建議我，別抗拒他，跟著他走。然後琵雅聊回她的貓、牠有多奇怪、牠能去哪？

我不能說我的信心開始崩毀，我只說她的貓一定會回來的、沒事。當我繼續說出一些沒邏輯的話時，琵雅將頭微微後仰、眨了眨眼。

2

午餐回來後，我充分利用了海德不在的這段時間。我著手把吉因要的大綱架構從一團混亂的筆記、半成形的句子和搜尋資料中整理出架構，但無論我怎麼努力想切入海德的核心就是沒辦法。擔心他說不出個所以然的恐懼在我心裡慢慢增長。像失智症患者，像加州那些美好的海報，今日始終是海德剩餘人生的第一天，而他沒有昨天。

和往常一樣，海德沒有說話算話，我回來後不久他才回到辦公室。

我說，吉因希望大綱可以在——

我知道吉因到底想要什麼，海德打斷我，走到窗前。他往外看，搖搖頭說，你們比我的律師團更糟，他沒轉過頭，像在對外面的世界說話。

他出神地看了好一會。

他平靜地說，我的律師團很有把握我們至少可以拿到六個月的緩刑。最糟——最糟！——他們說是三個月，但現在法官連一個星期都不給。

我問，意思是？

他說，意思是？

但他心不在焉，好像他正從遠處看著一切，已經準備好離開我們所在的地方，而且再也不會回來，彷彿做了某些重大決定。

他說，嗯，不能拖，就是這個意思。還有這表示我再過兩個禮拜就要開始準備開庭的事。

不是三個禮拜？

不是三，也不是二十四，只有兩個禮拜。可能更少一些。開庭前一個禮拜我所有時間都要跟律師在一起。他說，不好意思。他拿起電話打給《*Vogue*》記者，出乎意料。講完電話後，他說他稍晚有重要的午餐約會便離開了。

門關上的那一刻，我打電話給吉因的祕書，要她傳個緊急訊息給老闆。我說海德算錯了，他現在只剩兩個禮拜可以跟我們寫書。

我獨自工作了一個小時或更久，然後走到附近的咖啡館喝咖啡。回去的路上，我看見海德往一條還沒鋪好的後街走去。他靠在一根還沒裝上去的水泥製水管上，似乎想事情想得出神而沒看見我。稍晚他回到辦公室時，我問他午餐吃得如何。

很順利，但那些電視人！他們沒完沒了！我只好說得很清楚，我會把版權拍賣給根據這本書改編的系列短劇。

我跟他說他的夾克背後全是水泥灰。他用一隻手拍拍肩膀，看見滿手的灰時笑了出來。你相信嗎？餐廳在開店前拋光水泥地板，椅子上還都是灰塵就讓我坐！

我突然怒不可遏——對他的謊言、對他，更氣的是對他來說，在我面前、在這個同意寫一本寫不出來的書的傻子面前，說謊如此輕鬆。在這世間所有事情裡，我最想跟海德說的就是去他的。

我說，雷伊跟我說貨櫃裡是空的。

海德問，貨櫃嗎？

對。

海德哀傷地搖搖頭，彷彿我是他見過最蠢的傻子。

他說，當然是空的。

3

在澳安會的說法裡，貨櫃是重要事件回報兼聯絡支援單位，或簡稱要事聯支處。澳安會主要宣傳的緊急救災回報**功能**，每個要事聯支單位的事件文件夾都寫滿特殊各類災難時需要的科技裝備。不得不說，所謂的要事聯支處並不是鋼鐵貨櫃，而是一個**系統**——緊急災難時可以從中獲取最少或最多必要資源——一個、兩個、一打，可以單獨運作或集體合作成為受困礦工或客機墜機的救援中樞。裝載在貨櫃裡可以輕易運送到任何地方——不緊急的時候可採用陸運和海運；緊急時候，澳安會可以用自己的力士型運輸飛機把貨櫃載到自然災害地點——水災、火災、海嘯——而且倉庫和救災指揮中心的功能可在抵達的三十分鐘內啟動。或者這是誇大其詞。要事聯支處引以為傲的核心支援是傘兵配置，傘兵配置也是澳安會的承諾與信念：**同災共難，一馬當先——我們與您同在**。

海德招供之後，我忍不住瞪著他看。

我說，如果貨櫃是空的，那就不能用來做其他事了？

沒錯。

那澳安會就不能賺錢——對嗎？

海德說，顯然是。大家以為我們做了的事，我們連一半都做不到。

我說，或是你說的。

海德笑起來。

或者連百分之一都做不到，那要花好幾百萬。

我說他們有幾百萬。

但不是用來做那些事。

但你說你做了那些事。

我只告訴你，大家**以為**我們做了。大家想要相信我們做了那些事情。

我問他怎麼說服銀行給他這麼多錢，因為我和蘇姿連要小額借款都不行，而且我們還要去拜託一個油嘴滑舌的律師，他還要求在一般利息之外額外付百分之二的利息。

海德說，小額抵押借款很難，三千萬的生意貸款很容易。我沒錢的時候，就打電話跟銀行說我要擴展。

很難想像他只用空貨櫃就可以騙到這麼多錢。我開始覺得海德是魔術師，是巫師。

我說，抱歉，我還是不懂那是怎麼做到的。

海德說，信任。

我把手伸進汽車座位之間找零錢時，能感覺到細砂灰塵，為了省油走很遠的路穿過鎮上，律師奢華浮誇的彩色辦公室，貪婪地笑著。聽海德說話，想著誠實和信任怎麼擺了我一道，我不懂他在說什麼。

我說，這行不通，因為我眼前出現律師疲倦的接待員伸手拿過裝載絕望和希望的悲傷鞋盒，抽出我們拇指寬度的還款卡，接著確認每一塊、每一分我遞出的錢，以免我騙走她老闆任何一分錢。

海德說，基夫，相信我，信任可以解釋大多數事情。信任是這世界上機器的潤滑油，我們甚至相信我們恨的人。就是這麼回事。而且神奇的是，大部分時候都有用。我就是這樣做到的。銀行相信要事聯支處是真的，相信澳安會是真的，直到最終成真。就像你相信修車技工會修車或銀行是誠實的，像你相信掌握這世界的人知道他們在做什麼，但如果你發現他們不知道呢？如果他們編排的是一場比我的空貨櫃更大的鬧劇？如果他們——這時海德環繞四周笑了起來，他的臉頰啪噠啪噠地用半嘲諷半邪門的口氣說——如果他們才是真正的騙子呢？

他說完向後一靠，表演結束，謎樣論述沉溺在一片鬼話的汪洋中。不知怎地撇開他自己的罪刑，暗示他詐騙的人才是真正的罪犯，果然是奇招。這些日子以來我越來越不確定，確定的也只是擺在一旁，如泰伯說的，等不知道多久的時間來證明那是錯的。

我打下這些字時我正在看當時的筆記。我從來沒把筆記裡的東西寫到書裡。即便那時我也瞭解，那是他的回憶錄裡無法承載的真實。也許太過真實，這世界只能忍受一點點，而回憶錄一點都承受不了——如果真能完成的話。我只需要真相，還有另一件事情，就是空貨櫃，這樣就夠了。

4

我又聊回他的詐騙手法，再次問他怎麼做的。

海德說，我現在告訴你，假設我欠A銀行七百萬、欠B銀行三百萬，兩者都有利息。於是我找C銀行貸款，假設貸款兩千萬，他們會給我兩千萬。

但貸更多款有什麼好處？

基夫，聽我說！接著我開收據：貝堤披薩義大利麵店開墨西哥灣鑽油臺火災救火的收據，國防部開特種空軍部隊深水救援技能訓練的收據。還有，這樣說吧，我跟國家公園管理昆士蘭分部收取救火費用。直到我有兩千萬的收據。

然後他們就付錢？

他們為什麼要付錢？他們從來沒拿到收據。因為——

因為？

——因為我們沒做那些工作。

你們沒有救火？

有幾張報紙剪報就夠了。

沒有在南極海洋救過落難船員？

我們救了一個遊艇駕駛員。一個！然後我們開了個記者會。

海德用一根手指在桌上畫圈圈，嘆了口氣。

我只是把祕密帳戶裡最新貸到的款項匯一點到主要帳戶，假裝收到那些收據的款項。

不是當借款，而是當作收入？

他指著我。

現在你懂了。現在我們有了那兩千萬的收入，我們就可以付清利息，甚至還可以還一點本金，我們很有信用的。

我問這樣銀行開心嗎？

當然，他們給錢，他們收錢，銀行做的就是這些事。法律上來說我們是個慈善基金會，帳務規定寬鬆很多。只要你願意相信，我們的書看起來起來就很好。銀行想相信，而且有很多東西是可以相信的。像神，祂們只要你禱告。你知道，我是祭壇侍童。我很會跪下，獻上神奇迴圈的祕密——做收據、留影本、銷毀正本、收入、開收入收據、拿收入來還銀行一千萬的利息，再拿四百萬還本金。所以澳安會還有六百萬可以花——薪資、開銷、訓練。再多幾個貨櫃。他驕傲地補充道，我們的訓練無人能比。

那就是你的計畫？

海德笑了。計畫？沒有計畫。

我說，但這不是長久之計。

怎麼會？很多東西延續至今。

你的計畫就是借更多錢來還借的錢？

沒錯。

就像貸款來付信用卡帳單。

只是我在刷爆前一張信用卡後，銀行會給我一張新的。

這純粹是貪婪。

還能有其他的嗎？

但最後你欠的錢不就比借來的還多？

沒錯。

我試著把他拉回來講詐騙的細節。

我說，最後銀行因為你的貸款開始破產。奎那銀行破產，坦羅銀行進入破產管理。

戲是我們演的，欠款疏忽是他們的。我們只有一箱貨櫃。

我說，你們有上百個要事聯支處。

一個——只有一個要事聯支處，而且那是我們的明星商品。

5

那天黎明時分阿粉和阿紫離開我們後，我們站在雨中的月亮先生嘴巴前招攬計程車，雷伊跟我說，唔，我猜大概是那時候吧！海德跟我說他快沒錢了，我們要想辦法讓銀行解決一下。西裝筆挺的人搭飛機過來，我們演出一場大秀——用我們的飛機載他們到吉隆，他會帶他們坐上兩棲直升機母艦，展示我們的潛艇——該死的潛艇，我從來不知道那除了招待銀行人員之外有什麼用。

雨勢越來越大，我舉起購物袋擋雨說，你們有三艘潛艇。

幹，我們有一支海軍。我覺得很好笑。我喜歡這笑話，海德也喜歡。這種爛東西他越買越多——遊艇、船、飛機、直升機——然後他可能會給他們看幾封信，跟政府單位和大公司新簽的大單——石油、採礦、你想到的都有。有個小伙子在墨爾本這裡——叫吉歐迪之類的——反正他很會弄到那種東西。他的職稱是「企業傳銷顧問」——我一直都記得——但他的工作是偽造文書。反正，參觀完港口之後，他們會飛回本迪戈的總部，幾個傘兵會齊步走過，我們一些人會牽著狗或某些像狗的小東西從一架飛機跳出來。

接著是海德最喜歡的時刻，他會展示一個要事聯支處給他們看，那裡面塞滿所有最驚人的搜救設備。最先進的東西，價值幾百萬的高科技，嘆為觀止。那個貨櫃裡面總有最新最好的設備，該死的有模有樣。他們從要事聯支處走出來時會有一架直升機降落。西裝客們愛死那輛直升機了。奇哥跟他們說那曾是第三任烏干達總統伊迪·阿敏的專機，他在裡面躲過好幾次刺殺。他會指著我開槍打出來的洞當證據，接著那些西裝客就會像包好等著被吃的墨西哥捲一樣，爭先空後進入那架直升機裡。

一臺計程車停下來，我們上車時，我轉頭看見月亮先生奇異麻木的眼睛穿過雨絲，在這崩塌的夜晚如哨兵般耐心盯著我們看。

第十章

1

海德說，基夫，你還有在聽嗎？

我說有，試圖迴避海德可怕的眼神，我回過神、回到辦公室，在海德說話時試圖甩開月亮先生的鮮明記憶。

所以我們駕直升機往北斜飛，保持低空飛行，飛過一小叢樹叢，它們就在一個舊足球場上。全部都在那裡。

我問，什麼全部？

還有什麼？貨櫃啊！好幾十箱放在最後面，堆得跟樂高積木一樣高。跟新加坡港一樣！我們開始繞境的時候，我跟那些銀行員說他們剛剛看到的要事聯支處價值超過一百萬——是真的——還有他們現在在下方看到的就是澳安會的脊柱，即將帶來豐厚收入的大手筆投資。這也是真的。接著他們就會看著下方那些繪有澳安會顏色的貨櫃，橘色和藍色——

我插嘴，但要事聯支處是空的。

好像我說空氣是無形的或水是溼的一樣，海德說，沒錯。

一共兩百箱？

我想應該是兩百零七箱。我在吉隆有一個叫奧圖的克羅埃西亞人替我接手。奧圖其實不太像克羅埃西亞人的名字，但他替我們弄了便宜貨，一箱兩千澳幣。那些不是要事聯支處，甚至太輕薄了不能當真的貨櫃用，只是廉價的布景道具。

所以你跟銀行員說每箱貨櫃都有要事聯支處一樣的配備？你帶他們去晃一圈？

不、不，我沒這樣說。我不需要說，他們就那麼想。他們想相信自己在看兩億元的長型大貨櫃。我讓他們看一個配備齊全的金屬貨櫃，然後遠遠看兩百零七箱空貨櫃。我們跟著直升機盤旋、戴著安全帽和耳機打嘴砲，我用直升機的無線電說，就在那裡——那些都是我們的！這是真的。他們會說，所以它們都是同樣的功能嗎？我回說，它們有非常棒的功能。我比大拇指說，它們是完美的收入來源，接著他們就伸出整排蘿蔔般的大拇指。

回到地面，開心過後，他們打開公事包，開心地把好幾百萬的信貸額度合約遞給我。我們簽約，然後喝一杯。接著他們總會聊到印象最深刻的就是看到那些放在足球場的橘藍色貨櫃。

我說我還是不知道這場戲怎麼能持續那麼久時，奇格非用驚訝的表情凝視著我，好像我是這世界上最愚蠢的人。

他傾身靠著書桌說，你看不出來嗎？我每天都在無中生有，就像你一樣，**像作家一樣**。

他用指節敲敲桌面。

我每天早上都會去辦公室。周而復始、一次又一次無中生有，然後再多生一點。這樣就夠了，非常足夠。於是事情就會繼續發展下去。你知道發生什麼事嗎？人們開始紛至沓來——越來越多人——銀行的人、記者、電視團隊、政治人物、政府官員、前將軍、執行長、外交大使、研究人員。我發現我說得越少，**他們編得越多**。最後，我什麼也不用編。對他們來說，我就是先知。你知道泰伯怎麼說先知嗎？

我不知道泰伯說了什麼。

海德說，最偉大的先知有的不過是最模糊的訊息。訊息越模糊，先知越偉大。

2

我停下打字。這一次，我幾乎相信他了。難道真的沒有中央情報局、沒有神話，而是簡單到不能寫到書裡的事實？

事實總有正反面，對吧？海德伸出一根手指，讓人覺得他的話很有說服力。

你可以說這間辦公室是水泥和玻璃打造的，也可以說這是泛亞出版社。知道嗎？泛亞出版社比這水泥牆更真實、更有力，因為水泥牆無法摧毀泛亞出版社，但泛亞出版社可以拆除水泥。這是因為人們相信泛亞出版社。這世界上有很多審計員、編輯、執行長和業務員，他們的共同點便是相信泛亞出版社的存在，而那個相信是想像出來的故事。

海德說，想想，有海洋、陸地、動物和植物，還有一個叫做冷戰的故事。我告訴你，那個故事幾乎摧毀了海洋、陸地、動物和植物。

螢幕凍結。

你覺得商人是什麼？政治人物是什麼？他們是魔術師，他們編造故事。只有故事能把我們彼此兜在一起。信仰、科學、金錢——不過都是故事。澳洲是故事，政治是故事，宗教是故事，金錢是故事，澳安會是故事。銀行只是不再相信我的故事，當信仰沒了，什麼都沒了。

你說謊。我邊說邊把麥金塔筆電關機再重開，等它開機。

但那個奇怪又難看的動作出現了，他有時會用舌頭舔過嘴唇，同時臉頰像古怪的快門一樣答答作響。

他說，我在說故事。

奇格非，不是所有事情都是故事。

大家想聽。

我說，你說謊。

真相是故事，但好酒需要廉價酒杯來盛。真相需要謊言，這樣我們才能牢牢抓住它。

真相就是你說謊所以要去法院。

海德說，不是這樣。

毫無希望，我在打字，但什麼字都沒出現。我完全不知道他說的話要怎麼寫進回憶錄裡，因為回憶錄是一系列篩選過的謊言，但海德怪誕地再一次說了近乎事實的話。我因為困惑或暈眩覺得不舒服，我不知道為什麼，只是覺得不舒服，好像正在跌進另一種人生，因為不知道為什麼，我開始和海德有一樣的想法，海德變成——

我聽見海德說，我們是奇蹟，神創造世界，但人每天都在創造自己。只要我們相信，我們的故事就會讓我們靠在一起。

有那麼短暫一瞬間，我有種明白一切的奇異感覺，我直到那一刻的人生、即將到來的人生、在那貧窮不幸辦公室裡的一切、在虛華的硬紙板和精美畫刊之中，就連明亮的螢光燈都已經陷入懷念過去的色彩——腐爛的黃色內臟和老化腐壞的綠植、赤褐色的乾掉血跡——就像某個腦袋爆漿的瀕死怪獸。

我問，然後呢？

然後坐下來跟一個代筆作家一起尋找新的故事。

3

說到工作，海德習慣準時上下班，通常早上十點到，下午五點離開。因為長途電話還是一筆開銷，我通常會在海德不在的時候用辦公室電話打給蘇姿。隔天早上我在海德來之前打電話回家。等待蘇姿接電話時，辦公室電話的味道——總是有海德鬚後水的味道，那味道介在清爽和嬰兒爽膚粉之間，有殯葬業者的氣味——濃到我得把它拿離我的臉。

電話是小波接的，她在電話裡唱歌給我聽，接著可憐巴巴問我什麼時候回家。我聽見蘇姿說再睡四次覺，並且答應她讓媽媽講電話等一下就可以去公園。

蘇姿跟我說她前幾天去看婦產科，醫生嚇到她了。沒什麼，小事，真的，但是很可怕。我問她為什麼沒有馬上打給我時她哭了，她說感覺我好忙，她擔心電話費，她不想打擾我。有些產前徵兆可能是子癇前症，沒事，真的。

我匆匆記下症狀名稱，這樣等一下才能查資料。

蘇姿說還不用太擔心，醫生和她都沒有太在意。

她又哭了起來。

海德和雷伊來的時候，我沒說蘇姿電話裡的事，一如往常不會把自己或家人的事告訴海德。接近中午的時候——我在打字、海德在看報紙——有人敲敲辦公室的門，吉因的祕書拿了一張摺起來的紙條給我。

我打開看，是吉因手寫的字條。

基夫，收到審判的訊息了。明天不用交大綱了，盡快把書寫出來就好。吉因

海德放下報紙問，吉因要幹麻？

我說，不是吉因。

他盯著我，我亂了方寸。

我笨拙地說，是我太太。

他從書桌上拿起一張紙盯著看，一邊說，你知道嗎？我希望有天可以見到蘇姿和——他頓了一下，放下那張紙，嘴唇露出半圓微笑，彷彿這個詞是子彈——小波。

我不禁打顫。他怎麼知道她的小名？怎麼知道的？

我聽見他說，是啊。

無論我多小心翼翼，無論多努力抵抗海德進入我的私生活，我意識到海德已經慢慢地累積關於我的事情。

他說，見到**你的**女兒——

我沒有露出任何表情或情緒。

——我想一定會非常有趣。

不知道是出於恐懼或憤怒，我忍無可忍冷冷地說，波莉姬，她的名字叫波莉姬。

海德說，很美的名字。那蘇姿呢？雙胞胎多久會出生？我是說，一定快了吧，而且很辛苦，你在這裡而她在……**那裡**。

我受夠了。五個禮拜的計畫現在已經過了兩個禮拜，我只有一些筆記、幾頁毫無連貫的段落，但我

腦中的或紙上的都沒有辦法成書。無來由地，我想到他的審計員葛瑞德，葛瑞德未解的消失之謎還籠罩著海德，但他似乎並沒打算解開這個謎。

基夫，我一直在想——嗯，不只是想而已，我今天稍早跟吉因談過與其讓你來這裡，不如讓我去塔斯馬尼亞，這樣你可以就近照顧蘇姿。

我說，沒有必要，蘇姿很好。

海德說，喔，她不好，對吧，基夫？

我覺得惶惶不安。他知道什麼？

基夫，你蠟燭多頭燒。吉因同意了。

我說，同意什麼？

同意我或許應該要去塔斯馬尼亞完成這本書。

我說，沒這必要。

喔，有必要，相信我，基夫。**有必要的**。我們可以在你舒服的地方工作——我飯店的房間、你家、任何感覺輕鬆的地方。

謝謝你的好意，但我在這裡很舒服。

海德繼續說，而且認識你的家人、多瞭解你一點是好事。今天早上你打給蘇姿，她好嗎？

我繼續打字。

海德說，去婦產科，有些擔心的事？

我盯著螢幕，這樣他才不會看到我的臉。他不可能知道。但無論我說了什麼或什麼也沒說，無論對上他的視線或避開，我的每個動作都似乎更加深我們之間的邪惡共謀，將我們推進我只能隱約理解的某種命運裡。

海德說，子癇前症。**很麻煩**。

已經開始了。

他說，那是個讓人擔心的狀況。

他正在慢慢吞併我。

我開始問一連串新問題，我說，就算不能寫到書裡，我還是要弄清楚。

海德說，當然。

我想不出什麼辦法阻止他，但我努力了。

你有把任何人做掉過嗎？

我不知道自己為什麼會問這個問題。我不知道為什麼我用「做掉」這個委婉的說法，而不是說「殺」。聽起來很戲劇化，像從電影裡學來的，我覺得很愚蠢，但我的無地自容只讓我對海德更生氣。

海德說，你覺得那種是該寫進我的回憶錄裡嗎？

我尖聲說，我的問題不是這個，回答我！

我心裡有一股無以名狀的感覺在膨脹、滋長，我無法控制。

我突然大吼，回答我！**回答我！回答我**！

海德躺在椅子裡，像看動物園裡的樣本一樣審視我，根本像是他在寫我的故事。

我聽見自己喊著，**因為我必須知道！回答我！我要知道！**

海德微笑著說，老天哪，我是執行長，不是馬里奧·普佐小說《教父》裡的柯里昂。

但一如往常，他說服我替他回答問題。

4

那就是他的方式，讓你從他的實話裡捏造出自己的謊言。面對自己成為共犯，我放棄而且不再說話。除此之外，我的精力、問題、繼續追問的意志力已經耗盡。不管吉因怎麼催促我、我有多拼命，我永遠也完成不了這本書。我越來越清楚，海德贏得了我的心並不代表他承諾完成這本回憶錄。真要說的話，事實反倒相反。我擔心這只是為了讓吉因認為他現在會準時把書完成，然而那相反的事實卻是真的。我慢慢意識到，海德惡意不修正紙上的細節。除此之外這就是工作，一個無聊的工作，一本書、歷史和後代子孫，我發現很多事情對他來說無關緊要。

無論他跟我**說了**什麼，多半是不能用的。比較沒經驗的騙子會想辦法圓謊，但人生從來不是前後如一的，在我認識他的很久之前的某個時候，他就瞭解自己編故事的笨拙有某種力量，反倒成了最令人信服的證據。我的問題是如何利用這些無法理出頭緒的片段。海德如同上帝，擁有所有偉大的故事，但一本書得把僅僅貌似可信和可能的東西湊合起來。

我沉默坐在那裡。海德幾乎知道我在想什麼似的，走進這個在我們之間敞開的深淵。終於，他開始說發生了什麼事。不是最真情實意的故事，但很能取悅人，甚至有點用處，他持續說著。像乾旱後湧入的小河，他的故事流淌在辦公室裡，時鐘指針開始動的越來越快，直到下午過半，直到傍晚，直到沒有窗簾的窗戶外一片遲暮的黃土洪水照著我們，而華麗庸俗的辦公室成為一個超然絕倫的境地。

海德還在講。

有些人講故事輕描淡寫，像拖著一架雙輪單座馬車輕盈前進。其他人像大象緩緩拖著火車，但火車走得很慢。還有像海德這樣真正偉大的說書人。他們帶著你跑，你奔馳得越來越快，腦裡只有你想要的和你從未意識到——直到一切太遲、遠遠來不及——駕車的人騎在你背上，你被帶著向死亡奔去，再也沒有辦法阻止故事成為自己的一部分。

5

我站在市區夜晚的燈光裡，準備離開辦公室，我記得我和雷伊小時候會拿著點二二來福槍、捕獸夾、圈套和雪貂去打獵。我們那時是十歲和十一歲的孩子。我們殺鳥、兔子、負鼠、袋熊和其他出現在我們來福槍視線內的可憐生物。我們殺的、折磨的生物無奇不有。我們找不到東西殺的時候就開槍打母牛，母牛們被我們打到的傷口一定非常痛。我們隱約感覺到自己在做壞事，但那感覺非常模糊且經常消失；當那感覺出現時很刺激，我們可能會去打破另一個成人的禁忌。大多數時候我們都為這世界、我們生活的方式、我們有的自由、動物死去的方式著迷，動物死去有很多方式——嘴角流血、漸漸遲滯的深色眼珠、扭曲的腿、抽搐的身體。我們經常站著看死去的動物，看得移不開眼。

我們跑著笑著、穿過牧場和林地時，從未想過自己是死亡的統治者，看著某個生物死去經常令人欲罷不能，但是我們也遺忘得如此快，直到那些躺在蘇力家地板感受墨爾本在我體內湧現的夜晚，我才記起自由的感受。

多美！現在那自由的感覺已經消逝，像從未發生過。那些日子裡，我能看見太陽在我們出發的黎明時刻從那仍是新的星球上升起，照進我們走進的白霧裡，直到那霧氣發亮、讓開路、突然消散，留下如此燦爛的光芒照著蒙上霜的牧場，我們閉上眼睛逕直向前走進那光裡。我仍然可以感覺到草上的溼氣緩緩浸溼我的鞋子、冰冷我的雙腳，陽光溫暖照著我的臉，綠色的灌木叢、油膩的紅色土壤，像可以吃的食物、我們在小溪中涉水而上的震懾驚嘆。我聽見水聲沿著傾斜樹幹的完美直線一瀉而下。美好的事物，神聖的事物，但我並不知道那是自由。怎麼回事？

如果獵殺是一種知識，它也會在某個時刻讓人再也提不起興致並覺得無聊，我們會走開，留下瀕死生物獨自抽顫的軀體。我想起有一次——不太常有的情況就是——我打到一隻搖搖晃晃走過牧場的袋熊。我們衝過去看牠受傷的身體，驚嘆地望著糾結在一起的血液與濃密毛髮，精緻的血液沫渣從嘴角流淌而下，那仍有知覺的雙眼，不知道有沒有感覺到我們，但牠也許有某種更龐大無垠的感受。

我們默默看著，牠不會死。

雷伊說，我要走了，我不喜歡這隻。

我留下來，盯著那溼潤的大鼻子努力呼吸，以一種不自然的韻律吸入呼出。牠黑色的大眼睛注視著身下地面，牠還不會死。

雷伊大喊，來啊！

很神祕的是，我們縮小成我們需要知道的事物，即便在那個年紀，我們最需要知道的便是死亡，因為傳來一陣巨大聲響，我嚇了一跳抬頭看見雷伊近距離開槍打中牠的頭部。

他說，幹，看在老天分上，讓那可憐傢伙死了吧！你是變態還是怎樣？

6

我有時候會想那些終止的生命會怎麼想我。高高站著、眼睜睜看牠們死去。有時候我看見牠們一起向我走來，但我試著不去看。牠們全都圍繞在我身邊，鳥、動物和魚，我對幽閉空間、小空間、電梯、機艙座位、人群有前所未有的恐懼，這些生物包圍了我，把我推下去，讓我窒息，和牠們一樣無神地注視著地面。

有天晚上臥室裡的擺設移動、活起來、變成牠們，牠們再次向我走來。蘇姿想跟我一起住，我自己生活就是會有問題。你知道，總有某些東西離開，某些東西活著，總是這樣。你說不出那是什麼東西，但它很真實，那就是為什麼你繼續前進。大家總問我：為什麼？為什麼要繼續做你正在做的事情？你知道，在可以退休的時候做這些節目，永遠有新節目、另一個計畫。為什麼？我說，我熱愛這個工作——誰不想做這些呢？

但事實是如果我停下來想自己做過的事情，即便只有一刻，我就會殺了自己。

也許那也是海德的恐懼。

開始下雨時，我站在辦公室窗戶前看著無窮盡的燈光，我才意識到天色晚了。光線模糊起來，我失神地看著。墨爾本港沉悶枯燥的平原從單調無趣變成酒色縱慾、揮金如土之地，接著成了令人目眩的黑色斑點，有車燈、建築的燈和路燈，鮮明的白色紅色藍色黃色，顏色變化的衝擊如同美女，如同死人的地下世界，在那裡黑暗和光明、善良與邪惡都終於和解。我從來沒有這樣過，同時又醉心於某種誘惑人和美麗的事物，那曾經是我的命運、俗氣的主管辦公室和夜晚的城市，然而卻也難以言喻。我感受到中央空調暖空氣的洗禮，某種腐壞東西有點甜、有點病態的氣息，而我下方街上偶爾會有人影隨著那堅定明確的神祕魂魄走過。

我發現海德已經離開一段時間了。

我轉身，走向他的書桌，拿起電話，讓臉和話筒保持距離以免灌入太多海德的氣味——那氣味和這世界所有恐懼的聲音一併冒出，讓我隨時窒息——我正要打給蘇姿時注意到海德整齊的簡報資料夾隔壁有一張紙。我拿起紙，上面潦草的字跡寫著：子癇前症。旁邊另外畫了一個綠色的記號。

我正要放下那張紙時注意到背面寫了東西：葛瑞德。那三個字中央用同樣的綠色筆畫了一條線。

第十一章

1

有時候在蘇力家，雖然是晚上而且離海德很遙遠，但我會起身走到窗前，從窗簾縫偷看，只有確定沒人監看時，我才會回到廚房的椅子上、客廳沙發上、低聲說話，像是對抗權力的共謀者。海德有殺人嗎？他會殺人嗎？有天晚上我告訴蘇力，我覺得海德是膽小鬼，雖然我沒有證據。

膽小鬼？蘇力修長的身軀靠在那老舊破爛的活動躺椅上，那是他最愛的椅子，手指夾著大麻菸，不真實的白色眉毛沿弧線從左眼上方岔出來，精巧地插進他臉上的皺紋裡。他想了一下自己的問題才回答，他說膽小鬼是最可怕的人，因為他可能要無止境地向自己和他人證明自己很有勇氣。

我不禁想他描述的是海德或是我。

深夜時，我寫完筆記就會跟蘇力喝一杯，啤酒或紅酒，喝得醉醺醺之後便躺在他客廳地板上的床墊上，床墊放在議長破爛的地毯上。我從他自製的書架上拿下一本書，書架圍繞著我，像所有好的書架一樣，連接散落的書本、卡片、褪色的紀念品和消失的回憶，一瞬間如餘火被拾起一吹即燃。

我在蘇力的書架上找到尼采的書，因為海德一直引用他的話，我便會做些功課。我喝著西拉氣泡酒，讀著讀著便在陰影和跳肚皮舞般的燭火光影下睡去。那天夜裡的黑暗很美好，我讀尼采時，那死去的在我心中活過來。有些永遠不可能的事情似乎再度有了可能，我不時會在黑暗中捶打某樣東西，感受它的存在，我才知道自己正活著。

蘇力是個特別的小調詩人，那是七〇年代早期墨爾本年輕人的命運，受太多波特萊爾、柏洛茲和布羅提根的邪惡影響。他會用像lachrymose（催淚）和crapulent（暴飲暴食）這樣的詞彙，在墨爾本市議會當檔案保管員勉強過活。蘇力覺得沒有人懂尼采有多好笑。

他說，沒有人會寫「跟一個虔誠的人接觸之後，我總覺得自己必須洗手。」還不錯，對吧？人類是神的錯誤嗎？或者神是人類的錯誤？很好，對吧？

蘇力覺得尼采就像最無法無天的單口表演，總是超越品味，看自己能狂到什麼地步。

我說作為一個十九世紀晚期的德國哲學家——我覺得——就像墨爾本夜店裡的單口喜劇演員。

蘇力覺得大家都沒有發現尼采有多好笑。

我說也許尼采自己都沒有發現。

蘇力繼續滔滔不絕像講笑話一樣講名言佳句。「到精神病院走一趟就知道信仰不能證明什麼。」「活人是死人的一種，而且是非常稀有的品種。」「謊言是生活的一種狀態。」「我只相信會跳舞的神。」「天堂裡沒有有趣的人。」

蘇力說，我覺得他是不是瘋了才開始跟馬說話，就因為沒人知道他其實是個多好笑的人。

蘇力比我年長，他告訴我他這些日子以來有一種昏眩的感覺，覺得自己的屁股沒了，覺得沒把一團紙塞在屁眼裡就哪裡都去不了。他說話時語氣極度平靜。

如果我笑，我瞧不起自己；如果我哭，我咒罵自己；如果我遇上一個女人，我得在開始又哭又笑之前立即離去，以免我盡其所能地羞辱自己。我覺得自己越跌越深。這世界上有好多好可怕的事情，而我的工作人微言輕，什麼都改變不了。基夫，你怎麼看？

我不懂，沒有什麼好懂的。我的保證、謊言和安慰和他的破地毯一樣淺薄。我躺在黑暗中時明白，蘇力是我不想要成為的樣子，那被一腳踢開的活死人。蘇力的世界終究是一場幻象，海德的世界似乎是唯一真實的世界。畢竟神不跳舞，有趣的人都在地獄裡。

2

我在城市活過來、從木墩、地板和泡棉床墊裡傳來越來越大聲的乒乓敲擊聲中醒來，很快便會有令人恍惚的輕軌過去，從擁擠的街道駛進濱海道，那裡有墨爾本灰色冬天裡短暫出現的另一個世界，一個有海洋、細砂和棕櫚樹的世界，靠近終點處是月亮先生張開的嘴和他巨大無生命的眼睛，我總覺得那眼睛會隨著我去上班。

辦公室裡，海德一直在打電話、跟《婦女生活》雜誌或晨間訪談達成協議答應會爆料，或跟記者和任何他想拉攏的人在我們辦公室碰面，彷彿他仍是個真心實意的人，而不是一個保釋後即將走下坡的騙子。如我第一次要他待在主管桌後面那天發現的事，那個環境讓他變成某種微小的權力。

他結束一通媒體電話、放下話筒時興高彩烈地告訴我，把屍體放在書桌後面，人們還是會敬畏。他一定看見我盯著他看，所以補充道：

不用跟吉因提到這幾通電話。

他只剩幾個星期就要接受判決入獄了，而違背出版合約對他來說可能沒有太大影響。但他一定從我的表情看出了什麼，因此他微笑，流露出發自內心的驕傲告訴我，之所以會有騙子，就是因為有一千個傻子願意被騙。

我說，如果這個計畫這麼保密，為什麼你要接受國內各個非主流媒體的記者採訪？

我沒有跟他們說我們的計畫，他們告訴我事情，然後我同意。除此之外，這是我的人生。

我不是真的這麼想，或根本不這麼覺得，但這是我的任務，所以我繼續工作。隨著日子一天天過去，和海德在一起時開始會出現一種奇怪迷幻的氛圍，海德表演、誇耀、迴避、無聊、耍廢、生氣、惱怒或純粹玩填字謎時，開始很難知道是第二週的第三天或第三週的第二天。我沒回荷伯特，因為吉因堅持要我們從這個週末工作到第四個星期，或更精確地說，我試著寫作，而海德的招呼聲來了又去，讓我和書在麥金塔筆電小螢幕的黑白海洋陰影線中安靜下來。

有時候海德會因為某些內心波動露出笑意，但他怎麼也不說。有時候他似乎沉迷在某種深不可測的思緒中。雖然我有疑慮，但卻感覺到他在這種時候有我所不知道卻想一聽高見的智慧。我發現他很多愚蠢和無意義的絮聒令人無可忍受，但我卻無法抵抗，他自我滿足的沉默、他狡詐的沾沾自喜，全都訴說著一個我想進入體驗的神祕世界。

3

在那些如夢似幻的歲月裡，我們聊到，或我努力聊到澳安會倒閉時，海德問我有沒有看過死人。他有時候會問這種沒頭沒腦的問題，怎麼回答都不對。

我們現在剩不到兩週了。時間不像光速一樣消失得那麼快，海德說的話開始變得不同、變得尖銳。毒蟲和其他常講的事物漸漸消失，取而代之的是即將到來的垮臺、暗中進行的花招和龍頭企業、冷戰幽靈、八〇年代的垃圾債券交易故事和一個人——奇格非．海德——始終是一匹行善如登的孤狼。

海德繼續追問，有看過剛剛痛苦掙扎而死的人嗎？

聽他說話，我才意識到自己有多無知。我試著安慰自己，我只是來記錄的，但我似乎並非與他所說的世界毫無瓜葛，那個世界被某種可怕的黑暗操縱，可能是祕密警方組織、獨裁政府、國際組織，或幽靈銀行。黑暗的型態終究不是重點，重點是這栩栩如生的黑暗勢力似乎決定了他的世界，開始滲入我的思想。

有時候，我發現自己很努力要加入對話。如果我不知道的事有一千零一件——苗族美裔聯盟、熱錢洗錢或豺狼卡洛斯最愛的手槍——那麼我的裝腔作勢便不那麼可悲。

不，當海德用那心靈導師的口吻帶領我進入詭祕狡詐的神祕世界，充滿諜報、權力鬥爭和暴力的陰鬱世界——我搖尾乞憐地感謝他補充一個小細節，覺得他是個體恤的上位者。

我告訴自己，他才沒有看過人死過，但他無神的眼睛直視我，我意識到他正在看著我，看穿我。我不再那麼確定誰在虛張聲勢，他或是我。我試著把他寫進書裡，但他想讓我覺得他眼睜睜看著人死過，而他和那件事沒有關係。海德露出微笑，牙縫很大的牙齒像墓碑一樣突出。我開始結結巴巴，迷失在自己的思緒和他的牙縫裡。我聽見海德說他瞭解，他看得出來書對我來說很重要。

他說，但看著一個人慢慢死去，你就不會再用同樣的方式看待一本書。你覺得這個世界和勝利、進步有關，但並不是。這個世界全是關於失敗挫折。人生的唯一目的就是屈服於更大的事物，直到免不了一死。

他有一種狡猾的長相，我再次嘆為觀止。我和海德在一起的時候常覺得自己說不出話、不知所措、敗下陣來。更糟的是，愚蠢。每次他像剛剛那樣說話時，我就會擔心那之中——除了他無止境的欺騙、真實經驗或更多、或更少——有我應該要把握、寫進回憶錄裡的本質。

但在我努力尋找詞彙寫進書裡的那一刻，那個本質和我對自身能力的自信消失殆盡。面對他的瘋狂不妥協，這本書似乎前所未有地遙遠。我直接告訴他，如果到第五週最後沒有可用的稿子，就不會有書，也就不會有他最後一筆預付款。

海德不願相信我。

吉因會付我錢。

你聽懂了嗎？沒有錢。

吉因會付。

我說，如果你不清楚，我很清楚。他不會付。

4

我越來越不想靠近海德，他的一切讓我覺得反感，即便是最無關緊要的特徵：長黑毛的擁腫手指、他的鼻子、他的耳朵、可以吞月的嘴巴。有時候你會在他身上看到動物那種讓人難以忍受的舉止。他傾身靠近讓我覺得不自在，我沒有自信、勇氣或蔑視——或無論是什麼——可以退一步遠離那八〇年代的鬍後水怪異氣味，還有那低沉、稍微陰柔的聲音。無論我有多不認同，那聲音總能說服我。他彷彿可以像隻寵物舔你或親你。

我知道這聽起來好像有某種扭曲而私密的性暗示，但事實不是這樣，或者那只是某種讓我害怕的更巨大的東西。不只是他深不可測、總是無處不在地盯著你的眼神，跟他在一起的感覺就像跟一隻瘋狗鎖在一處，稍不注意就會被咬爛。他對人誠懇的需求根深蒂固地占據每個遇見的人。有時候，他感覺就像一個感染源而非人類。如雷伊曾經警告過的，他彷彿能進入你的內心，一旦他進去了你就再也擺脫不掉他。

這種外在的嫌惡如此強烈，以致於我要上廁所都會多走兩樓到樓下去上，避免去他常去的那一間。那天早上我從廁所要回去時，在走廊上看見吉因朝我走來。通常他連停都不會停下來，只會點個頭打招呼，但他這次停下腳步，問我書寫到哪，以一種公事公辦的惱人態度說：「不用有壓力。」但書商在得知海德回憶錄即將出版後的反應遠超出預期。

他最後說，基夫，所以我們度過難關了嗎？

我說是，甚至補充是「好幾個」難關。

奇格非呢？有挖出什麼好東西嗎？

我說有。

吉因似乎還沒有太滿意。

我說琵雅對寫出來的東西蠻滿意的。

這讓吉因惱怒起來。

琵雅是很好的編輯……但有時候有點**脆弱**，你不覺得嗎？

我不覺得。我從來沒有這種感覺，但無論如何我都同意了，因為那是吉因的想法，而在吉因的公司裡不會有其他想法。

吉因不再惱火，跟我保證雖然琵雅不是美國傳奇編輯柏金斯，但由她來做這本書的必要指導工作綽綽有餘。

他繼續說，但重要的是我們必須知道詐騙是怎麼做到的，他怎麼能騙到銀行這麼多錢，七億！不是我在說，這很驚人。還有中央情報局呢？你從他那裡知道什麼事？

我說一些，夠用了。我可能以疑問句的形式又用了「好幾件」這個語法。

但重點是，我們有書嗎？我們**上軌道了嗎**？

我說我們上軌道了。

吉因臉上抽動了一下說，好消息，好極了。看看，我就說不要寫大綱，把書完成就好。但是！業務和行銷部在催我，他們想知道這本書的大概內容。星期四交個草稿可以嗎？我想你應該可以？

我什麼也不想說。今天是星期二，我有兩天時間。

吉因繼續說，丹普斯特有個寫作理論叫前後理論，你有聽過嗎？

沒有。

從開頭開始，在結尾結束。這就是書的前後理論，懂嗎？

懂嗎？我複述道，彷彿在學一種新語言的生字。

別管了，基夫。就是星期四，我很期待。

接著他眨眨眼，讓我覺得他好像把我丟進一張填不滿的浩瀚白紙裡。

5

我回到辦公室時海德舉起手示意我別說話，說等一下，然後放下手繼續講電話，一邊解開他紅白條紋襯衫的袖口鈕扣，把袖子往後折出奇怪的一折，彷彿捲袖子有某種戲劇效果，可以把他今天逃避的工作做完。

克諾斯那隻廢蛆，五千把他幹掉。這價格便宜十倍，對吧？

海德叫唆媒體的電話內容——身家調查、挑唆、交易、勸誘、討價還價——和他現在幾乎天天都戲劇化地說要把克諾斯殺掉，不誇張地說，這奇怪的關聯很令人沮喪。但令我慚愧的是，這個關連也有一種奇怪的強制力。還有，我一定露出了驚嚇的表情。

海德的怒容散去，可怕的笑容像遊樂園小丑般出現在我眼前，他說，聽好，你應該要更仔細聽我在說什麼。基夫，你相信這個世界是善良的嗎？相信大部分人是善良的，這個世界會因為那些好人好事進步，對嗎？

我沒回話，遵循我不聊自己、也不提出想法的原則。

基夫，善良和神一樣是最卑劣的謊言。你以為你很善良、很好，就會有回報。就算不是有錢，也會有好日子過。但看看這世界，你覺得幾百萬人死於飢荒、死於戰爭是因為善良嗎？他們很多人，也許他們大部分人都是好人，但他們很痛苦，他們備受折磨，然後他們死狀悽慘。

我不可能置身度外。他繼續說道，語氣在單調的新聞廣播和歡騰的運動播報之間切換。

基夫，看看你的周圍──疾病、戰爭、貧困讓人們變得野蠻，有錢人讓他們變得更糟。你覺得這世界證明了善有善報嗎？喔不，好人被懲罰，被打壓和凌虐。他們被剝皮，而且被吊死在樹上。這世界證明了這世界是邪惡的。欺騙和謊言是贏家，基夫。金錢是贏家，暴力是贏家，邪惡是贏家。

我不願開口。

看看，基夫。我就是這個世界的證據。

我什麼也沒說。

泰伯說什麼？──正義的漫長弧線在歷史的榔頭下一擊而碎。做出決定，當個傻子，欺騙自己這個世界很好，堅持當好人做好事，但你會輸。

我走向窗戶，這樣才不用看著他。

最後邪惡會摧毀所有人和所有事物。你可以選擇善良，或者可以像我一樣選擇接受這世界的樣貌。

海德站起來，走到窗邊站在我身旁。他指著下方的街道。

有看到我的新巡洋艦嗎？

我意識到他指的是雷伊每天載他到處跑、號稱陸地巡洋艦的豐田越野休旅車。當時那是非常昂貴的車款，而且海德的車上配備了每種奢華零件：保險桿、頂桿、燈光──很多燈光──無線電、絞盤和各種玩具。

比起我的保時捷跑車，我比較喜歡它。它有趣多了。因為我走的時候什麼也不能帶走，我想為什麼要剝奪自己擁有的權利？你喜歡那樣的車嗎？女人？金錢？你喜歡，對嗎？你開的車──我猜是爛車。十年的老爺車？破舊的豐田卡羅拉？

霍頓的。

霍頓，哪一款？

二十八年的ＥＨ車款。我用一臺自行車換來的，我在交換二手物品上比什麼都厲害。

他離開窗邊，到書架前瀏覽——什麼也沒拿便回到書桌前，回到可能可以工作的狀態。

基夫，你可以選擇開別的車，但你想，我選擇當好人結果開一臺爛車，因為這是對的事。但如果沒有對的事呢？如果就只有好車和壞車之分呢？如果就只是關乎你可以拿什麼、擁有和享受什麼呢？他說完從書架上拿了一本書。如果事情就是這樣呢？這個拿去。他說著把書拿給我，封面的書名印著：《六塊成功的墊腳石：解放自己吧！》。

我說，不用了。

他邊把書放回去邊說，因為這將會摧毀你，摧毀我，摧毀我們所有人。在這期間，我享用我能得到的——金錢、美好時光、樂趣。等我的時間一到，我知道我活過了。你能說你活過嗎？

說到這他嘆了口氣，伸手拿丹普斯特的短篇故事集，問我會不會比較喜歡這個。

那是一本厚重的精裝本，可能有七百頁，或更多。我服了他的邏輯，但更多的是疲倦。

我說，我們該工作了。

丹普斯特！他們說他就像大堡礁，也許你一個字都沒讀過，但知道他在哪裡滿好的。

我疲倦地說，說一下你跑路的時候在做什麼。

海德把那本磚塊書塞進公事包，說，基夫，我不是壞人，請不要這樣想。

他繼續說自己是個恰好把這世界看得比其他人稍微透徹的平凡人。幾乎沒有停頓地，他開始追憶他和雷伊開直升機在約克角半島到處飛、飛過下方原始叢林的時光，他們降落在方圓一百公里內沒有人類足跡的海灘。

雖然我努力抗拒，想壓抑自己，但我知道自己很羨慕。畢竟在一個我無法撐起的家庭和一個無法實現的夢想中，我名不見經傳、孤立無援又自我封閉。我珍視的一切突然變得黯淡無光又毫無價值。我的所有想法、所有信念顯得感情用事、天真爛漫，更糟的是虛偽狂妄。海德的頭頭是道讓我很困惑，但我不屈服。書！我告訴自己，書！

我懇求道，澳安會之前的審計員葛瑞德是好人嗎？

海德說，任何傻子都能夠忍受被殺，忍受殺人才會變質。

海德繼續說海德語：為什麼善良不是遊戲重點、這場遊戲和所有人生都是為了享受遊戲，或者不玩遊戲而變得悲慘——由你決定。他近乎歡天喜地說，因為這遊戲會摧毀你，一定會！

他伸手到書櫃上，抽出澳洲童書經典《無尾熊小子》。他的動作感覺像在觸摸，不誠懇又充滿暗示，他把書遞給我，說是給小波的，當作他偷走她爸爸這麼久的補償。

我說，我不想要。

他把書放在桌上的麥金塔筆電旁邊。

他說，她會很喜歡的。

我哀求他，拜託跟我說你媽媽是什麼樣的人。

但他已經在打電話，他的律師、記者、職業殺手，或許是上帝或魔鬼，然後他說他得走了，要去跟他的律師團開會，晚點會回來，不一會他和雷伊都走了、消失無蹤，彷彿他們從未存在過。

6

傍晚他們回來了。雷伊感覺很奇怪，甚至心情不太好，他說他不舒服，不久便走了。海德出奇地平靜，他沒說自己的決定是什麼，但一被問到問題，他似乎——我只看過他這樣兩次——想要誠實認真地回答。聽了琵雅的建議，我決定這次隨他去，不要反駁他。於是我問了關於他說有人要謀殺他的事情。

海德告訴我，他們會做什麼，蛤？大家都會知道是銀行殺了我，就像努韓銀行的翻版。

意思是？

沒錯，誰殺了我？這就是問題。

我告訴他還比較可能在老年時死在家裡，床下放了一箱剩下的回憶錄。

但這死亡的可能、在判決前死去以騙過法院的可能，這些事情不只激起海德的興趣，還似乎讓他激動起來，更不用說他的死可能帶來的神祕傳奇。

海德說，我不會活到老。他以那近乎泰伯式的激動海德語繼續說老年死亡是一件不自然到近乎錯誤的事；他說人類有史以來就會在任何年紀死亡，多數都不是老人，不是；他們死於疾病和不幸、災難和愚蠢，戰爭、犯罪和意外。這些死亡讓生命有了意義，反之老年則代表停滯的事件、一種推進過程。他厭惡生命像一種向上運動，像職業升遷一樣。退休金補助、人生計畫、退休村莊和喪禮讓他又憤怒起來。

海德說，我寧願被殺了算了。

我說如果我們沒把書寫出來，或許我可以替他做這件事。

海德繼續說，老年死亡是一種罕見、異常又特殊的死亡方式。那是最後一種極端的死亡方式。這種方式鼓勵人努力過著不要死亡的生活，這種生活其實不叫活著。知道死亡即將到來，而且很快就來，盡早死去就是把現在活得更好。這不就是我們所有人都想要的生活？

他是認真的，每個字都是認真的，但我知道不是真的。不可能相信他；不可能不信他。這就是他如此令人困惑的原因——什麼是真實？什麼是虛幻？什麼是事實？我只知道無論他是什麼鬼或是誰，我受夠他了。

如果我死了，你覺得這本書還會繼續下去嗎？他最後問道，彷彿這是真正讓他想得入神的問題。

我對他令人難以置信的懶散、他的謊言、貪婪、自私、精神錯亂的戲碼感到厭倦，覺得自己的沮喪轉變成無的放矢的厭惡。

我說，這本書會很暢銷。

賣多少才算暢銷？

幹，第一名就是暢銷。

這麼說很殘忍，但感覺很好。除此之外，我想那是真的，但我慢慢學到，真相永遠無法為任何事物說話。

這句話不但沒有讓海德生氣，似乎反倒讓他冷靜下來，甚至開心起來。

我說，事業更上一層樓。

他說，和我想的一模一樣。

海德微笑，他臉頰的滴答聲比平常更大。我讓他開心了，我也莫名開心起來。我感覺到一股沒來由的複雜情緒、奇怪的溫度，幾乎是種親密感。這一切有種莫名奇妙的幸福感。

7

我的筆記裡有一個當時海德問我的問題：對了，為什麼你想當作家？

我不記得自己說了什麼，但我記得想著自己無法確切說出當作家對我來說有什麼意義，或為什麼感覺當作家很重要。那種感覺很奇怪。畢竟，沒有人逼我當作家，我母親仍然抱著希望，希望我會成為一位**很好的水管工**。

海德繼續說，因為你有腦。真的，我交手的那些銀行員完全比不過你。我很尊敬作家，寫作是很重要的事情。但寫作好玩嗎？

說實話，目前為止不好玩。

我說，非常好玩。

因為如果沒有點樂趣，那幹嘛做？我知道你覺得澳安會是一場騙局——

——我沒這樣說。

雷伊告訴我你是這麼想的。

雷伊才沒有跟你講。

所以是你講的？

所以你騙我雷伊有講？

我們做了一些事，而且我們是最好的。去問雷伊。最好的，跟美軍海豹部隊一樣好，跟任何人一樣好，而且很好玩。你想知道真正的騙局嗎？資助我們的銀行和市政府。也許不時要有人犧牲，他們才能繼續下去，而我就是那個犧牲品。

他往後靠坐進椅子裡，手指間轉筆，一副讓我升職的樣子。

他說，你應該放棄寫作，在可以的時候享受點樂趣。

他臉頰的抽動速度似乎加快兩倍、三倍，幾乎顫抖起來。我從來沒忘過他當時說的話和說話方式，好像這件事剛剛發生在外面街上而他在講給我聽，彷彿這是地球上最沒什麼大不了的事情。

在你被犧牲之前。

他繼續說，我不記得他確切說了什麼，雖然我很努力專心聽他說話、想匯集成一些我能用的句子、語句、想法，但那些話卻越來越沒邏輯，那些話和他的生活越是模糊，我的生活就越陷在窮困和無意義的掙扎裡。海德跟我說的每件事——甚至他的謊言和藉口——都證明我是個傻子，以為自己的人生很值得追尋。

海德走後我拿起桌上的《無尾熊小子》。那是五十週年紀念版，我沒辦法買給小波的那種書。我心不在焉地翻書時，想到自己的世界有多麼狹小——蘇姿、我們潮溼破舊的廉價公寓和我努力修補家具的可憐心態、那偏遠島上受限也限制著我們的生活。因為當海德說話時，我才開始明白自己的生活不是我曾經想要的；明白我的生活不充實也不富裕，而是匱乏拮据；明白選擇寫作便是把自己與這世界隔離。

因為我在海德身上看見世界——奇怪、也許不可預測、超越善惡——而我發現自己滿心怨恨，卻也嫉妒渴望那個世界，《聖經》的原罪。我似乎想犯下所有的罪。雖然我當時拒絕跟自己承認，但我想進入那個世界，因為那個世界不需要我或我的書，但我需要它。

現在我想那就是海德的故事重點：讓我相信我的人生都是幻影——善良、愛、希望的幻影。相信了這點，我便會違背心裡的基本原則，接受他的世界是我的真實生活。

也許那時我就明白，我有時會在海德身上瞥見雷伊的偉大願景。我也想知道那是什麼，但那個願景讓我害怕，因為我看出它正在擊垮雷伊身上的某種東西。雖然我不希望它擊垮我，雖然海德讓我有了前所未有的恐懼，我仍想進去。我無法解釋，隨著一天一天過去，我他媽的越來越想進去。

我闔上童書，把它塞進我的背包，關燈走出去。

第十二章

1

雷伊說，你以為除了當個吃屎的塔斯馬尼亞雙頭怪，自己還可以有點名頭，事實上所有塔斯馬尼亞都是吃屎的雙頭怪，回去做他們該做的事，吃屎和日復一日又一日地吃屎。

那天傍晚我們臨時約喝小酒。我很驚訝雷伊竟然來了。我告訴他吉因要我星期四交初稿，但雷伊似乎在別處神遊，陰沉、憤怒。他罵了這一頓之後——雖然我不確定他到底有沒有聽到我說的話——我覺得他說的有道理。我們無法融入，我們漂流進那個出版和名人的世界，而我們知道即便我再有野心，書結束以後也會再漂流出去，只留下自己蒸發後的影子成為茶餘飯後的趣聞，一個隨時間去頭去尾變成旁白、笑話、一聲冷笑的故事——除了娛樂出版界什麼也不是的無名小卒，直到很久以後被其他更能娛樂他們的事或人取代。半年、一個月、一個星期、一個夜晚、一杯酒。

一杯酒？

雷伊看著他的空玻璃杯說，不。

我和雷伊並沒有你需要的東西，我們沒有吉因擁有的、琵雅有的、海德有的東西。是內心的確定感嗎？某種無法定義卻真實的東西？也許是平起平坐的感覺。但我在雷伊身上、自己身上，甚至蘇姿身上看到某種反抗的情緒。我們只有一種恐懼，一種塔斯馬尼亞人的恐懼，恐懼我們什麼都不是。尼采或泰伯，或者出版界怎麼知道吃屎是什麼感覺呢？

我問雷伊在海德覺得自己被殺會讓書暢銷時，他怎麼讓海德開心。雷伊說，沒什麼。

我說我覺得他這個想法很奇怪。

雷伊突然反常地尖酸又強硬。雷伊說，幹，這沒什麼好嗎？

我當時怎麼知道他心裡在想什麼？怎麼知道他不是在說我的自怨自艾和失敗，而是更嚴重、更可怕的事？

幹，媽的根本沒什麼啊！

雷伊說完喝乾啤酒，起身走出去。

2

到家時我用手邊的東西做了所有能做的事。我本來覺得這本書大概要寫十二章，但我只寫了一章半。以耶穌用兩條魚和五塊麵包餵五千人的姿態，我在桌前準備開始創造奇蹟的思考任務。我刪減和改造我的一章半——添加一些後來在那幾頁裡讀起來最棒的廢話——弄成三個章節。我接下來重新整理海德的手稿——這裡刪刪減減、那裡添補連結和色彩、這段移到這、那段移到那，直到有了四個大概連貫的章節。這樣總共有七章了。星期二剩下的夜晚我非常粗略地寫了另一章關於詐騙本質的草稿。這樣一來，凌晨三點鐘以前我就完成八章了。但還是不夠，沒有什麼是夠的。

星期三早上海德在那天消失以前聊到澳安會剛開始的日子，我有了些進展。整個下午和那天晚上，靠著即溶咖啡和一些雷伊的麻黃鹼提振精神，我努力多湊出三個章節，把粗略的大綱和他的手稿裡擷取的段落、我筆記裡偷來的文字、一些還沒寫的補述和從我小說裡拿來的一些想法通通混在一起。

我完成這些稿，把許多明顯的矛盾重複修改好後，開車到泛亞的墨爾本港辦公室時，黎明已是菲利普港灣上方的一條模糊灰繩。即便用上最強大的意志力，我還是在辦公室地板上昏睡了幾個小時，直到海德十點過後一點來的時候才把我叫醒。

那天早上海德講到澳安會倒閉時他在整個澳洲逃亡的事情，他話多得很反常。我說反常是因為他結巴難解的說話方式和他平常滔滔不絕很不一樣。好像他在努力尋找真相，但又不可能知道真相，彷彿發生的事情讓他覺得困惑不解。我問他被全面通緝是什麼感覺，他說他沒什麼感覺。在那個電腦跑很慢和磁碟片容易壞掉的時代，吉因要我每天把筆記和草稿印出來。我在當時留著的幾箱印出來的紙裡找到這段文字。

基夫，你知道納拉伯平原上有什麼嗎？那條路直直通過幾百公里的沙漠。沙、耐鹽植物。什麼也沒有。我有這輛霍頓V8輕型貨車，我越催油門就跑得越遠，路就變得越直，我面前的地球就越圓。熱霾升起的奇異波浪，我的頭全是沙，感覺如果繼續開下去就會從世界的邊緣掉下去。所以我停車，下車，把自己丟在沙塵裡。沙沙作響的耐鹽植物、空啤酒瓶和衛生紙。我會把手埋在沙裡，試著等待。

躺在那裡，你就可以感覺到整個地球在轉動。我在地球上，騎乘它前進，它轉得越來越快，只要緊緊抓住，越抓越緊，但我得鬆手。這裡不安全，我得前進。開幾百公里的車，直到再次感覺快要掉出這星球。停下來，把我自己丟回骯髒齷齪的地方，努力堅持著。這是我的感覺，沒什麼，努力堅持著就對了。地球越轉越快，堅持，只要堅持住就好，但我得前進。

即便是現在重讀一次，我都感覺到一股令人毛骨悚然的灼熱熟悉感。那天聽海德說話，他說的我似乎能真的瞭解，就像我活過他的人生，或他活過我某部分的人生，或即將要過著我的人生一樣。但那個時刻過去，他沒了興趣或是我分了心，我不知道是何者，但他又回去講電話，沒多久便走出去赴另一場午餐聚會。

海德沒回來，我一度很高興。我答應吉因那天早上到的時候就會把草稿給他，接著改成中午，然後下午五點，然後五點半。我說草稿，但不過比抽象的大綱再多一點罷了，整份稿只有一段，上方寫著一行斜體字——

——待補充。

那天下午空檔，我覺得懶洋洋又緊繃，而且無法專注，靠著更多雷伊的麻黃鹼撐過去。我努力把早上的筆記寫成簡短的一張草稿，總共完成了十二章，儘管是最粗略的狀態。我因為服用麻黃鹼異常興奮又不舒服，開始胡謅亂編，雖然寫的東西看起來很怪，我一邊覺得害怕，一邊覺得自己是騙子，但還是繼續寫，直到又寫完一章。但當我檢查寫的東西時，只看到一堆漏洞。但那時候已經是下午五點了，我匆匆用筆記上幾句難懂毫無關聯的句子再補了一章。再加上另外四章極簡短地敘述，每一章都掩蓋了時間表上最明顯的漏洞，所以現在書有十七章了，其中大概有兩章接近完成。

總而言之，包含無數的注釋和注意事項，將近兩萬七千字，不到最終版本的一半，但我已經放棄了，只希望這些能暫時滿足他。無可否認地，他很清楚說過他沒有要最終完稿，但至於吉因看了草稿會不會覺得這本書值得出版就是另一回事了。

吉因傳訊息給我，說他在書桌前等我交稿。當我把打字稿交給他時，那天晚上七點再多一點，他似乎很高興能拿到稿，雖然不像我對於自己竟然能把草稿完成那麼驚訝。我感覺到強烈的沮喪，嚴重顫抖到我覺得自己可能會在他辦公室裡昏倒。他告訴我他會在早上之前看完，到時告訴我他的想法。

雖然我筋疲力竭，而且麻黃鹼藥效退了又睡眠不足而非常消沉，但雷伊在外面等我，說要去聖科達酒吧喝杯茶的時候，我累到無法說不。

3

我們邊吃牛排和薯條，邊聊起無拘無束的老時光，避開那個讓我們一起在遠離島嶼故鄉的城市喝酒的原因。有支樂團在演奏，那噪音有種古怪的熟悉感。也許是因為我覺得低落，所以我坦承自己不喜歡現在在做的事情，但當雷伊問我為什麼，說有錢賺時，我被迫回答。

我最後說，我在努力讓他看起來像個好人，或許這是原因。

雷伊說，所以咧？

一個搶劫的人，或許殺人——

或許吧，但是他有跟你說過嗎？雷伊說，他意義不明的疑問感覺怪怪的。

沒說得很清楚。

那你怎麼知道？

我說，唔……我不知道，他是騙子啊！

雷伊冷笑。所以呢？也許他是，也許他不是，也許他是別的。

那是什麼意思？

更糟糕的東西。

像什麼？

幹他的！就是這樣。

我因為麻黃鹼和疲倦變得易怒，沒有真的在聽。我說我不知道我還能不能繼續寫，就算我真的做到了，就算這是個好工作，我做的也只是讓海德看起來像英雄。

基夫，我要看一看才知道。你一定會把那討人厭的傢伙包裝得很好。

我聊到如果我沒寫出來，這本書就不可能出版，雖然我不知道是不是這樣。雷伊沒有同意，但他承認他一定會是最晚知道的。他試著露出平常開心的樣子，但他完全不開心，我問他為什麼，他看了酒吧一圈後認真看著我。他要我答應不會把他說的話告訴別人，還有尤其是，絕對不要告訴海德。

我問為什麼。

因為……**因為**這是祕密，雷伊說，但他說的時候很不確定，就像在複述某件他剛知道但完全不相信的事情。

於是他跟我說了。

4

海德要雷伊在運動用品店外面停下來，他們走進去，海德買了一支克拉克手槍和幾盒子彈。

我問，為什麼？

我就是這樣問他的，為什麼？我說你要那鬼東西幹麻？奇哥語無倫次說半天，說銀行要拉他下水的鳥事、我們現在需要保護，但這都跟那支槍沒關係。

雷伊反常地心煩意亂，目前為止我覺得和海德那種出於自導自演的性格不同。我問什麼時候發生的事。

雷伊說，前天。海德說他要趕快跟他律師團碰面，然後我們整天都沒回來。我們沒有跟任何律師碰面。

你們離開前我就知道了。

奇哥是有計畫的。他先要我停下來買克拉克手槍，接著他要我載他去本迪戈，但開出墨爾本一小時後，他要我開進某條小路，最後我們到一塊雜草叢生的地方。他要我把車停在路邊，要我跟著他進樹叢裡。我們走了大概十分鐘，然後他說，雷伊，我需要你殺了我。

我笑出來，但很快便停住。雷伊沒有笑，只是瞪著我。

奇哥說，我是認真的。他說，我寧可你殺了我。雷伊，我需要朋友。他說，你是我兄弟。我真恨他這樣說，像枷鎖。他說，我最好的**兄弟**，然後他一直這樣講，講那種屁話——真**兄弟**就會開槍；這就是

兄弟，那個**混帳**、**混帳狗屎**。

雷伊把傑克丹尼爾倒進我們的啤酒裡，啤酒喝起來變得沒味道又噁心。我們乾掉一杯又點了一杯，乾了又再喝。我不知道該說什麼。我們開始聊其他事情。

接著雷伊說，他要我練習。

什麼？

用那支槍殺他。他示範槍要放在嘴裡的哪裡、哪個角度，這種爛事。你賭爛、你爆掉半顆腦袋，但你還活著。

雷伊把食指垂直放在嘴巴裡，他含混不清地說，這樣你就可以把自己爆頭。

他慢慢把手指往下移——還是在他嘴裡——直到和耳朵最上方呈現對角線。

雷伊說，像這樣，海德說的就是這樣，幹，就像這樣。

他把沾滿口水發亮的手指拿出來在牛仔褲上擦一擦。

我第一次意識到，聊起所有冒險、直升機、約克角荒地、跟原住民獵殺儒艮的背後，雷伊是不快樂的，而他的不快樂令他痛苦又無法逃脫。我也意識到我們都來到自己不該來的地方。

我說，為什麼你不走人就好，他可以找別人，你又不欠他。

不是這樣，因為是他。你沒聽懂，兄弟。你就是不懂。

我問，懂什麼？

他把托住臉的手放下。

他。

什麼？

他！他沒有，就是——你不能。

不能什麼？

走人。

樂團比之前更吵，我得靠近聽。

不能走人，他不會讓你走，他說如果你真的是我兄弟，你不會走。如果你覺得**兄弟情義**很重要，如果你是**兄弟**。

兄弟？

於是雷伊大吼——

幹！你沒辦法！

他往後靠，一支手肘放在吧檯上。

對，我知道他那樣說很奇怪，但如果你離開他，你不知道他會對你做什麼，在你背後……

他漸漸沒了聲音。他的手指沿著玻璃杯緣繞，當他放下酒杯抬起頭時我對上他的眼睛。

我說，殺了你？

雷伊又低下頭，用手指敲敲玻璃杯緣，但他這個動作的意思是「我不知道」。我想像海德說「兄弟」的詭異方式，用他奇怪地半帶美式、有點德國的腔調講澳洲英語。

我說，**兄弟**？幹，他才沒有兄弟。

嗯，他覺得我是。我沒辦法解釋。

幹，你應該殺了他。

對，別以為我不想。

他再次把手指放進嘴裡，調好角度，像含棒棒糖一樣用嘴唇包覆手指說，砰！他的臉上浮現癲狂又略微精神失常的笑容，他想做自己、喝醉或嗑藥、想偷車或偷別人女朋友的時候就會有這種表情。只是這樣那表情來得快也去得快。

對，別以為我不想，基夫，我可是一直都想。

5

星期五早上十一點電話響起時，我在沒有海德的辦公室。這幾個小時裡我一直保持工作、麻黃鹼、海德、不知道能不能把書寫完的緊繃感，我像在熱鍋裡，我的腦袋全是泥。整個早上我都在想辦法弄出一個章節，但什麼也沒有，全都連不起來，我再次迷失在海德的故事裡，他抗拒生活、甚至抗拒紙上的生活，我被他奇葩的抗拒給打敗。我拿起話筒，吉因的祕書。

辦公室裡，泛亞執行長為麻煩我在這麼高壓之下寫出草稿道歉。他的態度比之前更令人不安，結合了皮笑肉不笑的敬意和漫不經心的蠻橫。

吉因說，但你懂的，我必須知道。

他從旁邊的桌子拿起我的稿子，放在他的書桌上，像在把有瑕疵的土司退還店家一樣推給我。

你和海德的進度到哪裡，看看你們能不能把書生出來給我們。

我可能退縮了一下，但看起來可能像個微笑。

吉因說，這裡寫得很好。

我可能笑了，但看起來可能像是畏縮。

基夫，書是鏡子。捲尾猴盯著書看的時候，卡繆是不會看回去的。

我低聲說了些話。

你得把故事呈現給讀者。

我說，我有。

你還沒。

我會。

基夫，現在我覺得你已經跟奇格非聊得差不多了。你明天要飛回塔斯馬尼亞嗎？

今晚。

基夫，下星期四之前都不要回來。待在家把這份稿子寫完，能寫多少就寫多少。然後利用下星期四跟奇格非校對，這樣之後我們還有一個多禮拜讓你重寫和修改，可以嗎？

感覺像跑了短跑競賽，現在又被叫去跑二小時全馬。我大概是帶著絕望的心情點頭。

一個問題。

我說，請說。

內容是什麼？

我說，很直白。

吉因用袋鼠般尖細的手指緩慢輕彈我的稿子，細小蒼白的手指咚咚敲著，他問，內容到底是什麼？

我大膽說，迷失的未來？

吉因說，你寫得好像他是即將到來的黎明，新的明天。

我說，或許只是希望，他是寓言。

基夫，寓言賺不了錢，賣不了。除非是美國，而且美國通稱寓言是自我幫助。

那這裡呢？

喔，我們澳洲這裡喜歡懸掛開庭日程——你知道，罪犯們目空一切的自白。絞刑臺上的告解。歡呼和道歉的傢伙，但若鄙視權勢，權勢就會鄙視你。我們希望他們受到懲罰，但我們喜歡他們自負的樣子。

瀕死遊戲。

沒錯。

因為我真的不知道他在說什麼，我問道，所以你要什麼？

他和中央情報局的關係，他怎麼扒掉銀行的皮、他為什麼不後悔。

不後悔？

不後悔，澳洲人喜歡壞壞的英雄，執迷不悟是最重要的事。

我說，他是德國人。

他跟你說的？

沒有，他說他是澳洲人。

嗯。

我往下瞟了一眼，注意到吉因的白色襯衫腋下有汗漬漫過的痕跡。

基夫，這裡面有有趣的東西。**但你需要重大事情發生**。

我說，有重大事情呀！

還沒。

我說，但會有的，我敢保證。

第十三章

1

跟吉因聊過的幾個小時後，我飛回塔斯馬尼亞的家。冬日薄霧裡在機場下車，迎面而來的疲倦乘客從我身邊一擁而過，在雨中走向終點站。我獨自站在潮溼的柏油路上。終點站裡，蘇姿正在等我。她也獨自站著，準備見面，卻不是團聚。

我好奇想著：她是誰？這麼說來，跟海德相處三個禮拜後的我是誰？還有最難的問題：為什麼我們是「我們」？

我不知道，我們就是。

對我們的島嶼和我們的時間來說，現在一切都太過遙遠，我們剛好在適婚年齡。蘇姿二十歲而我二十三歲，我們知道我們世界的宿命是，這是我們必須走下去的時間，所以我們走下去，準備見面，卻不是團聚。

我們的婚姻最終對兩個人來說都是個謎。婚姻是你結了，然後結了，我們繼續結婚。我們結了，我們確實結了，而且我們沒有疑問。偉大的憐憫之情促成的偉大決心把我們綁在一起。我們偏遠的島上崇尚自由戀愛的婚姻傳統，而這種傳統和媒妁之言的婚姻一樣反覆無常又注定失敗、同樣充滿希望、同樣荒謬可笑、同樣壓抑煩悶，必然的結果一樣是解脫而去。大家相信沒有不歡而散——這個情況下一定會有一個壞人，壞男人或壞女人——就是好結果，但沒有人質疑或批評這個傳統。

我走進去才發現，連我的想像力都出賣我，蘇姿比一個禮拜前更龐大了。機場唯一的行李傳送帶發出吱嘎聲，開始它橢圓形的滑步工作。我們兩個都得笨拙地彎身，伸手跨過她巨大的肚子擁抱。蘇姿似乎比從前更像陌生人，像一個我曾經瞭解而現在全變了樣的國度——她的身體、她的味道、她更加溫柔的聲音、有點朦朧淡然的回應、說話時隱約的笑意——是什麼？是誰？為什麼？我們的感覺少了什麼或多了什麼？我不知道。感覺到即將分離的危機，我說書快成形了。

蘇姿說，書和雙胞胎都要出生了——三胞胎！

我回答道，對！一箭三鵰！

我們就是這樣說話，或試著說話。繼續下去，努力下去，興高采烈。我並不是一直這麼開朗活潑，但我接受命運，或至少接受我應該接受命運。蘇姿從來沒有停止努力過，我很佩服她這點。我們的世界是一種勞動工作，而婚姻被視為另一種工作，蘇姿在所有事情上都是個努力工作的人。

蘇姿已經三十八週了，醫生、助產士和一群很懂怎麼生孩子的專家——他們無所不知，講道理時會稍微激怒露出太多笑意的人——灌輸我們雙胞總是早產的諸多原因和早產經常會有的麻煩。醫生警告有子癇前症的可能，但目前還沒什麼影響，我們的雙胞胎繼續快樂地在肚子裡待著，各種數據仍顯示健康成長。

除了昏睡、身體很難通過門口、難以出入霍頓的前座、難以在家具和街上人們之間穿梭之外（用肚子撞倒一個花瓶和兩張椅子後，她說，家庭主婦？就像一艘破冰船），蘇姿的身體看似沒什麼問題——沒有腰酸背痛、沒有靜脈曲張、沒有痔瘡、沒有情緒起伏不定，而且除了早上偶有的胃灼熱之外，沒有不舒服。所以那晚為小波讀完她最愛的野狼與樵夫故事後，我回到狹小的書房，蘇姿回到客廳的沙發。

我在書桌前呆滯地看著紙張、空蕩的螢幕、閃爍的游標。留下傳來錄音帶小聲播放著七〇年代的純真歌曲。我下樓到客廳，只有一盞低矮的桌燈亮著。我和蘇姿跳了一兩首歌，我們四個人排列奇怪的身體跳了一支緩慢的曳步舞。

我在蘇姿耳邊輕聲說，錢的事情很抱歉。我接下這份工作的時候，不知道事前什麼都拿不到。我會再找一間房子。

我們還是只有小波出生時，我從垃圾場找來、自己整修的小屋子。蘇姿說，會有辦法的，我們會沒事的。

現在寫到這裡，我試著回想那晚我們輕輕相擁的心情，我震驚的不是那種溫柔甜蜜，不，而是我們堅信不移。可怕的是我們堅信明天會比今天更好，事情會好轉。懂我，懂你，那首歌唱著。我們走了一圈又一圈，知道我們安全，知道我們有彼此，知道——知道——知道——**什麼也不知道**。

2

螢幕動不了。

我咒罵電腦，扳直一根迴紋針用來彈出磁片，關掉麥金塔筆電、開機，再插入磁片，然後等待電腦無止盡地嘎嘎作響，重新開機時發出咖啡機堵塞一樣的刺耳噪音。我看了看書房——不如說是衣櫃，每晚窄牆似乎更向內縮——伸展手臂打了個呵欠。已過午夜，但我那天晚上回到家後進度出乎意料。電腦終於再次運轉，我開啟剛剛寫的最新一章檔案。

我修改的東西全沒了，那天整個晚上的工作泡湯了，一切都因為螢幕當機一掃而空。我坐在那裡，沒覺得生氣，倒覺得噁心想吐。我剩下的時間這麼少，現在又少了半天。這場大災難讓我更加覺得這本書是個空虛的鬧劇——根本沒有書，而且更糟的是，這本書根本沒有要出的意思。

而這也讓我在心裡出現一個痛苦的問題——難道這始終是海德的計畫？畢竟他有太多謊要掩蓋，太多捏造的事實無法連貫，不需要一個可能會把他荒唐人生串聯起來的作家。加上他身為罪犯，無論有多少難言之隱、多違背事實都不願意留下任何證據。種種證據集合在一起，難道他對我越來越有信心並不是因為我可以寫下他的故事，而是因為我**永遠寫不出來**？一個擋箭牌、一個可以讓他用來從吉因身上騙到最後一點利益的傻子？這是他選擇我的原因嗎？

窗外的霧讓夜晚漆黑的荷伯特留下潮溼的黃色汙跡，我希望自己成為作家的希望是個笑話，身為一家之主卻無法替家裡賺錢是個笑話。最好笑的笑話就是海德出於不明原因選擇了我是因為知道我無法寫出這本書。

我把稿子丟在門廊上。我痛恨每個字，我痛恨工作用的電腦，我痛恨修好用來放電腦的桌子。我看著散亂的紙張，上面的文字不是書，而是我無法寫書的累累證據。我多愚蠢！我告訴自己我本來可以選擇其他一百種工作和職業——雖然當我仔細想什麼工作或職業時，腦裡什麼也沒有。我想，或許作家就是這樣。曾經對寫作懷有熱情而現在卻只知道寫作的人。

我驚恐地意識到，但我不知道該怎麼寫。

3

我走進臥房，我需要蘇姿的慰藉和遺忘。她醒著，雙胞胎在她肚子裡動來動去，所以她無法入睡。蘇姿說，你要去書桌前寫作，不是在這裡陪我。

聽到這些，我所有溫柔和愛的感覺化成恨意。恨意逐漸變成熟悉的墜落感，有時候她只要倒一杯茶或把叉子放在唇上就可以讓我恨她。而且有時候，比起重要的事情，我甚至更恨她無關緊要的小事——她整理小波頭髮的方式、或者——老天救救我吧——她擺放廚房抽屜裡餐具的方式。我心中的愛與恨漸漸如此靠近又如此強烈地糾纏著，以致於有時候覺得它們是同一件事。而這讓我放心：即便是最糟的時候，我安慰自己這種恨意反而證明一定有愛存在。我突然開始害怕似乎更糟的情況，害怕有一刻不再是恨或愛，害怕我對蘇姿毫無感覺的那一刻逐漸逼近。

有時候蘇姿會跟我吵，但以一種慎重又理性的方式，那只會讓我更生氣。

她說她瞭解我，瞭解我的恐懼，但那是最糟的。因為如果我不知道自己怎麼了，她怎麼可能知道？如果我都不能說出我感受到的、滲透我、在我心裡像無聲吶喊般升起的恐懼是什麼，她怎麼這麼有自信說她知道？

有時候我看得出來我的情緒爆發讓蘇姿有多痛苦，於是便心滿意足。但只有一下子，之後我便會為自己的所作所為感到害怕，我不懂自己。在人生越來越多的小石子之中，海德在我前方出現成了嚮導，他的世界是個萬能藥，只能淺嚐即止，但絕不能生根成癮。

我就是證據！

的確是，而我怕了。

蘇姿說，回去工作。

我爆發了。為了讓蘇姿可以稍微休息，小波在蘇姿的父母家住幾晚，沒了孩子在身邊睡覺的壓力，我現在正對著蘇姿大吼大叫。幹，妳懂什麼寫作？

看著她哭，我有一種淒涼的滿足感。我離開家門時她還在啜泣。走在有寒意的街道上感覺臉上有遠處山上積雪吹下來的冷風。我找到一家黯淡的深夜酒吧，邊灌下一杯又一杯，邊告訴自己有必要讓蘇姿清楚我身為作家是要承受許多壓力的。

去上陰暗的戶外廁所途中，我撞進門口角落裡新編織好的蜘蛛網。我有股奇異的慌亂感。我拍拍臉頰用力扯開臉上的蜘蛛網，但我回到酒吧時還是能感覺到彷彿包覆著我的黏糊蜘蛛網。突然間海德不再是工作或錢，而是像蜘蛛網、包裹住人和幽暗到令人恐懼的東西一樣難以避開。當我越來越害怕，怒氣也蒸發而去，心裡突然覺得蘇姿是我唯一的避風港。我承認蘇姿說的話沒有惡意，而我說過的話開始變得如此沒必要，因為說真的，身為一個作家，如果正在寫書而且這本書即將出版，有什麼不能忍受的？

出於莫名原因，我抓抓黏糊糊的臉，確定逃離這些討厭的蜘蛛絲唯一的方法就是回去告訴蘇姿我有多愛她。接著我想起自己讓她哭泣，想起她有多受傷。想到她有多脆弱，而我有多殘忍，因為我的殘忍，我的驕傲發酵成了羞愧。我發現自己做的事完全沒道理，於是沒把剛剛買的酒喝完便飛奔回家道歉。

但我回到家時床上沒人，蘇姿不見了。

4

我在廚房水槽發現一張紙條，上面有她不穩的字跡，說她羊水破了，自己要開車去醫院。我對自己所做的一切充滿罪惡感，對自己的殘忍感到驚恐，也擔心即將臨盆的蘇姿。我搭計程車飛奔到醫院，但當我終於找到躺在走道病床上的蘇姿時，她異常平靜和放鬆，好像我從未在她需要我時拋棄過她。

她拉著我的手，一種不尋常的姿勢，告訴我她在早期產程，偶爾會出現宮縮，但不至於像被鐵鉗夾到那麼痛。對於先前發生的一切，她寬容地什麼也沒說。我太過羞愧，因喝了酒和懊悔太過混亂而說不出抱歉。我凝視著她閉上的眼睛上的眼屎，直到我也闔上眼睛，想起海德並努力不要去想海德。我努力認真想要怎麼樣才能有第二幢小屋、一臺新的洗衣機，隨著時間過去，海德不再那麼真實，醫院的世界、螢光燈、消毒水味、熙攘不停的喧嘩聲變得更具體，最後成了慰藉。我醒來時發現蘇姿正在走廊上慢慢踱步，因為一陣宮縮來了又走。我衝過去扶她，她朝我身後看去，呻吟起來，我覺得自己是個陌生人。我惶惶不安，趕緊去找人幫忙。

我在走廊盡頭找到幾個在護理站聊天的護士，我請她們幫幫忙，但我所恐懼地對她們來說不過是稀鬆平常的事。我請求她們幫忙蘇姿時，一個圓臉的助產士把我支開，說她們會馬上派人過來。

我無奈地回到蘇姿身邊。感覺過了無止盡的漫長時間後，一位護士帶著兩位護理員過來，把蘇姿推到一間四人房，燈光昏暗、寂靜空蕩——等待生產的靜謐避難所。不久後，一個快生產的年輕女孩被帶進來，不超過十五歲，她止不住地啜泣。

她寂寞淒涼的哭聲令人難以忍受，但她仍繼續哭，有時候是低聲抽噎，有時候是拉長的呻吟。一位中年婦人帶一個男孩進來，他似乎是孩子的爸。他的鼻子下方有一些鬍子，捲起的法蘭絨袖口下有菸盒突出來，他四肢和身軀單薄，像年紀稍長的男子輕微關節炎一樣大搖大擺地走。他不知道該說什麼或做什麼，連碰都不敢碰她。也許他也是這樣出生的，而也許之後，這種墮落循環永遠不會停止。他在十分鐘的尷尬無措後離開，中年婦人在半小時後也離開了。那個小媽媽再次哭了起來。

她的哭喊越來越可怕，一個受驚嚇的孩子茫然又孤單的無助哭號。她一直哭，有時候伴隨絕望的尖叫，有時候是恐懼而單調的啜泣。我坐在黑暗中聽著她哭泣，想著人連出生都不平等。他們生在悲慘之中，他們生在悲傷與絕望之中，他們生在可怕的驚駭之中。她的憂懼是對的，不知感恩是對的。這世界才剛剛開始，每一天都會越來越殘酷。我又想起海德對這世界的黑暗說法，感到膽戰心驚。早上她被帶去產房，我再也沒看見她或聽見她的聲音。

5

我們是普通病人，沒有指定醫生。一位稍長的醫生跟我們說一切都非常順利，但接替他的年輕醫生認為蘇姿要催生。我告訴他前一位醫生的診斷時，他揮揮手不置可否，我說蘇姿已經進入早期產程時他搖搖頭。他告訴我這關乎我太太和兩個未出世孩子的健康，我們不打算冒任何風險——是吧？

一個高高的護士拿點滴架過來，上面掛了一袋清澈的點滴。她把一根管子插進蘇姿的手臂裡，接上點滴、設定儀器，點滴開始滴。我們換到產房，好一段時間什麼事也沒有。我們不知道這是什麼意思，但當宮縮開始像長柄大槌的陣陣捶打時我們就明白了。身體不再是緩慢優雅增長的律動，蘇姿現在得承受人工催生的化學藥劑，痛苦來得太快太強烈。

蘇姿開始進入深一層的折磨和孤獨世界，她五味雜陳的臉上有各種情緒，尖叫再次開始以前沉默而疲憊，沒了幻想。然而除了被視作普通而微小、越來越淒厲的叫喊外，一切蒙上反常的寧靜，在那寂靜中一切都如預料一樣很好。蘇姿周圍的人笑著，甚至講笑話和偷講八卦。

但在她的尖叫聲中，我開始聽見他的笑聲。

用上廁所當藉口，我衝到外面逃避這一切：蘇姿的尖叫聲、海德的笑聲。在外頭亮得刺眼的走道上，我發現另一個世界的生活一往如常。幾個護士在笑過氣搖滾明星去整形，另外兩個醫生在為中東戰爭爭執。這世界如此不同，我看著手錶不知道自己需不需要重新設定新時區，一個不知道是早晨或夜晚，但你永遠不知道是哪裡的地方。但僅幾公尺之外，隔著一面薄牆，我知道那裡有另一個國度。

牆的另一邊有好多神奇的事正在發生，而且被視為是生產過程的一部分，就算產房裡有一群藍色蝴蝶覆蓋蘇姿的臉，或發現蘇姿在天花板漂浮我都不會覺得驚訝，這些所有的現象都會被一笑置之，視作日常普遍現象，並且是我所知的、**生產過程**的一部分，只要是在自然正確的程序下一切都沒問題，藍色蝴蝶群這個時候會來，通常會持續多久，不多也不少，蘇姿是這樣漂浮在空中而不是那樣，等等等等。一切都像奇蹟似的，但每一個奇蹟都平凡而日常，專業的人不置可否，暗示這爸爸倒楣又天真。

6

每分鐘都是一天，這一分鐘是晚上，下一分鐘是白天，再度回到夜晚，或許一直是晚上或一直是白晝。然而在那段漫長的時間裡，我後來才知道是三十六小時，我在心裡偷偷掙扎。產房似乎充滿良善，充滿迎接生命來到世上的人們，但我不停聽見海德的聲音說這世界並不好，這世界很邪惡。為了壓過那聲音，我撫平蘇姿的眉毛，安撫她，替她揉背，為她顧慮擔憂。

無論我多努力跟蘇姿同在，透過心率監測器的嗶嗶聲、低聲交談、透過她的尖叫，我不停聽見海德的聲音，他一如往常說個不停：沒有什麼是對的，你會輸的。我越來越擔心海德是對的；擔心我的情緒不是真的；擔心我真實的反應不過是模糊的表面好奇心，而最糟的是可怕的漠不關心；擔心我只是在扮演一個角色——丈夫、父親、**好人**。

我突然間不確定自己是誰，似乎我的每個動作都卑劣可恥，說出來的每字都虛偽做作。我對蘇姿的極大痛苦和對於我是誰的惶惑攪成一團，她的宮縮幾乎像強風一樣颳在我身上。

有時候她的痛苦近乎震懾住我。蘇姿在這種極度痛苦中，但每個人都明白唯一脫離痛苦的方式便是把孩子生出來。於是到最後，可能只有更多痛苦和更多折磨。醫生勸蘇姿打麻醉藥，我求她打，但她不願意，因為她擔心身體失去感覺就代表會失去她的孩子。我不知道，我現在才發現這只是我們從沒聊過的許多事之一。

她開始哭，但眼淚被下一陣宮縮淹沒，她痛苦呻吟。

好痛，蘇姿低聲哭號，音頻低到很難相信那是蘇姿。基夫，好痛。

她的嘴唇變薄，臉龐脹紅，經常迷濛的眼神現在明亮而堅定，毫無掩飾的急迫熱切。她正在變成另一個人，一個十分重要的人。而我明白她不會放棄，她整個人強打精神，用盡全身痛苦和力氣使勁推。

產房開始瀰漫新的緊張氣氛和越來越多白衣人：兩位產科醫生、兩位小兒科醫生、各式各樣其他人，一個人負責一個新生兒。雖然他們沒說什麼，但我開始意識到之前一直都很好的事情不知道為什麼不好了。我發現始終痛苦但堅強的蘇姿現在更加痛苦，而且越來越虛弱。在一陣陣宮縮和休息的反覆漩渦裡，蘇姿集中精神的時候越來越少，直到她連我的存在都意識不到，似乎沉入某個我再也觸不到她的地方。

7

我們之間出現奇異的空隙，我們全都在等待。我感覺到笑容和談話越來越少，我知道無論正在發生的是什麼事情，都注定不會有幸福快樂的結局，而是生死之間精準平衡的一切。一位體格健壯的年輕醫生走向我，像看警衛一樣看我，沒介紹自己便說，要你太太再用力推。新到來的宮縮正越加暴力地擊打蘇姿的身體，中場休息則是長而疲倦的低聲呻吟。那個醫生抽抽鼻子。

她已經很努力了，我說。我想保護她，但更多的是，我第一次為蘇姿擔憂害怕。

接下來的十分鐘如果情況沒有變化，我們就得剖腹，醫生說完再次抽抽鼻子。

我問到底發生什麼事。他用一條皺巴巴的紅色圓點手帕擦擦鼻子，告訴我說他們認為雙胞胎的手腳在產道裡卡在一起，現在兩個都卡在裡面。在後面產道卡得越久，兩個寶寶就會因被擠壓而更加糾結在一起，完全不可能自然產。要把他們拿出來可能需要做**重大手術**。

他說得很輕很柔，彷彿是告訴我銀行帳戶透支的出納員。他例行公事地補充這只是他們的想法，還是有可能自然產。然而，如果超過十分鐘，寶寶和媽媽都會有**很大的風險**。

他說，要做手術的話，我們會以媽媽的生命為第一優先。

那小孩呢？

他再次擦擦帥氣的鼻子，我看見皺巴巴的手帕後抽動了一下。

他說，我們會盡力而為。

我走回蘇姿身邊，那四大步非常漫長，她的極端痛苦讓我茫然。

我說，蘇姿，拜託，拜託聽我說，這很重要。

聽起來不太對，恐怕像是侮辱。但蘇姿的眼神終於凝視著我，無限信任地看著我，彷彿光是我就可以拯救她於苦難之中。現在要求她做什麼都似乎不太對。

蘇姿，妳要再用力一點。

我很用力了，她斷斷續續說，我知道我讓她難過了，同樣她也對自己很失望。她用幾乎聽不見的聲音輕聲說，我會努力。

我說再用力一點。這樣要求她讓我很愧疚。

我沒辦法，蘇姿邊說邊發出喘息的喉音，這時一陣宮縮猛地衝撞進她體內。她突然大聲哭喊，我沒辦法，基夫！不行！拜託不要！拜託！不要！

她開始一陣低聲呻吟，奇怪的動物聲，我再次失去她；她彈起又劇烈抽動時像墜入虛空之中，我幾乎認不得她的臉。我傾身靠近她，再次跟她說她可以做到的，但她顯然越來越無法做到。我感覺有人拍拍我的肩膀，轉頭看見那位帥氣的醫生。我隨他走到產房一個遠處的角落。

你太太已經筋疲力盡了，他說完吸吸鼻子又繼續說，小孩受到的壓迫越來越大，我們必須剖腹。

我哀求道，五分鐘，我只求再五分鐘就好。

8

我回到蘇姿身邊。我恍惚地再度擦擦她的臉，再一次拜託她。她在很遙遠的地方，整個人像被困在某種不屬於她也無法分享的原始掙扎中。她突然尖叫起來，那種叫聲是我以前從沒聽過的，深沉、可怕，像太古時期的哭喊一般無來由的驚恐喘氣。那叫聲彷彿從她體內深處傳出來，她在所有用盡的力量之外又找到一股力量，召喚意志力再推一把她疲倦的身軀。

當那可怕的叫聲繼續——界在死亡的呻吟又像憐憫的哀求之間，一種對生命樣貌的包容與對抗生命的盛怒——簡潔有力的情緒成為整個產房的焦點，每個人像例行公事一樣繼續他們的工作，而那確實也是他們的例行公事，各種檢測、確認生命跡象、人們仍然輕聲聊著天。

蘇姿伸手抓我的手，似乎是一件微不足道的事。她沒什麼力氣，幾乎不算是抓，還不如說是她把手放在我手上，僅此而已。但當我試著把她的手放在床上時，她的身體彈起來，抓著的手用力扣住。她漂浮在某個遼闊的地方，而我知道自己不願放開她。

一聲興奮的叫聲打斷產房裡的低聲交談。我的視線從蘇姿身上移開，抬頭看見突然開始感興趣的白衣人。

頭出來了，我聽見胖嘟嘟的助產士說。

蘇姿鬆開我的手，臉色難看地皺在一起，在打開讓助產士協助的雙腿間看來莫名滑稽。雖然產房裡擠滿各種專業人員，但她似乎是唯一一個在幫蘇姿生產的人，而其他人只是偶爾看一眼再嚴肅低聲提出專業見解。

我跑過去看，蘇姿血淋淋的雙腿間出現一顆帶著滑溜油膩毛髮的球狀物，心臟有力跳動著。到處都是血和液體，每次那個滑膩的頭髮都會出來一點點又進去，彷彿在嘲笑這世界，彷彿不確定要到來或離去。產房裡一陣沉默。

一個聲音說，準備！

那陣沉默中，臨盆的時刻越來越近，我聽見海德的話。

我就是證據！

一顆尺寸遠遠過大的頭開始從蘇姿身體裡出來——比我想像的大多了。它不像人類，比較像一隻渾身血淋淋的爬蟲類，甚至是兩棲類。

那卑鄙的聲音再次出現。

在被摧毀之前，享受你能得到的一切！

助產士越來越嚴肅，在她用語言引導蘇姿進入最終產程時，醫生們全都在她身旁待命。她輕聲說，要蘇姿慢下來或加速，這樣推或那樣推，休息或用力，兩個女人開始跳起舞。

蘇姿更加痛苦難耐，尖叫、扭動、向上帝哀求。藍色護理服褪去，一邊乳頭露出來，她不在乎，沒有人在乎，我們全都不在乎這種事，但我把她蓋起來，看著衣服再次掉下來。蘇姿抬頭望，溼透的頭髮黏在大汗淋漓的身體上，失神的雙眼向我要某種我沒有的答案或我無法給的方向。

我們知道的是在那充滿專業人士的擁擠產房裡，蘇姿孤獨地和她的孩子在一起，如此可怕的孤獨。她戴著氧氣罩，我知道她戴了多久，她本來很抗拒氧氣和麻醉藥，但現在卻貪婪地吸著。我無法不去想海德，蘇姿遠遠看著我，彷彿我是陌生人、是怪物，她的臉開始扭曲，在另一陣宮縮來臨時突然尖聲叫喊。

好女孩，頭開始出來時助產士說，好女孩，再用力推。

我很用力推了，蘇姿哀求道，接著一陣肝腸寸斷的叫喊，黏滑的肩膀出現了，跟著手臂和四肢軀幹掉出來，血淋淋，隆起皺褶和滑膩胎脂，最後顫抖抽搐的雙腿雙腳突然滑了出來。

寶寶在我好好看一眼之前就被抱去量體重和測數據。遠處角落傳來一聲哭聲，幾乎是呱呱聲，又熱又乾的空氣刺激著仍然潮溼的肺部。穿過白衣人牆，我見到寶寶了，竹竿似的腿踢來踢去像蹬著固定一半的曲柄，陰莖在梨狀身軀下搖晃著。我感到五味雜陳，感激、恐懼、不可思議、空虛和為什麼自己可以身在這其中的困惑。

我聽見蘇姿呻吟，轉身回到她身邊，我看見她稍微小一點的肚子還在顫動。

一個白衣人高聲叫，叫她慢一點，太快了。

但太遲了，不太對勁。我忘了還有另一個孩子在裡面。

9

產房氣氛突然又變了。助產士催促蘇姿穩定下來，但蘇姿現在全心被宮縮占據。

助產士脹紅了臉說，天啊！頭已經出來了，出來得好快——

她剛就定位我便看見蘇姿再次張開，她那裡流出一顆半透明的蛋，助產士用雙手捧著，彷彿那是個禮物。

蛋裡面浮著一個小小的東西。

助產士高舉那粉色和青色的球狀物時，引來一陣驚嘆聲。我們全都不可思議地看著那人蔘根似的生物，在它完美的世界裡歲月靜好，在透明羊膜囊的包覆中翻動。助產士把拇指戳進胎膜裡把那混亂一團東西撥開時，我倒抽一口氣。彷彿魔術師的花招，奇蹟般的泡泡化為一灘水，只剩下助產士手裡捧著的男寶寶。

他有藍色眼珠，脫俗的青色，睜開的大眼彷若夏日天空。不一會，那雙眼便在昏暗的病房定定地、平靜地凝視著我。他的巨大，我的渺小，在那一刻一切都豁然開朗，一如往常。

那時我再次聽見海德的聲音。有狀況，但是什麼狀況？我眼中只有我的家人，但我卻只聽得見海德、海德、海德。我希望他們平安，但他們會平安嗎？我擔心海德會來抓他們、抓我、抓我們。一切一往如常，我知道事情不會好轉。我本來以為我終於明白某些人生的真理，真理便是掙脫，曾經有一些時刻確實是如此。

但那真理幾乎同時和羊膜囊的奇蹟一起消失，液化成血淋淋的水坑、我的狂喜再次被海德的說話聲掩蓋，被釋放的一切成了牢籠，曾經的喜悅突然變得淒涼。

我看著眼前兩個奇怪的動物，搖搖擺擺的四肢和紫褐色的臉龐，臉龐一抽一抽的鬼臉生物，根本是外星人。我覺得在這世上好沒用，除非我能做些和他們的誕生等價的事。但除了死亡，有什麼能和我剛剛親眼所見的等價？

我拼命想感覺，感覺任何情緒，但我腦中充滿海德的話，海德的瘋狂思想，我一陣懼怕，越用理智抵抗便越逃脫不了，感覺他說的是真的。

這世界很邪惡。

我用手指滑過第一個寶寶的臉頰。

你會輸。

我用手捧著第二個寶寶小小的、溫暖的頭。

被懲罰、被摧毀。

我突然有好多感覺，但全是海德的話。

看看你的周圍，基夫，我就是這個世界的證據。

助產士說，你說不出話了。

沒有對的事情。

海德的聲音像耳鳴一樣在我耳邊擾亂我，我不確定地說，不，只是……只是和我想的不一樣。

到處都是液體，還在從蘇姿體內洶湧而出。

她說，一定不一樣的。

接著是胎盤、巨大的腎臟般的器官，那個器官半掉半跳進腰果形狀的不鏽鋼盤裡，之後是更多的血和液體。

血和液體之後，終於結束了。

第十四章

1

墨爾本計程車裡的絨毛坐墊有墨爾本計程車裡塑膠燒焦味和腐臭嘔吐物的味道。我打開髒兮兮的墨爾本街道圖，告訴計程車司機要走墨爾本市裡的哪條路到墨爾本港。墨爾本過去就是這種城市，或許現在仍是。

計程車司機問，你再說一次你是什麼？

作家。我帶著一點點堅定說。

你有可能變成丹普斯特嗎？

我搖下窗戶吸一口廢氣，努力想我要怎麼跟海德度過這天，我跟他共事的最後一天。我只有九小時可以克服那無法超越的障礙。

我還是很訝異會走到這一步。在雙胞胎出生後，我一直想打給吉因，放棄這整件事。是蘇姿敦促我繼續，說我不能放棄，我們需要錢。不然我們怎麼添購柴火？搖籃？嬰兒座椅？

她也不喜歡這本書。她前一天和雙胞胎一起回家，疲倦不堪又需要我，而我卻在書房裡。但她說，我們有什麼選擇？我們陷在困境裡，我們都明白這與我的文學野心或任何野心再也無關，與虛榮心或藝術無關，只和錢有關，我們缺錢，我們急需用錢來還貸款和勉強過活。

所以雙胞胎出生之後，蘇姿還在醫院，小波在蘇姿的爸媽家，我直接回去埋頭寫二稿，準備一份有我的筆記和重點的特別稿。對於海德故事裡我始終困惑不解、琵雅堅持必須解決的地方，我列了一串非常細的問題。我甚至把行程表印出來給他看，上面仔細說明我們那天在一起定稿的時間有限，讓他看如果我們要把事情做完的話，每一個問題可以講幾分鐘。很荒謬，但這是我唯一的希望，希望確保海德可以把該做的事情做完。

除了這個重要任務之外，其他就比較簡單了。海德對自傳明顯興趣缺缺讓我越來越緊張，吉因現在要我讓海德在一份泛亞出版社律師擬的文件上簽名，證明我的稿子真實而準確地記錄他的人生。

計程車停在泛亞出版社的辦公室前，我看見雷伊用我已經看習慣的熟悉站姿站在主要入口外面靠著水泥盆栽。那是個非常陰冷的日子，有個風暴一直說要來卻從來沒來過。雷伊似乎同樣陷在永無止盡的等待裡。他陷在思緒或回憶，如此入神而沒有注意到我的到來，也沒看見我，直到我站在他旁邊叫他的名字。

他緩緩抬起頭，視線仍看著地上，幾滴雨點即將落下和消失的地方，彷彿將思緒灑到地上，就看不見雨點在哪裡落下。

他說，奇哥輸了。

什麼？

幹，完全輸了。昨天晚上有人想殺他。

誰會想殺他？

他就在想這個，他覺得——

雷伊搖搖頭。

我不知道他在想什麼。他的脖子上有勒痕，我只知道這樣。

他看著我。

但誰知道他怎麼想？你？我？奇哥？

我說，你見過他。

我？雷伊問道，對於自己的話題到哪非常錯愕。你跟他聊過天，你知道他整個爛故事，所以你告訴我——他到底在想什麼？

我們上樓。

他說我應該在那裡保護他，說我讓他失望了。

雷伊，好了。

但他放我一晚的假，說他不需要我。

走吧。

我沒辦法，兄弟。

來啦！

他叫我待在這裡。

為什麼？

保持警戒。

幹——

警戒想殺他的人，以免他們再來，我不知道。

我指著遠處的入口說，那他們可以從那裡進去，或是那裡——那條車道最末端的後方有個通道。

雷伊突然大叫起來，告訴他！幹，告訴他！我沒辦法在這裡保護他！我最好上去跟他待在一起。

我要上去了。我說完便留下雷伊在那奇怪、毫無意義的崗位上，一個讓他困擾到連我都注意不到的工作崗位。我走進泛亞時從玻璃反光看見他的倒影，他站在那裡就像等著伺機攻擊的刺客，但多數時候就像等著擋子彈的保鑣。

2

辦公室裡，海德又沒在主管桌後，而是在辦公室裡走來走去。

我說，奇格非。

他看了我一眼，搖搖頭繼續來回踱步。他什麼也沒回應。但這天就跟其他日子一樣，我下定決心保持冷靜，不會掉進他推託迴避的遊戲裡，不要被煽動、不要被轉移話題、不要被誤導。也不能發脾氣、不能失去興趣，要專注完成行事曆上的工作。無論如何，我今天結束前就算不能把寫的內容都對好，至少要連貫，還有最重要的是，讓他把授權書簽了。我坐下來，整理桌上的稿子和筆記，海德不在意。

奇哥，我說。我發現這是我第一次用這個熟悉的名稱叫他，雖然不知道究竟是出於輕蔑或是增長的熟悉感，或兩者皆是。去你的，我心想。去你的。

海德指著窗外市區說，你開車來的時候，有在那裡看到任何人嗎？

他似乎和我認識的他不一樣，激動、脹紅臉、近乎瘋狂。

奇哥，我們今天有很多事要做——

在車裡的時候？可能是往回走半個街區？可能是整個街區？

他揮揮手指向歐洲、指向麥加、指向休士頓、蘭利和寮國，指向南極和北極、過去和未來和在那之間旋轉的一切。

他說，**那裡**，你有看到嗎？

我很討厭那一刻他嘴巴的形狀、牙縫、鬢後保養品和彩色條紋襯衫。我想問他：你是在報告半年財報的中階會計主管或是帶著他媽的罪犯自尊的詐騙分子？

雖然我只拍拍那疊稿子，用跟吉因學來的雙手奉上的姿勢，希望或許可以表現出主管的幹勁，暗示工作做得很好，就快完成了。

我露出有人會用「堅定」這種詞來形容的僵硬微笑說，我們只要把這些問題解決了就行，然後書就完成了。

海德說，嗯，基夫，你什麼也看不到，對嗎？你知道什麼？就在這裡——這就是重要的事。但什麼是**重要的事**？這或許是我內心深處的問題。我不知道「重要的事」是什麼，雷伊也不知道。而海德卻對於「重要的事」有太多想法，而且沒一個可行。我能做的就是提供我已經奉獻出人生的假象。

奇哥，**書**。

書也不是重要的事。我這才發現書根本微不足道。

海德走回面對街道的窗前，後背緊緊靠著把窗戶分成兩邊的粗糙水泥柱。他轉頭掃視街道，一副可能有狙擊手的樣子。他的動作荒謬又誇張，只讓我更加火冒三丈。

海德說。書？你真的覺得我想聊書？

我說對。

書？海德發出噓聲，半驚訝半問我，彷彿書是騙局或詛咒或某種逃脫不了的命運，或注定結合這三者的陷阱。他搖搖頭，我猜今天的情緒——總覺得這有點像很難猜的字謎遊戲——是沮喪。

我告訴他，對，沒錯，就是書，是他的書，而且是因為他的書我們才在那裡。

海德轉身指著衣領說，你覺得這是怎麼回事？**告訴我！**

他突然拉下領子，露出兩道占據大半脖子的嚇人瘀青，怵目驚心的青黑色條狀痕跡。

3

可憎又難以言喻，我轉開視線看著螢幕敲了幾下鍵盤，不再繼續看那瘀青。

他發出噓聲，看！

我說該工作了。

海德傾身靠近，用一種又生氣又帶著陰謀的姿勢和語調。

他說，我會給你一個點子。

一個點子會很有幫助，我說可能甚至可以發展成新創意。

他用讓人聽得見的自言自語說，**銀行**！

我問他是不是支票跳票，測試他有沒有在聽。

他大吼，**銀行**，**基夫**，**那些該死的銀行要我死**！

他沒在聽。但我覺得這個切入點也不錯。我走過去，把他的打字稿和行程表遞給他，解釋我們今天的進度安排。

海德說，兩個男人試圖綁架我。

我說我不怪他們，但我們有其他的事情要想。

他用力把自己推離牆壁，走向我開始大吼大叫，揮舞著稿子和行程表，好像它們是糟糕透頂的文件。

基夫——昨晚有人要殺我！我從餐廳走回旅館，兩個男人抓住我把我推進巷子裡，一個開始勒我，然後——

為什麼？我問了個顯而易見的問題。

為什麼？你問我為什麼？也許跟他們殺了法蘭克．努根是同樣的理由。

我在墜落，我問，誰？

努根，他知道太多了。我知道太多了，我讓全世界知道他們有多白癡，他們不喜歡被當白癡。七億！要是我把所有跟他們有關的事情都告訴你，他們怎麼運作、取名，你知道的，如果我把那些事都告訴你，他們會想殺了我。我想殺了我自己，因為這樣比較簡單。

我還是繼續墜落，仍然無法自己，海德占據了我，一如他始終占據我，墜落再墜落。

我說，殺了你自己或是說出真相？

兩者皆是，這就是他們出現在那裡的原因。他們可能覺得我已經把全部事情都寫下來了，這就是他們為什麼想殺我。

你說銀行花錢找人殺你？

海德大聲說，我的天！基夫，他們要把我勒死。我不是英雄，但我知道如果不做點什麼，一切就結束了。我想辦法絆倒一個人，掙脫他們繞在我脖子上的電線，拼命跑。

瘀青是真的，但誰知道發生了什麼？我不解，如果是電線，那為什麼瘀青不是細窄而是寬的？是搶劫行凶不成嗎？是找牛郎結果太粗魯嗎？但我沒打算說這些。

我問，為什麼銀行明明可以把你關起來卻想殺你？他們會打贏官司，他們在意的不就是這個？

如果我在法庭上把真相說出來呢？

看在老天的份上，奇哥——我們可以工作了嗎？

他說，我會說出真相。

我冷笑道，那肯定是第一手情報。你什麼也沒告訴我，沒有真相，連半個像樣的謊都沒有，我寫我的書，已經不管你了，現在我只有一個要求，只有一個，幫我把我替你編的謊言裡明顯出錯的地方修正就好。

即便是自己說出口的話，還是一點邏輯也沒有。謊言裡的錯誤？我的書？我把他的回憶錄當成自己的書？

你說謊言是什麼意思？海德的語氣變了。跟海德在一起就像在吃變成腋下止汗劑的冰淇淋，止汗劑又變成了針鼴。海德又說了一次，謊言？

謊言，我有的就是——

謊言？海德不可置信地打斷我。我跟兩個被派來殺我的人拼搏，但我知道這事不會結束。你還說我是騙子？騙子！他又說了一次，這次更尖銳大聲。基夫，這是**我的**回憶錄！

把你可以講和不可以講的告訴我就好，我可以把剩下的解決。海德喃喃說要打電話他的律師菲爾．孟那斯，他拿起話筒用力敲打幾個鍵，放下話筒，走到窗邊，罵起髒話。

我說，書裡有些東西和已知事實有衝突，我們可以確保說得通嗎？如果不行，至少保證不會有人發現問題？

海德看著我，接著看向窗外藍黑色的雲逐漸變暗，雲的下方是陰鬱慘淡的墨爾本港燃料庫。

我說，如果你有什麼想補充的，告訴我。

海德面無表情看我的詭異氛圍再次出現，彷彿尋覓著下一個情緒，接著他的臉變成憤怒。

海德嘶吼道，有什麼想補充的？我說的話你和吉因都沒在聽，是你自己先編了那堆謊的。你們要我放我的名字？我絕對不要跟這種可恥的公司簽約。

接著他開始抱怨連連。

我應該要找個真正的作家的。

他很煩，很不可理喻。他讓我覺得疲倦、生氣、受辱，他一直把我當成好騙的傻子、他吐出什麼垃圾都會相信的傻子。

我說，你是騙子，但我完全不在乎了。我們只要今天把這幾頁順好就好。

你這個**小說家說我是騙子**？

我說，奇哥，沒有人要殺你，除了我。那些銀行呢？他們已經把你關押很久了，那就是他們的報復方式。

他們想殺我。

他們想慢慢料理你，那就是他們為什麼找律師，不是找殺手。現在我們可以工作了嗎？就像努韓銀行一樣。奇哥，我們可以工作了嗎？

他們把他殺了。

誰？

努根，他們殺了法蘭克．努根。

4

我說，我七點要搭飛機。計程車五點三十分會到，我們要完成定稿，這樣我下禮拜才能在塔斯馬尼亞把工作完成。我們的時間不到五小時。

海德始終背對著我。

我說，你不用全部都看。

我的慌亂就像喉嚨裡卡了顆網球，已經過中午了，一件事都還沒確認，要海德簽授權書也沒進展。海德對著玻璃杯說，他們想做什麼就做什麼。他揉一揉脖子上的瘀青。他繼續說，把我切成碎片，拿我去餵桃莉羊。基夫，他們就在那裡。

誰？

也許我是羔羊。你懂嗎？

我問，你現在在說什麼？

基夫，他們因為一些小事把人架在火上烤。他說完轉過身，我的意思就是這樣。

什麼？——誰，奇哥？中央情報局嗎？飢餓傑克速食店嗎？

有可能。可能是銀行，可能是銀行和中央情報局，可能不是。他們知道我在這裡，說話、寫作。

我希望——

他們的理由眾所周知。基夫，我看得出來你懂了，這是最重要的。

什麼重要？

誰殺了努根，我說的就是這個。

用我很震驚來形容實在低估了我當下的狀態。我疲倦不堪，完全想不到辦法哄騙或耍花招或說服海德把書完成。我已經花了四個禮拜日夜不停趕工，除了蘇姿生雙胞胎的那一天半。我需要休息一會，一邊順著他走一邊想其他辦法好讓他的注意力回到書上。我大膽地點點頭。

海德說，基夫，你現在明白了。

但我從來沒聽說過努根。

基夫，這就是重點，你聽過努韓銀行吧？

我說有，因為比說我沒有容易，但要不是海德不時會下評論和資料夾裡有提到幾次，我還真沒聽過——那些醜聞、中央情報局在一九七五年讓魏德倫左翼政府下臺的陰謀詭計，比他們在智利讓阿葉德下臺或在牙買加讓曼雷下臺更冷靜審慎。我當時太年輕，根本沒興趣知道這些。

海德說，努韓銀行是一加澳洲商業銀行，七〇年代初期設立於雪梨，創辦人是澳洲酒鬼律師法蘭克·努根和一個前美國陸軍特種部隊軍人麥克·韓德。不太算是澳洲銀行，對吧？把他們弄掉的是——

我說，快一點了。

中情局前鋒陣線。

我想問你哪天——

海德插話道，全部都是中情局人員，間諜和前將士都夠組一個小國家了。中情局前首領比爾·柯爾比是這間澳洲小銀行的法律顧問。很奇怪吧？還有很多人。美國海軍上將巴地·耶茨是銀行總裁。詭異吧？戴爾·侯格林，我在寮國的時候認識他，是個好人，那時他負責中情局航空。

我說，所以又怎樣？柬埔寨大屠殺的波布也不是好人，但就算討債公司強制收回我的車也跟紅色高棉沒關係。好了，第四十七頁有你說法矛盾的地方——

把海洛因賺來的錢洗出印尼，海德繼續說話蓋過我的聲音，像雨覆蓋太陽，像大海覆蓋細沙。那些錢去哪了？直接進到中情局在德黑蘭的帳戶，好在那裡進行特殊軍事行動。

我拿起一頁紙，彷彿這張紙是控告海德的文件，他不得不回答問題。

我說，好，你向坦羅銀行貸來的第二筆錢是三千七百萬元，這是一九八八年五月或——

但海德沒理會我，逃避我的問題繼續說努韓銀行透過努根、透過韓德洗錢和逃稅管道的細節。他們在寮國都曾為中情局工作，有進入毒品和槍枝運輸市場的管道。

奇哥，超過一點了，我們只剩四小時再多一點——沒了。

海德說，努韓銀行無所不在，販賣定時炸彈和塑膠炸彈給利比亞領袖格達費，賣軍備武器給安哥拉共和國、賣間諜船艦給伊朗。然後一九八〇年——碰！努根在利斯戈時，在自己的賓士車裡被槍殺；韓德在澳洲消失，再也沒人看過他，所有錢在前幾個月從銀行流出去，除了五千萬的債務什麼也不剩。懂了嗎？

奇哥，這跟這本書有什麼關係？

基夫，如果你不懂我在說什麼，那我沒辦法告訴你。

他轉身盯著外面陰鬱冬日裡沉悶的墨爾本港產業公園，聚集著災難般的半完工水泥建築和半完工水泥顏色的天空。他說話時聲音很輕柔。

我死的時候他們就會明白。

我受夠海德了，我想殺了他，但據我所知，目前我是唯一想殺他的人。可惜這個工作連忠心耿耿的雷伊都沒辦法幫海德做。我打從心裡覺得他會死只是他創造來讓我們住進去的幻象，一個和前一晚殺人未遂有關的遊戲，把玩著自殺、殺人、克拉克手槍、津津有味地想像神祕的死後世界、巨大的陰謀論……

我無法消化這虛假的一切，戲弄與之有關的人、把人置入極端處境看他們怎麼回應的邪惡好奇心。我無法解釋那些瘀青，但我很確定事實比謀殺未遂要無聊得多，而我不在乎，我只知道他說這些故事的目的就是讓我沒辦法完成書。他繼續說話時，我比之前都更痛恨他。

5

我說，閉嘴。

我把沙發椅向後一推站起來。感覺心裡什麼東西在碎裂，或許是好幾樣東西——忍耐、平衡、崩毀的得體言行轉變為一種情緒：憤怒。我走向海德站著的窗邊。

我說，拜託，奇格非，拜託，**閉上嘴**。

海德轉過身，像蜥蜴看著蒼蠅一樣瞬間定格凝視著我一會。接著他突然有精神了，而且近乎愉悅，所有煩躁和恐懼地跡象消散，他換上一種新聲音，他特別鄙視的人資主管在開除人時洪亮又帶著安慰的聲音。

基夫，為什麼這麼負能量？

我聽見自己大吼。幹，你他媽的閉嘴！

我有注意到你的憤怒。

幹，我們能不能把事情做好就好？

基夫，你可以找人幫忙處理這些情緒，他們這裡或許有你可以聊聊的人。我可以跟吉因提一下——

我伸出顫抖的手，警告海德我受夠了。

基夫，去求助，永遠不要忘記，這是一件美好的事、重要的事，會對你和蘇姿——

於是我吼著說他懶惰、他媽的懶、他媽的什麼用都沒有，但現在，就這一次，他必須他媽的工作。

海德愣住，彷彿在重啟思緒。過了一會，像穿上另一件外套，他帶著理所當然的怒氣出現在我面前。他開始用和我一樣的方式吼回來。

他大聲說，操你的！我以為你是我朋友！我相信你——但現在，現在！這什麼！操你的！

我想揍他，沒錯，我想傷害他。他一動，我跟進。我們繞著對方移動。我需要發洩暴力。只要他靠近，我就會揍他，狠狠揍，而且不止一次。我準備好了，他不知道。

或者他知道，因為他在我靠近時和我保持距離。以一個體重過重的人來說，他出奇地靈活，若說他之前是個優秀的舞者我也不訝異。

海德邊繞圈邊吼叫，自大狂去吃屎，我給你這麼多休息時間！你以為你是誰？你的人生一事無成，三十一歲說自己是小說家但根本沒小說！

我感覺自己的臉緊繃起來。

有嗎？我說對了吧？蘇姿呢？可憐的人，她支持你，對吧？在你騙自己和全世界你有天賦、你做得到的時候。

我撲向他，但他躲開了。

但你沒有天分也做不到，對吧，基夫？

他趕忙躲到會議桌後，隔著會議桌大叫。

我把你介紹給吉因，為你擔保！我跟他保證你可以勝任這個工作，但你做了什麼？這疊垃圾——我看過了，一塌糊塗。我要怎樣？

我大叫，你這個懶惰的混帳，你根本沒看，就連現在你都懶得看，不是嗎？

海德用桌子保持距離，大吼咒罵。但他的憤怒很不真實，他沒有什麼是真實的。我把心裡想的都吼出來，他的懦弱，他的懶惰，他的謊言，他的貪婪，他的控制、他的屁話，還說我們只剩不到一天，要麼把書弄出來，要麼沒有書。

但我知道他的伎倆更勝幾籌，比我的耐心更堅定和機智。我們繼續繞著彼此走，對彼此尖聲吼叫，數分鐘過去，隨著他模仿我的憤怒更加荒唐可笑，我感到前所未有的困惑。他模仿我的憤怒，但他無法模仿我抓狂。

我最後抓住他的領子，另一隻手握起拳頭準備揍他，他的藍色休閒西裝打開了——沒有喬裝的時候他都穿得像要去遊艇俱樂部喝一杯或參加扶輪社餐會一樣。我在他外套裡面腋下的地方瞥見一個肩式攜帶槍套。

裡面是一把槍。

6

我的拳頭鬆了，我們之間一定出現某種權力變化。海德的視線從我的拳頭移開，抬頭看我，眼神溼潤無辜、嘴唇溼潤發黑。

他看見我瞪著他。

也許他知道我擔心他會對我開槍，因為現在我害怕他瘋狂到足以開槍殺了我。也許他察覺到我的害怕，那一刻連我自己都不知道的害怕。我覺得自己像被困在網裡或陷阱裡，但如同所有陷阱，受困者並不清楚要怎麼逃脫。有一刻我懷疑自己唯一的問題會不會是讀者的問題——什麼都不知道，沒有耐性——但若我有耐心，如果我再多翻幾頁，如果我再深入一點，一切都會豁然開朗，逃脫的路徑會更清晰。但我越來越心驚膽戰，開始明白我面前的書頁都有目的、那把槍有目的，我開始害怕海德是這些事情物的作者，而我知道的、希望的只是，他此刻的結局並不包括我。

海德的臉仍然很靠近我，因為我仍抓著他的領子，他的臉回到更加泰若自然的樣子。他再次像在盤算估量一樣。

我吐口水說，你是怪物。

與怪物戰鬥的人，應當小心自己不要成為怪物。

看老天的份上，我們可不可以把這——

當你遠遠凝視深淵時，深淵也在凝視你。

你在說什麼？

他說，格言一四六條。

媽的，又是你最愛的泰伯？

他的弟子，尼采。

我把他拽回來說，我去他的尼采，我他媽的不想管泰伯說什麼、不想管你矯情的德式黑暗、你說被誰擺道的垃圾話、中情局和寮國和他媽的韓德。你就只是個幸運的低等生物，遇到我算你多幸運了一次，因為我只拿到一萬澳幣而你拿到二十五萬澳幣，而我要做所有工作。你要做的就只有同意我這裡面寫的、簽名，然後我們就兩不相欠了。

但我知道我被打敗了，我轉開視線，但我不該轉開視線的。我應該死盯著他空白的臉，像看狗一樣，但卻只放開他的領子向後退。

他的情緒再次轉變，突然冷靜下來，可能很開心。他一定微笑了。

什麼樣的微笑？

最糟的那種，親切的微笑。

最糟的那種，什麼都知道的微笑。

他什麼沒說，伸出舌頭舔舔上嘴唇，上嘴唇像信紙一樣被封住、消失。

7

那一刻有人敲門，吉因的祕書替我們送午餐進來——希臘波菜派、希臘沙拉、雞腿捲和蛋糕。奇怪的是、怪誕的是、神奇的是，我們平靜地坐下來吃午餐。波菜派就像我們簽署的休戰協議，宣布停止敵意相向。但海德看似很享受午餐，卻幾乎什麼也沒吃，他小口小口咬著波菜派的餅皮邊，把雞肉捲的雞肉和番茄挑出來，再把捲餅留在盤子裡。用餐的時候，我再次要他在授權協議書上簽名。海德說，只要回答完我的所有問題，他當然會簽。接著他花了半小時跟孟那斯講電話。

感覺到槍的威力——或對我來說是這樣沒錯——他現在的態度近乎平靜。我們仍然很少對話，但抓狂的情緒已經過了，我的行為幾乎跟他一樣不自然又不誠懇。

我繼續工作，把我的目標減少到修正八個最荒謬的錯誤。海德總算講完電話時，我拜託他，點明授權書沒簽的話就拿不到之後的預付款。但這次連錢都動搖不了他。他用一句泰伯的名言搪塞我（「創作是為了修正錯誤來製造更大的錯誤。」）接著便被其他更大、更緊要的事情占據了。但那些事究竟是什麼，對我來說始終成謎。

你的書沒救了，他嘲諷道。你需要有交代，不過我還在這裡，你想問什麼就問吧，我會告訴你對或錯。

我再次提問，但海德又說不出任何有意義或甚至稍微合理的回答，這一天就一直這樣，一個疲倦的時刻延伸至好幾個小時。我再次失敗，再次被他的故事裡這樣那樣的矛盾牽著鼻子走，他說這都只是更加證明我能力不足，並非他無邊無際的招搖撞騙。他反倒繼續明目張膽地搖晃他裝著誘餌和消遣娛樂格格作響的袋子——從澳安會的管理理念到努韓銀行復甦海地的國家安全志願軍。但即便是講這些他最喜歡的事情，我仍是覺得他語氣冰冷而疲倦。彷彿即便英勇如他，對他來說都太多了。最後，連海德都厭倦了海德語，於是遊戲在下午三點半結束。

他又打了一通電話，講完後他說要去找孟那斯討論記者會的事，之後他就要回本迪戈的家準備隔天審計員研討會的演講。他祝我「整理稿子」順利。

我說，我什麼也完成不了，沒什麼好完成的。

我跟他說完了，但他還沒跟我說完。

他走到書櫃挑了幾本要偷拿的書時說，但你一定要完成。否則你拿什麼交差？

說到這，雷伊打開門看著我，他搖搖頭，海德一邊把幾本書放進公事包裡，闔起來，從我身邊走過，離開。

我獨自坐在沉悶陰暗的辦公室裡。外頭的風暴終於襲來，滂沱大雨拍打窗戶。我走到他的書桌前，注意到桌上放著授權協議書，沒有簽名。我拿起來盯著看，直到它變得模糊。我看著自己仔細註解的稿子，付出這麼多，到頭來全是一場空。該修改的沒改，該簽的授權書沒簽，吉因一定沒辦法出版這本書。沒有書，就沒有一萬元，當作家的希望也沒了。從我——幾歲？七歲？十二歲？記不得了——夢想當作家以來，我第一次覺得自己的夢碎了。

我完了。

8

我站起來，只想要離開，但首先決定要去找吉因告訴他書沒了。那一定很恐怖，但我也知道這樣我就解脫輕鬆了。我想回家，回到蘇姿、小波、雙胞胎身邊，想開始新生活，越快越好。

通往吉因辦公室的走廊是恥辱之途，我只想著：結束了。

吉因的祕書用開朗的笑容迎接我。

她說，基夫，我才剛要打給你，你的班機因為天候不佳取消了。

即便跟那整天的緩慢死亡儀式相比是件小事，卻是殘酷的最後一擊。

我說，那是今晚最後一班到塔斯的飛機。

我知道，基夫！祕書說得好像這件事有多神奇一樣。我試過了，但我能幫你訂到最早一班飛機是明早七點半。很抱歉！她擠出一個笑容。你要找吉因嗎？他現在在開會，但如果你可以大概一個小時後再回來，他就——

我說，不用了，不重要。

我回到辦公室，把稿子、磁碟片收一收便走了。外面下著滂沱暴雨，我開到一家夜店，點了杯啤酒，隨著時間過去，我又點了一杯。

一杯接一杯。

我腦裡來回轉著同一個喪氣的想法。海德沒有簽同意書，所以書就不能出版。就算同意書簽了，還是沒有可以出版的書，因為我沒有任何像樣的資料。我不想跟吉因承認自己辦不到，拿著五百元退場費回家。但哪有什麼選擇？

那晚我獨自待在蘇力家看電視，蘇力去拜訪老朋友。我在書櫃上發現德蘭斯菲爾德[6]的黃色詩集上有一瓶開過的便宜琴酒，但除了甘露酒沒有其他可以調的了。喝起來就像乾洗手加燒糖蛇的味道。味道就像我的人生，恰如其分。深夜新聞播到一則嚴重的車禍事故，那天稍早有臺車從落恩附近的大洋路掉下懸崖。記者繼續說道，裡面唯一的乘客是知名墨爾本商人克諾斯。他被緊急送醫後不治身亡。我替自己再倒了杯甘露琴酒，心想，或試著不要去想，所以那就是那樣。同一個固執的想法緩緩在我不省人事、糊里糊塗的腦袋裡繞。電話響起，我沒接。我決定再多喝幾杯、睡死、去機場的路上找吉因說壞消息和拿我的五百元。看在我努力認真工作的份上，我會拜託他給我五千，我知道吉因只會用他扁平的手掌拍拍合約，提醒我自己簽的東西。

然後就結束了。

電話再度響起，我再倒了杯琴酒，加上琴酒，邊喝邊思考未來的人生。沒有什麼好思考的，我乾了酒杯，再倒琴酒加琴酒，電話又響了。我走到客廳桌前接起電話。

是海德。

6 邁克爾・德蘭斯菲爾德（Michael Dransfield, 1948-1973），澳大利亞詩人，活躍於六、七〇年代，後因接觸毒品，二十四歲便過世，生前創作逾千首詩。（編按）

9

他說，雷伊給我你的電話。

我喝了一大口琴酒。

他跟我說機場因為暴風雨關閉了。

我又添了一杯。

你明天可以來嗎？

我覺得沒必要說什麼，寧可用琴酒塞滿自己的嘴。

海德說，我在農場，我想在這裡工作會比在那間辦公室好多了。我們可以把一些事情處理好，好好解決你的問題。

他繼續說，但只說了一點點。直白得非比尋常，近乎有用。他甚至給了細節和方向，以那種我覺得他經常用事實細節來掩蓋更大謊言的方式，但我不在乎這種遊戲了，只想讓自己從悲慘生活之中解脫。

我告訴他我不會去。

我們吵架。

他：錢、責任、承諾。

我：懶散、做不到、沒意義。

我最後說，不要。

朋友一場。

不要。

我需要你以朋友的身分來幫忙完成這本書。

審計員研討會呢？我以為你明天要去演講。

喔──**那個！**不管了！是有，但這比較重要，基夫。這段時間對我來說不容易，你知道──要講自己過去的人生，講自己的人生是什麼樣子。

所以你不去了？

去？哪裡？不去。重點是，基夫，在所有人之中，我想你瞭解我的處境。我知道我滿難搞的，但我有我的苦衷。拜託來找我，我們把這該死的東西結束。

我很抱歉，我說完便掛掉電話。

跟書有關的都是讓人困惑、愚蠢無用的東西、消失的書頁。再也沒有比現在更清爽乾脆。出於習慣，雖然無望又心死，我走回過去這密集的四個禮拜晚上寫作的餐桌。我看著我的筆記，再回去看最新稿子，雖然有點不舒服，但我開始刪刪減減，先寫一兩句新句子，接著寫了幾段。某種夢境般的情緒環繞著我，我越在紙上塑造海德，這些內容就越像海德，越像變成海德的我──而我變成書頁，書本變成我，而我變成了海德。人生第一次感覺到我一直想成為作家卻從來不知道有多可怕。一切事物開始更加模糊不清──他的人生、那本書、我對自己是誰和自己在做什麼的認知。我發覺我的第一本小說因為是自傳而難產，但現在我害怕自己的第一本自傳將會變成小說。一切模糊然後消失，當我終於回過神來，才發現自己在Nissan的雙門跑車裡，正穿過黎明通往本迪戈。

第十五章

1

有時候早晨的光線和雲朵非常迷人，最迷人的是奇異的分離感。菲利普港灣上幾艘小船像墨汁翻倒在彩色碎玻璃上緩緩流下。書就該是這樣。看著那光線、那些雲彩——即便只有一下子——我覺得自由。我覺得自己就算寫一百本書也仍舊無法寫出那短短幾秒一小部分的震撼感受。

那一刻，我途經長長的郊村，經過他們的三明治店、咖啡館和越南餐廳，他們的麵包店和雜貨店在街上盛開，擺放著塑膠桶和花束，沒什麼重要的。我經過海灘和棕櫚樹，進入色彩較少的地下產業公園，人跡杳然且寂靜無聲，通往沉默的農場和殘破樹叢，升起的太陽帶我離開公路，沿著鄉間小路開去，於是幾小時後總算開上一條長長的碎石子路，經過無人照管的原生樹叢花園，樹叢從一個飽受風霜的小牧場凸出來，像破沙發上露出的彈簧和馬毛。

我不認識現在這個在七〇年代不規則白色水泥牆前下車跟海德打招呼的自己，房子低調到像種毀謗，深棕色的窗戶和暗橘色屋頂，微笑著說我有多期待跟他在他家工作。

我感覺小腿有東西，低頭看見一隻藍色暹羅貓，弓著背推我的腿喵嗚喵嗚叫著。似乎很少觸摸其他人類的海德把手放在我背上一會，微笑著告訴我我們有多像。

同意總是好的，所以我同意了。畢竟我們兩個一點一滴在碰撞、衝突和工作必要的溝通之中開始改變了不是嗎？我們慢慢越來越像彼此，如殖民者同化殖民地一樣不是嗎？就像一扇我永遠在推的門意外打開了，而我掉進另一端的虛空之中。或許我在用自己身為人類的某一部分與作家的另一部分交換；某些自尊或傲氣，或甚至更本質的東西。無論是什麼，無論我現在變成誰，那天本迪戈的早晨讓我覺得這場交易可能是成功的。

海德說，既然我們是**兄弟**了。

他不知從何而來的德國腔不是用澳洲人的方式強調開頭的音，而是把重音放在後面。兄——悌——從他嘴裡說出來像絲帶般的毒蛇。一九八〇年代的「兄弟」這個詞走樣了，就像很多事物一樣。某些犯罪集團、某些威脅暗示、某些共犯心理。我不太確定他是哪個意思，但總之不太好。然而他嘶嘶作響的發音不再讓我緊張，我第一次覺得跟海德在一起很放鬆，近乎安詳寧靜。

這也讓我平靜下來。

2

基夫，我希望你能幫我。海德邊說邊帶我進到有著教堂屋頂的松木廚房，全都是用聚脂纖維拋光的廉價木材，像保鮮膜一樣發亮。無論七億去了哪，絕對不會是花在這種劣質的裝飾上。也許這就是為什麼這件毫不起眼的房子讓我覺得又是一層掩飾。海德把一隻小虎斑貓從松木餐桌上推下去，邀請我坐下來。

海德說，以朋友身分。

當然。

他說，這是一件非常大的事，不太困難，就是，嗯，感覺有點……不尋常。

我們聊了一會，東扯西扯；我講了一些沒什麼意義、感覺講出來無所謂的私人瑣事，像蘇姿到藍山去找老朋友待幾天；他則講帶孩子去上學和朵莉那天去卡索曼找姨婆。他就像沒喝的氣泡葡萄酒一樣發泡，無法完全令人信任。

我等著他講平常總會提到話題：毒蟲、泰伯、寮國、**那家**公司。但他沒說這些。他那天很專注傾聽，對很多事情很沉默。他從滴漏式咖啡機倒了咖啡。早晨光線透過後面的窗戶照進來，好幾隻貓趴在窗戶下方。他似乎很快樂，甚至平靜，是我從沒見過的樣子。就是那時他用無辜的眼睛盯著我問我能不能替他做一件事。

他說，以朋友的身分、兄弟的身分。

當然，我說著接過他遞給我的咖啡，馬克杯上寫著**朵莉**。

他把咖啡倒進流理檯，把馬克杯放進洗碗機裡。基夫，我希望你殺了我。

我好一段時間無法回答，他坐下來再次開口。

他說，基夫，我沒剩多少時間，他們要來找我了，而且他們會找到我。基夫，這件事很重要，我無法從他們手裡逃走，你知道他們可以做什麼。那晚我很幸運，我可能會再幸運一次。也許我會幸運個兩三次，但我每次都得成功，他們只要成功一次就行。

我默不作聲。

所以可以嗎？他的問法好像要我去轉角商店買牛奶一樣。

可以什麼？我回答，彷彿只是想確認要買的東西。

他把手伸進紅色棒球夾克裡，掏出那天我瞥見的手槍。上面點刻的黑色塑膠槍柄讓它看起來像玩具。克拉克手槍。我說道，彷彿沒有問題，彷彿跟一個在晨間咖啡時間帶左輪手槍的人共事是例行公事。

海德說，沒錯，沒想到你是懂槍的人。但我完全不懂槍，我只猜著那是他要雷伊練習殺他的同一把槍。

那我想你都知道這些了，他說著從彈匣拿出一組子彈，像魔術師變魔術一樣誇張地把槍舉高給我看，把槍管滑回去證明膛室沒有子彈。他用槍指著天花板，扣了扣扳機證明很安全。這些戲劇化的舉動似乎讓他很高興。

他說，來吧，我教你怎麼用。

他無辜的眼睛望著我，我移不開視線，海德把對著我的槍轉過去對著他自己。

3

他緩緩把醜陋的方形槍管塞進嘴裡，調整角度朝上對著自己後腦杓。他坐在我面前做這個動作很淫穢，他臉上有種令人暈眩的空洞，比任何沙漠或海洋更巨大。

過了大概沒幾秒但感覺很久——幾分鐘、幾年、幾十年——他一個動作把克拉克手槍從嘴裡拿出來，黑色金屬槍管因他的唾沫發亮。

海德輕聲說，基夫，別擔心。

他用面紙擦槍時開始大笑。笑誰或笑什麼，笑我或他或這世界，直到今天我都還不知道。

我說，不要。

簡潔的拒絕好像不太恰當，感覺像默許。

我說，不可能。

但他聽得出來我語氣中的不確定，聽得出我的聲音出賣我了；我覺得自己陷入雷伊試圖警告我、要我抵抗的，讓他摸透的危險。

海德繼續笑時我說，幹，不可能。

但聽起來更糟。

他說，基夫，我們是朋友嗎？我們是朋友。

我點點頭，希望表現出一副不接受不承諾的樣子，但卻覺得我的腦袋動搖、順從，甚至接受了。

我們得工作了。他說道，露出巨大而喜悅的微笑、彎彎的眉毛、像趣味樂園入口氣球一樣大的嘴，他新開發的幽默感讓人忍無可忍。

基夫？

怎麼？

朋友。

當然，我說著打開放有稿子和未簽名授權書的資料盒。

兄弟嗎？

兄弟嗎？

海德複述，兄弟。

我為什麼那樣說？我百思不解。但說了之後，每進一步的要求都似乎讓我更弱勢而他更強勢。

海德說，那就幫我。

我結結巴巴地說，如果你想殺自己，那就自己殺。

基夫，拜託。

為什麼要拉我下水？

海德說，因為我擔心我太笨拙，只是這樣。我擔心最後一分鐘我會瞄錯地方，讓自己嚴重受傷，最後變成一團爛泥，慢慢死去或死不了。或許會變植物人。我是膽小鬼，基夫，我很害怕。他說，這裡。

他把克拉克手槍掏出來，平擺在手掌上遞給我。

沒問題的，看。

他把那可怕的東西推到我面前，讓我看扳機中心的保險栓是分開的扳柄，開槍時需要同時按下才能射擊。

他說，像這樣。

他用肥厚臃腫的食指拉動扳機。

他說，拉開。

他說，轉。

扳機喀啦一聲。

他重複這個動作，教我怎麼同時拉開扳機和保險栓，慢慢地、接連不斷拉推。

他說，再一次，拉開。

轉。

喀啦。

當他第二次拿出這把槍，用面紙擦那犯罪暗示的點刻槍柄和扳機，我把授權書推過去給他。

我說，簽授權書。

4

謝謝你，他的語氣安穩下來。謝謝你，基夫。

如果我不認識他，我可能會覺得他很真誠。他用那種感激涕零到可憐的眼神看著我，好像我已經殺了他。

他說，我們來練習。

不行。我說，但總覺得他好像已經讓我同意了，雖然我什麼也沒同意，現在右手卻拿著一把槍。

他拉過我的手，引導我的手指扣住扳機，來，像這樣。

這不是言語能形容的神經病，更瘋狂的是他希望被殺。最神經病的是海德覺得我可以殺他，但我說的一切似乎更把我深深捲進他的瘋狂之中。

奇哥，不要今天。我試圖找其他可能，讓他把槍拿回去。他把槍放在我們之間的桌上，似乎沒受影響。

他輕聲說，喔不，一定要是今天。朵莉和孩子們不在，我讓雷伊放假，你說你朋友不在，所以沒有人知道你在這裡，對嗎？所以有什麼比這更好的？而且如果你不願意誰會願意？

雷伊。我說完立刻後悔把這麼惡毒的想法說出來。

海德說，雷伊不行，他會是他們頭號嫌疑犯，主要嫌疑犯，這樣雷伊就會受罪，他會因為殺人進監獄。我不想要那樣，你也不想。但你呢？沒有人知道你在這裡，沒有人會懷疑你。替鬼魂代筆的影子寫手，他說著笑起來。你知道，現在那本書一定會大賣。

整件事似乎讓他開心得不得了。

他說，嗯，**你**當然知道，你告訴我的！

他伸手進一個裝亮色乳膠手套的盒子裡，把一雙半透明藍色手套遞給我。他開朗地說，拿去，我們戴著這個練習。

我看著藍色手套。

海德說，拜託了，這是下一步。

我說，授權書，你需要筆嗎？

我們先練習。他堅持要我戴上藍色手套，繼續說我一旦開槍之後要把克拉克手槍放到他手裡、子彈放在一個他在死前會告訴我的地方，鉅細靡遺到像一部爛片。他解釋道，之後我要立刻開車回到墨爾本，把車子停得像本來停在出版社，接著飛回塔斯馬尼亞。永遠不會有人會知道我跟他在一起。

他問，所以你確定沒人知道你在這裡？

我已經告訴過你——

出版社的人？吉因？

我沒跟出版社的人說。

琵雅？

沒有。

很好，他拿起克拉克手槍，再次低下頭示範槍在他嘴裡的正確角度，像白色家電業務員在示範電動牙刷一樣。

他笑瞇瞇低聲說，很好，很好，現在換你了。

他從椅子上下來跪在我面前。我第三次順著他，因為順從比不順從容易多了，也因為我覺得這樣可以爭取一些時間。我拿起槍。

這裡，他用食指指著嘴巴深處。

不行，我驚嚇地看了看廚房，不要在這裡。

我的拒絕再一次聽起來像是同意。

他小聲說，喔，不、不，不會在這裡，這樣太可怕了。我們會在其他地方，朵莉和孩子們看不到亂七八糟東西的地方。

不行。我這次更堅定。

基夫，你不喜歡我，不是嗎？

我沒得選擇只能說：我當然喜歡你，奇格非，只是——

喜歡或不喜歡？

我說，我的意思是，我們是朋友，但我就是覺得不太舒服——

真朋友？

海德就是這麼殘酷。這個小巫師不只是玩弄我，而是玩弄死亡，那棍棒無限升起，但這遊戲繼續以遊戲精神堅持下去——勇敢冒險、嘲笑辱罵、虛張聲勢、嚴謹認真，同時眨了個眼，彷彿讓我加入，而這整件事其實是個祕密玩笑。我們以這樣的精神繼續玩下去。

海德跪在我面前說，因為如果你真是朋友，你就會開槍。你是我的朋友吧，基夫？

出於尷尬我把槍帶到他唇邊，滑進他嘴裡。我的腿上有東西刷過，喵嗚喵嗚叫。我想起雷伊告訴我槍管裝置，沒等他開口便盡我所能把槍朝上，直到感覺頂著他的上顎肉。他抬起手替我調整一下，他的觸碰溫暖卻不舒服。我拉開扳機讓他鬆手。

喀啦。

我們一次又一次練習這個手勢——喀啦。

喀啦。

喀啦。

喀啦。

喀啦。

——直到我抽出那發亮的槍管，海德問我想不想喝杯茶。

5

他的平靜令人害怕，但對於他堅定要選這天，我不敢不同意。

不用了。我伸手到資料盒裡拿出寫了註解的稿子，稿子彷彿是救生衣。

他把槍擦乾，再次放進腋下槍套裡。

我說，奇哥，只有一些問題。

請說，他用手帕擦擦嘴角唾沫。但他泡茶的時候，多半沉浸在自己死亡方式的細節，沒怎麼在意他戲劇般的人生。他在馬克杯裡倒滿茶，馬克杯上寫著奇格非。當他跟我保證大家會認為他是自殺死的時候，一隻灰色大波斯貓開始在他身旁發出奇怪的嗚咽聲。他小口啜飲茶時告訴我，他已經寫好遺書，一切都考慮得很周到，真的，我只要幫他完成死亡就好，這是慈悲的行為，他從第一次見到我就始終覺得我是悲憫之人，他一直覺得我是個慈悲為懷的好人。

他一直講一直講，講為什麼銀行現在無論如何都要殺他或在監獄裡殺他，一直講死得其所有多好——我不是很信仰自由嗎？——逃跑有多好、有朋友幫忙總比敵人讓他死得好、他並不崇尚自殺、疑似自殺能讓其他人質疑是不是他們迫害他……他講啊講啊講，說的話前所未有的複雜混亂、令人困惑、沒邏輯的和有邏輯的、連貫的和不連貫的，我聽得越多，那些說法就越有道理、越無可置疑地真實，我覺得不認同，甚至心裡也不認同。

我提醒自己那天開車來找他的理由。他喝他的茶，我們看過幾頁稿子，甚至解決了幾個比較大的問題，雖然感覺像是熟練的詐騙手段。

約莫過了一個美好的小時——對海德來說像幾個世紀那麼久——他起身走到屋後的玻璃移動門前看向外面，一群貓圍繞在他腳邊，小的、大的、老的、各種顏色和品種的貓。

那座山丘上有很壯觀的風景，我想帶你去看。

海德說話時那些貓全都開始發出輕輕的呼嚕嚕聲，雖然不知道是期待、感激，或只是餓了，我不可能知道。

說來很誇張，但當我站在那上面時，覺得全澳洲在山丘底下輻射般擴散伸展開來。我很想帶你去看看。

我只顧在稿子上快速寫個不停，逃避這個暗示。海德嘆口氣背對我，對著玻璃移動門說我們應該要休息一下，去走一走對我們很好。

他說，山丘上的尤加利樹很不可思議。他說，它們落下的樹皮可以為下一代樹修復土壤中的氮氣。他說，你可以聽見年輪形成的聲音。他說，你可以看見噪鐘鵲的翅膀托著天空。

就我所知，海德對非人類的世界沒有興趣也沒有感覺，所以他對森林魅力的匆促描述感覺出於被迫，像虛假科學和愚弄詩意的不幸結合。我拒絕去散步，他這次居然順著我的意，讓我把對話帶回稿子上。

我們繼續工作了兩三個小時，他這麼有耐心很不簡單，工作非常平順。我們終於把書的問題解決了，我心想，終於，終於！海德稍事休息，後來我也休息了一下。沒人再提起那詭異的殺人練習，我覺得他在想辦法把這話題拋諸腦後，一種神經又有點恐怖的操控。他熱心協助到我都不認識他了，一下去檔案櫃拿了幾封有趣的信，是銀行對澳安會誠信的信賴；一下他給我一本他經常翻閱，關於「熱錢」的影本，這樣我就會比較瞭解他講到的洗黑錢。

直到後來我才看出這天的事和即將發生的一切都是陰謀和好運。雷伊休假去了，朵莉在海德「拋下一切」的慫恿下去拜訪親戚了；他那天本來要演講的審計員會議——真的有這回事嗎？而我也被算好在這一天過來，但海德無法掌控所有事情，我很確定他心知肚明。我班機取消的意外是個偶然和極大風險，而這種時候他因現實站在他這邊激動不已。

他做了土司三明治當自己的午晚餐時——我不餓——一隻胖嘟嘟的虎斑貓坐在廚房流理臺上轉過來瞟了我一眼。後來我無法讓他回到工作上，他一直堅持我們要去「散那個步」，這是他的說法。他用這麼絕對的**代名詞**應該是個警告，但我只當作是他英文不好。他試圖哄騙我、施壓於我、求我。他說「散那個步」沒什麼，就是走一走，雖然我覺得他想讓我殺他是奇怪的幻想，已經過去了，但我還是不想跟海德和一支槍單獨進樹叢。我告訴自己，他不會殺我的。

但這不是真的，我確實覺得他可能會殺我，而且顯然直到這一刻一切都是為了這個結局。所以我無法解釋為什麼我還是同意跟他去「散那個步」。也許即便到這一刻，我仍然帶著作家的傲慢，畢竟我認定他是我的目標，而非我是他的目標。在我心裡我不知道他會做什麼。他很堅定要去散那個步，他今天幫了很多忙，甚至是乖巧，似乎都是跳這段舞的必要手段。

除此之外，他打開玻璃門時再次強調，我們工作了一下午，這對我們都有好處，而且提神醒腦。他拉上紅色棒球夾克拉鏈時，說我們可以在散步時釐清幾個稿子上比較大的問題。他爽朗地保證我們兩小時回來後他會處理其他事情、簽授權書和任何我需要他處理的文書工作。那一刻他似乎不再恐懼和擔憂，心情近乎雀躍。

我跟著他穿過一大群在門邊轉來轉去的貓，牠們的呼嚕聲聽起來像血液的漸強音，我們走了出去。

6

他領我走過後方被雜種灌木叢隱沒的小牧場，灌木叢從一半世紀以前淘金熱的荒地竄出來。我們選了一條防火道，走在小徑上——冬日光線鮮明強烈、空氣清新、充滿生機——他滔滔不絕。

基夫，你知道你的問題是什麼嗎？我們沿著那腐蝕的碎石斷崖走進殘破鄉村，乖張的澳洲黃楊桉和尤加利樹感覺像裂開的斧頭一樣堅硬。

海德說，你想要過沒有敵人的生活，這就是你的問題。你以為只要當好人、善良的人，不要說別人壞話就不會有敵人，但你還是會有敵人，只是你還不知道。你的敵人，他們就在那裡，你只是還沒遇見他們。你可以找出他們或假裝他們不存在，但他們還是會找到你。相信我，你想當一條大家都喜歡的狗，但當狗人人踢、人人殺。你希望每個人都是朋友，為什麼？何苦呢？

他的獨白越來越奇怪，全都導向我開始覺得如果不轉身逃跑就逃不掉的某件事。但我邊走邊聽，隨著他一步步走入幽閉的尤加利樹林裡。尤加利樹彎曲的黑色樹幹蜷曲圍繞著我，我們與一叢澳洲黃楊桉擦肩而過，樹葉在微風中輕輕搖動，這麼多藍綠色的小掛飾好像太多了，而且太熟悉，彷彿每次轉彎它們都想觸碰我。他帶我離開防火道，走進另一條小徑，走進那越來越讓人有幽閉恐懼和感覺壓迫沉悶的森林地帶。

他說，基夫，人不怕死，是活著的人讓我們害怕。我們害怕自己死的時候會發現自己從來沒活過。死亡證明了我們沒有過應該過的生活，我不會那樣死去。我們會在微小的時刻發光，但我們都忘了。

熱烈擾人的冬日光線開始控制白晝，將簇葉的藍光驅逐到影子裡。光線落在尤加利樹黑色樹幹之間——讓它們更黑更奇形怪狀，彷彿是這麼多被燒過的筆直屍體——我們的臉生出雀斑，一明一滅的光線在黑暗中跳舞。海德抬頭看，他微笑時陽光逕直落在他肥胖的臉上，臉頰的抽動忽隱忽現。

他說，我把太陽偷走了。靈魂，我偷靈魂，我把它們都吃掉，而且沒人看見。我在吞噬這個世界，我在吞噬自己，我不明白上帝要我做什麼。

他似乎努力想緊抓文字，彷彿溺水的人，文字則是上下浮動、可能能救他的投棄貨物，然而雖然抓住每個字，他卻只繼續沉入那無意義的深海中。

我走路、我吃飯、我喝水、我思考、我感覺、我想要、我知道、我恐懼、我夢想。但基夫，這是我嗎？是嗎？我想要我自己。

他說的話現在不過是一種語調，但我無法描述是哪種語調。我努力將那語調存放到記憶裡，希望之後會偷挖掘出什麼。就像他最有趣的一切，沒一件是有用的。

山丘越來越陡，我清楚記得他說他從沒想過要控制任何事物。他只是想讓一切失去控制，看看會發生什麼事。

我問，那發生了什麼事？

他說，一些混亂，但比預料到的少。人們重複自己的生活，重新創造所有舊規則和階級制度。我希望可以做更多，但後來我深刻地發現人們總傾向少一點。

我第一次覺得他真的瘋了，他的胡言亂語越來越絕望。

他說，我想要顯赫的事蹟，搞砸顯赫的事蹟。下一秒他又說，我死了就變成你啦，然後咯咯發笑。

我們抵達山丘頂，他站在我前面，帶著蔚為壯觀的精神錯亂、穿著紅色棒球夾克。

看看我，愛我。我出生的時候就死了。

他猛地抬起頭，瞠目結舌地看著我，彷彿我不知道從哪裡冒出來的，彷彿我是神經病。他喃喃自語：

變成你會很奇怪嗎？

7

他轉回頭看向山丘、樹叢、牧場之外。

他說，風景很漂亮。

我說我們該回去整理稿子了。

他說，沒錯。

但他只是搖搖頭。他用同意來不同意的方式總是很難對付，那一刻他有全宇宙的絕望，那絕望也化成了可怕的耐性。我們在那裡站了超過五分鐘或十分鐘，或許更久。我擔心如果我待太久，他可能又要開始說那些要我殺他的奇怪的話。我等了大概一兩分鐘，或許二十分鐘——就像這樣，一切都慢下來，卻同時加速。

我說，書。

他正在為某事或很多事心神不寧，他看了好幾次錶，沒打算回應我。

雨一點一滴灑在乾燥的土壤上。

不知怎地又停了。

我知道我得離開，他嚇到我了。說實在——在那種詭異的沉默中我只能面對事實——事實是我認為如果繼續待著，我在日暮之前就會死。我放棄再用理智跟他講稿子的事，不是因為資料夠了，我連足夠的邊緣都談不上，但我現在知道我永遠不可能有足夠資料。我謝謝他的熱情招待，告訴他我要走了。

這個消息似乎讓他很心碎，他說自己有多孤單、我的友誼對他來說多重要、他很抱歉那把槍和他說的話、他白癡瘋癲的話嚇到我了。他說，但是他很害怕，極度害怕，害怕被監牢困住。當然，他並不想要我殺了他。永遠不想，不是真的，不，不是那樣，**那**只是他恐懼的胡言亂語。他也不會自殺，但他如此害怕死亡，害怕那些會來找他的**人**。他開始啜泣。我知道不該縱容他。他開始說自己的夢境，語言比以前都更支離破碎。

海德說，那個夢，那個夢——基夫，我看到了！只那麼一瞬間，我就抓住它了——我在夢裡，對嗎，基夫？我在夢裡。所有規則、所有道德、所有的謎，都不是真的。有一段短暫的時間，我飛過它們，遠在它們之上，我就是世界，世界就是我，基夫——你懂我嗎，基夫？——因為我就是世界，基夫，我就是，而我不是它們，也不受循規蹈矩的束縛。不受它們的規矩、它們的道德觀、它們任何東西的束縛。我藏身在平庸的目光裡，假裝自己要的不多，但我始終在那裡，越來越多、越多卻越不夠，基夫，永遠不夠。

他講了很多這種屁話。

他從夾克裡掏出克拉克手槍，像掏筆一樣泰若自然。我覺得他要對我開槍了，一定是這樣，結束了。

他揮揮槍說，基夫，你看到了嗎？我知道你懂，我知道，我知道你也知道。全都是我，基夫。泰伯說上帝是劊子手的頭巾，或許吧，但我是絞索。我將他們假裝喜愛的一切踩在腳下。對這本書，你會有你的結局和吉因想要的，我會死並且跟我所有邪惡一起埋葬，但我們知道事實不是這樣，我們知道。我會繼續存在。

他背對北方，身後的冬日傍晚陽光照亮他，奇異的紅色光暈圍繞著黑色輪廓。

他說，地獄裡擠滿我之前送去和之後將會送去的鬼魂。

他把手放下，若無其事地把槍放在臀部。威脅或邀請或兩者皆是，誰也不知道。太陽沉沒在一朵雲後，他身後的光線退去，我看見他正看著我，但他的眼神閃閃發亮，似乎聚焦在某個遙遠的事物上，遙遠到甚至可能尚未出世。

世界要炸了，為什麼？因為我，基夫。

我看著他手臂、他的手、他放在手槍保險栓上的手指，無法移開視線。

因為我把自己放在世界中心，基夫。我，我是這世界運作的方式、光芒和中心。基夫，這些讓我害怕。

我說我該走了。

基夫，我很恐懼。

他在顫抖。

第十六章

1

我逃走了。我沒有跑，我轉身走開，沒聽見海德的聲音，我繼續走。我邊走邊等著槍聲響起，可能是我死或他死。我試著回想高中科學課，如果我聽見槍聲，代表他沒打到我或是他對自己開槍？人能聽見讓自己死的子彈聲嗎？但我耳裡除了血液澎湃的聲音什麼也沒聽見。

我擔心他會從我後面來殺我，所以自己走下山丘，偷偷向後看去。沒有人，我走到半途應該夠了。我停下，轉身，等待。再一次，沒有人，也沒有任何人的蹤跡或聲音。我站在那裡掃視樹叢看有沒有動靜，我想或許他會殺了自己，或者他已經殺了自己，或者他正在等我回去殺他。

我告訴自己殺掉另一個人類是令人憎惡、噁心、可惡的事。我告訴自己我不會殺他的，但因為練習過了，我無法假裝自己沒想過。既然殺他再無可能，這倒可能是我的娛樂幻想。當然，我之所以退縮並不是因為震驚，而是因為恐懼——怕被發現，怕被拷問和關進監牢，怕在他的癲狂中失去自己的人生。但事實上，每次我想到殺海德就會有種興奮感——我想是期待，期待進入他的世界，那個他用來嘲弄我又當作希望、當作承諾送給我的世界。

像是未來。

我無法確定自己是恨海德或是欣賞他、想當他的朋友或敵人、想救他或殺他。我試圖釐清一些想法——對於自己、對於人生、對於某件事、任何事——但重點是什麼？我努力用書來穩住自己，我努力相信書還是有可能出版。但我想的全是海德要殺了自己，什麼也沒留給我。我得讓海德活下來，因為這關係到我拿不拿得到一萬澳幣。要拿到錢就要把書寫完、授權書要簽好。

想到這些都和海德的性格和我的憎惡有關，得把個人利益放在恨意之上，我跑回小徑上，穿過尤加利樹朝山丘頂跑去。

想到他可能會死讓我加快腳步，我越跑越快。我必須知道，但當我靠近山頂時，我慢下腳步，惶恐消失，被一種擔心落入海德精心設計的圈套的恐懼取代。我緩下腳步，努力讓呼吸聲安靜下來，輕手輕腳走去，小心不被腳下樹枝絆倒。

尤加利樹的黑色樹幹彷彿舊時彩色電影，把世界分成無數個近乎可辨識的影像，我透過那些影像看見一個跳動的紅色身影。我在一叢黃楊桉後方跪下。

海德在一條條化作海市蜃樓或熱浪的澳洲光線中緩緩出現，前後走動他停下來，轉身，有目的且專注地朝另一個方向走幾步，像在測量和寶藏地點或祕密陵墓地之間的距離。

過了一兩分鐘我開始慢慢沿著周圍爬向他，爬到大概一百公尺的地方，我停下來躲在樹叢後。

他繼續來回踱步了幾分鐘才停下來。他在自言自語，揮舞雙臂，雖然我太遠聽不清楚他在說什麼。最後他似乎找到那個標示X的點。他不再踱步和自言自語，站定看著這小山丘給他想像中的澳洲景色。

很難說他看到什麼——希望、失敗、一塊最後證明他人生毫無意義的的土地？或者也許他看見那一切之上的景象，穿越雲朵和躁動不安的土地上的一切。無論他看見什麼都不夠，也許他想要更多，也許他看見更多，也許他看見了明天。誰說得準？那個大騙子站在我面前，孤獨一人，心事無人知，即便那些認為瞭解他的人，尤其是我。也許甚至他自己都不知道。

他垂下頭，伸手到他的紅色棒球夾克裡再次掏出克拉克手槍。他凝視著槍，彷彿那是某種他從未見過的東西，某種剛剛毫無理由便出現在他手裡的神奇東西。他的手轉過來轉過去，檢查那個奇怪的武器和它觸發的新力量，彷彿現在他才知道那不只是金屬和防滑點刻握柄，而是某種更巨大的東西。他站直身體，把拿槍的手臂向外伸直，另一隻手在下方扶著手肘。一個優雅動作——也許是我印象中他唯一做過的優雅動作——他舉槍畫了個弧圈，把槍塞進嘴裡，他向後仰頭，眼睛看著天空，調整角度。

一陣爆裂聲。

海德發出驚愕聲往後彈起。他雙腿交纏，瞬間崩塌的身體變成上下顛倒的問號，隨後倒地。他在塵土裡抽動了幾秒，像澳洲狂暴勇士一樣抖動痙攣。他驟然停止，身體僵直。

我忘了自己有多恨他，也許那一刻我是愛他的。我想跑過去看他，我沒動，我幾乎無法呼吸。我擔心那是種測驗或陷阱；如果我跑過去，他的屍身會不會站起來開槍打我？我害怕如果我不動，你就會跳起來，走到我畏縮躲藏的矮樹叢後面，像打狗一樣開槍把我打倒。我想跑走卻沒跑，我也擔憂如果他過來對我開槍，我會動彈不得，我會像羊一樣溫順地死去。

他沒動靜。

我大膽起來。

過了十分鐘或更久，我開始小心地慢慢爬向海德。四十公尺外我看見蒼蠅在他頭上聚集，飛進飛出沾附那在樹皮和尤加利樹葉子上一團灰色東西和血混合而成的可怕粥狀物。

我從趴著變成彎腰蹲伏著，弓著背走近，準備如果海德突然起來開始對我開槍就馬上躲、趴、跑。

二十公尺外我看見之前模糊不清而現在觸目驚心的開放傷口。他頭部的鮮血、噴灑的腦、暴力的空洞，凹凸不平而血腥，那顆頭已經不再是頭，而是殘存的一部分，彷彿是一塊七巧板，我可以揀起來再拼回去讓一切恢復原狀。

接著我站在他上方，半破的愛迪達鞋在他頭旁邊。黑色小螞蟻在他耳朵邊一灘紅色粥狀物排成十字型，有一股屎的味道。我忘了書，忘了我要拿的錢，忘了我對他懶惰和謊言的憤怒。頭頂一隻黑色松鴉正在盤旋。

接著是最糟的。

他的眼睛在動，跟著上方的鳥轉動。

他還活著。

2

一陣強風將樹葉和脫落的樹皮吹起，上方的尤加利樹枝沙沙作響。在這短暫的細語和沙塵之中，海德絕望似地直直躺著沒說話，這時螞蟻繼續牠們永世不朽的工作，狼吞虎嚥吞噬散落的腦，那腦屬於又一個等待重生的事物。牠們耐心地把毒蟲、泰伯、中情局、殺人銀行背負在背上回到自己的巢穴。他的嘴角滴血，但不像電影裡看到的那麼多。那天午後的太陽在不遠處的尤加利樹爪子狀的樹枝上休息。如此平靜，日子美好得令人震撼。

為什麼他不死？他無聲無息，除了我後來發現那掙扎著呼吸空氣的聲音，緩緩從細微漏風的刺耳聲變成奇怪又嚇人的口哨聲。間或伴隨著我以為他死了的安靜，卻只在那刺耳和口哨般聲音出現時發現他還活著。有時候他的呼吸會變成一種打呼聲，只是他的眼睛還張開著。

他可怖的眼神緊盯著盤旋的松鴉，彷彿決心不要引發對他傷口、對他駭人爆漿腦袋的敵意。他的臉——說真的現在更像面具——像孩子般、不真實、沒有形狀。什麼也沒有，他整個人生的尋覓沒了，彷彿海德從未找到真正無窮盡又冷血的顯赫職業或熱情，如那山丘下廣闊土地般醉人難解，從他躺的地方蔓延到比倫敦到莫斯科更遙遠的地方，但那仍舊是澳洲，一個和他一樣荒唐的想像，一個他直到最後都聲稱是自己出生地的國家。

也許以某種原則來說是如此。澳洲是一塊永遠不完美、始終充斥腐敗的土地，沒有什麼不能賣，永遠比前一次便宜。在這樣的土地上，他應該走了一大段路——其實是所有的路。他一定不懂為什麼終究是這般結果。

我想跟他說話，因為在這種時候不說話似乎不禮貌，荒謬的是現在說什麼都沒有意義。我知道，我也知道他一定有很多事想說，或即便一件簡單的事都不知道怎麼說。

我想說，這是夢，因為我覺得就是這樣。我有種可怕的空虛感，一種我們只能藉由跟彼此在一起來抵抗的空虛。但我不能告訴他我與他同在，因為他可能會誤解並殺了我，他不能告訴我他與我同在，因為他真的沒有。什麼是夢，什麼是真，這就是問題所在，這是個難題，而我們需要詢問彼此這些事情，因為也許他知道死亡就是答案，或也許我知道看著他死便是答案。

他什麼也沒說，只是繼續作夢或思考，或幻想他在思考或思考他在作夢，很難說，我也不可能知道。一群鳳頭鸚鵡宛如馬賽克拖著花紋如眼睛眨呀眨的白色翅膀飛過天空，海德的視線一直跟著牠們，直到那群鳥消失藍色虛空再次出現。

那時我聽見一個微弱的沙啞聲音，我低頭驚悚地發現是海德的聲音，我盯著他望向天空的眼睛，他的嘴唇幾乎不像在動，更像是顫抖，每個字都潮溼模糊，緩慢又黏呼呼的——是唾液？是血？

他喃喃說，開……槍。

我什麼也沒做，只是看著。我恨他，我瞪著他的眼睛，我要他知道我恨他。我不確定他知不知道，或他在不在乎。他的身體發出短促的噎氣聲然後停止。

他說，或我覺得他說，了結我。

很難確定，他的聲音那麼微弱，每個句子都帶著刺耳的呼吸聲，像一隻顫抖的羊。他又開始發出噎氣聲，我可以跑回農場求救，或許可以救他，至少我能撫慰他。

我不想撫慰他，我不想救他，我希望他死，打破魔咒，拋下自己和得到自由。

他哀求，拜託。

我動搖了，但我知道我得戰勝自己的情感。

他突然大叫，聲音強而有力吐出這些話：你跟你的書是混帳！你是最爛的人！沒有憐憫心！

他的右手突然舉起來，藍色手掌伸向天空，手指伸直又繃緊，微微顫抖著，像要觸碰什麼——最後的希望？對我們所有人的詛咒？致敬或絞死某個人？那個動作難以理解又令人毛骨悚然。

他的手垂下，掉回塵土裡。他無辜的黑色眼睛帶著凶狠氣息，他的鼻息憤怒地燃燒，和他抽動的臉頰有著不同節奏。他模糊不清地發出不連貫的咕噥聲，也許是威脅或詛咒。也許是祈禱，雖然我很懷疑。也許什麼都不是。但這一搏似乎讓他耗盡力氣，他安靜下來。我眼睜睜看著，他繼續存在，我讓他深深看著我，明白我感覺到的一切。他的心似乎很困惑，迷失在陰影中。

突然間他的頭劇烈抽搐顫動，彷彿剛接收到令人敬畏的預言、某些難以承受的靈象。

好了！他嘶聲說道。**好了！**

我努力聽他還要要說什麼，但沒了。過了十分鐘、十五分鐘——也許更久也說不定——他的眼睛不再動，臉頰僵硬。

於是我明白了。

即便他死我都不相信他。我等著，動也不敢，但我的身體控制了我的心，它緩緩轉身，走一步、再一步。於是我一直走，走得很慢，難以想像的疲倦。沒有槍聲，沒有聲音。我開始跑，沒有停下。

3

夜幕像強盜的外衣一樣籠罩我，將全世界填滿，我一頭衝進柏油路和車頭燈和卡車汽車經過的疾風之中。海德的嗚咽讓整個宇宙憤怒起來，喇叭聲像對天堂的警告，我轉進隱蔽的街角，駛過黑色空間向市區和出版社停車場而去，幾小時後我飛越海面，埋葬在夜空中的溼冷內臟中，後方噴射的火力帶我疾馳進命運之中。

我坐好，繫好安全帶，從容不迫，因發現這世界沒什麼不一樣而驚嘆，我身邊那些打瞌睡或讀書的人對於坐在像我這樣的人身邊心滿意足，而我現在乘坐的飛機和位置，剛剛飛過的樹、柏油路、路樹和小牧場裡的綿羊，我渡過的小河深隙，以及進入市區時墜入的水泥隔音牆陰冷深谷，都和那天稍早一模一樣。

雨水模糊、雲朵烏黑、風陣陣拍打和飛機窗戶上的呼吸霧氣。

好多好多都一樣，所以說我也一樣是合情合理的，而且過了這麼久好像什麼事都沒發生，什麼都沒變，但每次那種感覺開始變成希望，我就會有另一股更強烈的感覺。一**切**都變了，因為我變了，因為事情發生了。

扭轉的頭、該死的靈魂、消逝的生命。

然而我並不清楚到底發生什麼事——我有回去救他嗎？如我仍然試圖說服自己的。或是去確認他死了？我有殺了他嗎？或是他殺了自己？或我回去是因為他希望我知道我終究在他的掌控之中，而我會如他所期望的殺了他？

飛機一陣顫慄，朝地面飛去。

我從荷伯特機場搭的計程車有新膠的悶熱氣味，讓人難受。車上播放著廣播，新聞播報員說海德被發現頭部受槍傷而死。

我拉下窗戶，空氣中吹來一陣強風讓我喘不過氣來。我大口大口吸氣，好像有什麼東西抓住我，奴役我，而我甚至連吐都吐不出來。

這個新聞對你來說太血腥了。計程車司機說。

新聞播報員繼續說，警方尋求相關人士協助調查，非常希望最後幾小時見過海德的人能夠出面說明。

計程車司機說，誰會做這種事？

我指著前方說，我做的，過十字路口就可以了，謝謝。

我一直聽見他最後可怕的低喃聲，那兩個無意義的字充滿某種難以理解的不祥預兆，在我耳邊一遍遍嘶聲說著。我想說更多，卻因為暈機、睡眠不足、恐懼而覺得不舒服，當我開口說話時只剩急速流動的空氣。我試著回憶吉因在我們第一次見面時說的那個名詞，當車子在我家門前停下，我從司機手上接過行李袋時，終於想起來了。

Nègres.（奴隸）。

第十七章

1

雙胞胎掛在我肩膀上哇哇大哭，蘇姿在沙發上打瞌睡時我在客廳來回走動，看深夜新聞。全都是海德的報導，報導全都是海德。中間穿插澳安會的連續鏡頭——直升機、火災、海德領取澳洲勳章、穿著制服的年輕軍人行軍、媒體圍堵被抓捕後帶著手銬的海德——電話響起。

我想應該是警察，但卻是吉因。他說我的身分要保密，這樣我就不會被媒體打擾，可以繼續專心寫作。

他沉默下來，等著我回答，但我沒說話。我聽見彼端有記者在說警方在此階段不排除任何可能。我想放心，但我沒辦法。我覺得恨、困惑、瀕臨崩潰、罪惡感、驚魂不定。我有太多感覺。

我說，等一下。我走到電視前將電視關掉。吉因似乎以為我的離開是要隱藏悲傷。我不知道我有什麼悲傷好隱瞞，我甚至不知道該有什麼情緒。

基夫，我知道這對你來說會很辛苦。

我以為吉因知道，但吉因當然什麼也不知道。他只是指書，他是出版商，他永遠只會提到書。我立刻鬆了一口氣。接著我對他不知道、甚至沒有懷疑、沒有問而感到失望。是我，我想說，是我！我覺得吉因真是個白癡，纖細的手臂和皮膚上恐怖的紅痣，全都紅得不對勁，像死人一樣白。

我說，沒關係，我還行。

但我只看見他嘴唇發抖、他的眼睛、頭頂上盤旋的松鴉。我試著用另一隻手穩住話筒，注意到指甲裡有幾小時前爬過樹叢的泥土。

基夫，好作家需要一雙髒手。

吉因問，基夫，還順利嗎？

我說，快要好了。

我覺得感覺變了，殘忍又冷血得讓我不寒而慄。

寫多少了？

大概三分之一。

剩下的呢？

我說，他已經**死了**。

吉因第二次沉默。我很生氣，好像他要我做我早就做好的事，現在又逼我承認書根本完成不了。

吉因說，抱歉，基夫，我知道你很喜歡——之前很喜歡……奇格非。

喜歡？我覺得我擔心自己無法控制的情緒從胸口進入脖子，在我的嘴裡顫抖。

吉因咳了幾聲繼續說，奇格非……奇格非……沒簽——**任何東西**？

也許因為我覺得需要給我們兩個一些希望，或只有我，我搪塞地說他有。我當然不會說他沒有。我不知道自己為什麼說謊，但就是說謊了。也許我只是希望吉因不要煩我，可以掛掉電話。

吉因提高聲調急切地問，他簽授權書了嗎？確認那是最終版本、內容為真實事件、絕無虛假？

我的世界很沉重，對這麼多事情感到惱怒。

我說，我剛剛說什麼了？

喔，那是最好的，基夫，最好的消息。

我說，問題不是有沒有一張確認最終稿件內容為真實事件、絕無虛假的授權書，而是根本沒有最終稿。

基夫，我瞭解，但你有簽名的授權書。

我說，現在沒有人知道他的生活是怎樣了。

吉因說，死亡不是句點，而是一個破折號，下一頁全部空白。

問題就在這。

他沉默了一下。

吉因說，就當是好事，把那一頁填滿。

2

那天早上海德的死上遍各家新聞頭條，這整天他一直是廣播和電視新聞快報的頭條，他這麼久以來一直渴望和試圖告訴大家的利益關係和比對終於有人替他完成了——名嘴、學者、專家和記者。他們使用了所有他之前想講的名詞和措辭：努韓銀行、中情局、間諜、阿葉德、陰謀、魏德倫、刺殺、冷戰、祕密軍事行動。他們一直講，講澳安會令人費解的性質、活動和傘兵陷阱，還有他媽的知道還有什麼。我發現，他們什麼都不知道。到處都有吉因說海德留下鉅細靡遺的回憶錄，充滿轟動社會的細節，有人追問時，吉因便會拒絕透漏。

他也講不出來。

我還在荷伯特努力把故事編出來。

每次我看到或聽到關於海德的事情，就覺得吉因不讓媒體打擾我的保證很煩。難道我不是唯一知道事實的人？難道我不該跟全國分享嗎？接著這份虛榮感便會突然被惶恐取代，警方，警方！他們早晚會來找我——我要說什麼？我如鯁在喉。我腦中閃過一千個故事，卻意識到我得說最簡單的一個——我告訴蘇姿的那個，後半部分是真的：我在墨爾本的最後一天待在蘇力家寫書，晚上把跑車開到出版社的停車場，坐計程車到機場後飛回家。

你要回撥給吉因說重要的事情，蘇姿在我跟她解釋情況，或至少部分情況之後跟我說——授權書沒簽、稿子沒寫完、死因不明、明顯是自殺，她完全瞭解這讓我進度前進不了——那時我們在喝早餐的咖啡，她從懷孕以來第一次喝到咖啡，津津有味地品嘗。

蘇姿的好處就是除了我需要說謊的時候，我並不需要說謊。我本來要告訴她的，但隨時間過去、時間慢慢累積、形成渦流和堵塞的三角洲，時間和真相一樣繼續前進，曾經急迫的逐漸遠去，很快因為毫無意義而不再必要，消失在遙遠的上游處。我想把一切告訴她，但隔得越久沒說，就似乎越不可能。反正無論如何，什麼是一切？發生了什麼事？都不清楚，就是……說不清。

不帶有目的或希望，我出於習慣上樓到我狹窄的衣櫃書房，日子一天天過去，書房看起來更小更有壓迫感。因為吉因和全世界在乎的只有書，於是我爬進書桌、緩緩坐進椅子裡，開始我必須盡快完成的工作，我這幾天發現要我完成的最終草稿根本不夠寫我想說的一切，但當我努力想，卻一件都想不起來，那些需要說出來的事情變得模糊不清。

我伸手到背包裡。我那天逃離現場之前拿走所有文件，確保海德家沒有任何和我有關的蛛絲馬跡留下。我拿出稿子和那本他給我的關於黑錢的書。稿子上面是沒簽名的授權書。

為什麼我要笨到騙吉因海德簽了授權書？無論吉因有多開心，這下我完了。那是謊言，更糟的是愚蠢的謊言、沒必要的謊言。我現在也對蘇姿撒謊了，更糟糕的謊，省略不說的謊。但圍繞我對吉因撒的謊，很快便需要創造其他的謊，於是存活下來的謊言像鹽晶般包裹原來的謊。有一小段時間我恐懼到覺得身體很不舒服。

但我卻也感覺到相反的情緒——做一件感覺危險又自由的事情幾乎是種快樂。卡在那比從前更狹窄、更靠近的牆之間，這一切綜合起來讓我有種奇異的興奮感，給我未知的自由——全然不同的生活，我想對海德來說，那一定就是這種謊言人生的吸引力。

稿子仍然在那沉重壓抑的文件堆裡，看起來沮喪得讓人無法開工。為了轉移注意力，我打開海德的臨別贈禮，關於黑錢的書。書名頁的右上方有他的名字，有點孩子氣、潦草短胖的手寫字跡。我翻了翻書，但沒有什麼興趣，也和故事沒關係。我繼續回到稿子上。

幾分鐘後我再次翻開那本書的書名頁，面前仍是那手寫字，只是現在它們彷彿有了上帝啟發。我拿起筆，在米開朗基羅的哥利亞驚訝的凝視下，盡可能模仿那圓滾短胖的字跡，我寫下——

奇格非．海德

我第一次寫得很笨拙。

奇格非．海德

第二次好一點，我幾乎感覺被附身一樣。我想起那聲音，寫下不是自己名字的愉悅感——

奇格非．海德

——當成自己名字。我拍掉、丟掉外套袖口沾附的貓毛，對著燈光舉起那張紙。好像開始有點樣子。

奇格非．海德

奇格非．海德

奇格非．海德

我拿起授權書，小心翼翼地放在桌上，日期壓在兩天前，標示署名的地方，我自己寫下——

奇格非．海德

3

我把稿子捆起來塞到背包裡，走到薩拉曼卡。這世界感覺沉靜又容光煥發。我走過那些街道，對水溝和垃圾的美感到驚異。經過的人似乎對彼此特別友好，那一天完全是出乎意料的寧靜和喜悅。

我走進奇諾伍德酒館，像平常一樣，早上十一點時空蕩蕩的。我點了杯啤酒，一飲而盡，心生感激，覺得什麼東西離我而去，而另一個東西找到了我。我點第二杯啤酒，坐在角落的桌子，旁邊是黏糊糊的西洋棋桌，我拿出稿子整齊放在桌邊。

我打開面前的筆記本，重新算了一次。可用文字是三萬字，需要在寫四萬五千字才能達到書的最低標準。留兩天時間做最後修訂，這樣剩下九天寫四萬五千字，等於一天要寫五千字。明白自己的工作和自己成了什麼樣的人之後，我開始寫。

我快速掠過筆記，邊寫邊作筆記。扣掉太離譜的或純粹很離譜的，我目前寫的似乎遠不及估算的量。我再次覺得沮喪。沒了海德，我根本沒辦法完成這本書，我只看到需要人回答的問題，從小細節到大故事我都需要海德告訴我發生什麼事，但他現在再也無法告訴任何人了。我沒有任何需要的資訊，也沒時間採訪他的太太或親近的朋友，反正他們知道的可能只是不一樣的謊言。

這些難題之中，最難的是我的資料太少，沒有辦法把我知道的那些回憶錄元素結合起來。海德不可能是企業總裁、詐騙分子或改邪歸正的罪犯，他也不是有罪的好人或被冤枉的先知。這些形象都不是他，但好多時候他似乎接連——或同時——擁有這些特質。我的問題就是我的工作，要創造一個獨一無

二、符合人性的人類，可以是黛安娜王妃、李．艾科卡或亨利．查瑞爾，或在一個句子中同時是這三者。

因為海德不太算是白手起家、憑藉自己不停努力而成功的人。他有很多出生地和很多父母，他的出生就像那些古老神祇一樣神祕而千變萬化。每個化身都比前一個更神祕，海德生下海德生下海德。

或者他──好幾年後我在一部或多或少有真實成分的電視紀錄片上發現的──始終是同一個人，只是擁有不同名字和故事？這個計畫是一個不斷變形的故事，從巴伐利亞詐騙分子海瑞希．弗羅德林開始，一九六〇年代晚期他在慕尼黑做客運司機，騙了巴伐利亞公路局好幾百萬馬克之後人間蒸發，只是這個故事似乎便成了維也納小販弗利奇．托梅可，他也變成了提曼．弗羅德，而提曼．弗羅德變成卡爾．福利德森再變成海德。就像外星人一樣，只是更糟一點，而且誰知道會從誰的胸口──你的？我的？──幻化出下一個怪物般的寄生蟲，那寄生蟲會長成什麼樣子或像誰？

那個海德在這一刻成為奇格非．海德，像接受預約一樣成為澳洲國家安全委員會的安全委員，那是一個從一九三〇年代以來便搖搖欲墜的養老機構，在一系列海報和訓練影片中（短片）極力提倡車床操作員使用髮網──無論他是誰都可能再次改變上一個身分，幻化成另一個當時我還無法想像的人。

海德到澳安會的時候全部員工只有五個人，海德的工作──在那個還沒有強迫工作和安全規範的時代──就是到大大小小的工廠去講講話，宣傳使用折疊梯、舉重物和操作車床的安全方式。在這位海德的存在被記錄下來之前，海德是沒有海德歷史的，只有他的海德故事，因為海德選擇把故事說出來、重新詮釋和再創造，日復一日、月復一月。

也許活在這千變萬化的世界就是如此，但他對過去爭議事實完全不在乎便是試圖讓我成為他的傳記作者。人生允許混亂，但書得假裝人生是井井有條的。

有些線索似乎是真的，或者至少沒那麼明顯的錯誤。例如他聲稱加入澳安會的前一年，他跟一位審計員在金伯利的保留地工作可以從《北領地時報》的照片驗證（雖然照片上有他名字的地方被撕掉了），還有一些模糊的照片，他站在紅土路上被低矮耐鹽植物卡住、在單生猴麵包樹旁邊或在蒼翠繁茂的雨林之中，靠在他的紅白五五休旅車上。

無論如何，每個故事都少了一部分，都與前一個故事部分銜接，而新故事則會沖淡那些痕跡。留下的只剩說故事那支舞、看看他可以用多久時間逃脫的遊戲。在這之中，他成了別人自我欺騙和懷抱希望的禮物，比自己的謊言更偉大和龐大。

我連他是不是個騙子都不確定，因為他的故事從來不是**他的**故事，而是他邀你分享的狂熱癖好——澳安會、太空門、努韓銀行。海德是偉大的創世創造者，像上帝一樣，在他創造的故事裡無所不在卻看不見。渴望信賴是他如此努力不懈刻畫在他人心中的印象。就是這點讓他從銀行竊取到七億元——或者以另一個角度來看，是他們給他的禮物。在比較黑暗的時刻，我有時會覺得那是更惡劣的犯罪行為。他顯然有教唆殺人罪，但我又很難真的這麼相信。

還有，他能帶來驚喜。他看似不學無術，但有時會有些奇怪的證據讓人覺得他並不無知。有一次他追問我蘇姿和即將出生的雙胞胎，我告訴他那是私人的事。

我記得海德回我說私人的拉丁文字根是*persona*，面具的意思。

他問，基夫，人是這樣嗎？一張面具？

他自己的面具——當他不厭其煩為我創造——一個無聊得令人難以置信、倒盡胃口的故事，關於愛家又努力助人的一**般人**、因為無私、對於產業和常識有普通見識而建立自己事業王國的好人，而世上**普通**人的見識多半是愚蠢的。對一個為別人創造那些驚天動地謊言的人來說，他把自己編造成如此晦暗的人，說來也是他最膽大妄為的成就之一。

4

我點了杯啤酒，快速喝掉泡沫、抹抹嘴唇，不知道要做什麼，於是開始工作。我拿起第一頁放在面前，在頁面空白處開始重寫。我像搬磚工人一樣工作，沒有愉悅或悲慘，沒有希望或絕望，沒有野心。雖然我沒什麼好說的，澳洲文學也讀得夠多，知道這並不一定是成為作家的阻礙。文字像砂漿一樣一個黏一個，黏貼方向、牆和角落合而為一，未知的力量開始緩緩升起，不再只是一堆無意義的句子。這裡要擷取和補上新文字，那裡要移除或重寫，還有其他的，越來越多其他文字被創造出來，創造的過程中會需要和召喚出更多文字。這麼一來，以這對出版業的詭異奉獻方式，靈感慢慢浮現，簡單的勞力工作奇異又美好。

我走到吧檯要再點一杯酒時，吧檯的人問我在做什麼。我告訴他。

吧檯的人說，作家啊？從來沒見過作家，但我很喜歡丹普斯特。有一本書我看得懂，那是一本**任何人**都可以看的書。

我像發高燒一樣在酒吧桌上工作，只有到吧檯吃午餐和偶爾來杯啤酒時會停下來，直到傍晚工人開始湧入酒吧時才離開。我回家替蘇姿泡茶，但她覺得想吐吃不下。我替雙胞胎換尿布，清洗一套尿布又晾了其他尿布，唸小波最喜歡的野狼與樵夫的故事給她聽。

那晚我塞上藥局買的亮橘色耳塞，阻隔那些劣質爭吵，吞了一些雷伊的麻黃鹼。與世無爭又精神飽滿，我熬夜工作，重新把寫在影印稿上的內容輸入麥金塔筆電的新檔案裡，我越來越興奮，因為開始看見先前讓我困惑的事之間的連結和樣貌。

就我看來，寫下事實和寫出海德要的故事的合約已經結束了。反正故事總是荒謬，他人生的真相誰也不知道，我決心用海德的精神盡可能每天創作出一點內容。

我第一次覺得自己可以自由寫作，雖然出現的文字很詭異，但它們就出現了，過了一段時間以後來得更加輕鬆容易，我發現自己內心有個沒有道德觀的人，他為了欺騙別人可以偽裝出任何必要的感受。像海德一樣，我試著穿戴上情緒，能用多久就用多久，接著改變成全新的情緒。僅是明白**要寫海德的故事我並不需要海德**，那神聖啟示的力量如同當頭棒喝。我終於擺脫他，感覺自己終於能夠誠實地說他的故事，雖然每個字都是創造出來的。再也無法工作時，我算了一下這章的字數。我寫了六千四百五十二個字。

我終於瞭解吉因把海德人生故事的空缺當成優點是什麼意思。他的死是種解放，讓我可以把一個不特別又普通的人寫得獨特又不平凡。

5

之後幾天在朦朧的咖啡味、胃痛和行雲流水的奇怪文字中渡過，我知道那些文字在短時間內似乎無窮無盡，但終究有極限，我只是讓文字一個接著一個浮現。我發現書會跳起舞來，那舞動並非因為我偉大的志向，而是存在小細節裡；不是因為過人的野心，而是因為想寫出好句子、想讓故事動人的純粹決心。

每過一天，我就覺得自己寫了越多。我沒覺得這很棒，甚至連好都沒想過，而且我不在乎——我不能在乎。如果我失去野心，那我也不擔心。**這是一本書**，我前所未有的大成就。我只擔心故事可不可行，或如果不可行要怎麼修改到可行。就這樣，我發現這就是我在乎的一切。

我不強求太多。這不是波赫士或卡夫卡的人生，這不是喬伊斯在百年餐廳波麗多吃內臟碎肉的生活，也不是泰伯的生活冒出押韻格言時說出的泰伯語或做的任何事情。生活就是生活，一場大災難。如同在一個克難空間裡寫作一樣克難，我重釘壞掉的嬰兒床、在二手店鋪搜尋雙胞胎的嬰兒車和搖籃車、接嬰兒座椅的廣告電話、努力做飯打掃減輕蘇姿的負擔。

我隨時隨地都在睡，晚上在雙胞胎輪番上陣嚎啕大哭、占據我們床位之前，跟蘇姿一起睡幾個小時；被趕下床後就睡在一旁的充氣床墊上；白天我太累、一個字都寫不出來時就趴在書桌上或躺在書桌下。蘇姿努力在我工作時照顧孩子，但實務上來說是不可能的，我會幫忙，但越來越慌亂，我害怕憎恨失去可以寫作的每一分鐘。大家很訝異問我們怎麼能做到，答案是我們做得很糟，但沒有辦法，做就是了。

我對最大的滿足應該是什麼並不滿足，蘇姿聊男孩們讓我惱火，甚至因為惱火而覺得更加羞愧。她的臉色憔悴、沒有睡覺，而且因為替兩個男孩哺乳而體重直落。她累得無法言喻，但我心中充滿了其他畫面，幾乎占據我整個心思，爬行的螞蟻、盤旋的鳥、潮溼土壤和樹皮的味道。我多希望這些畫面消失，這些畫面就多堅定不移。蘇姿和我相處得越開心，她就越會努力迎合我，或問我書得進度到哪了，家裡和寶寶的擔子她扛得越多、越想讓我好好寫作，我就越不高興和懷恨在心，因為我無法告訴她我的想法。

我們吵架——這種情況下怎麼可能不吵？然後我們只能繼續刷洗、清理、餵養，而我繼續整天寫作、寫到晚上，可以的話就到隔天早上，努力為我們急需用的錢加快速度和不顧一切超前進度，直到我再也不知道我的努力到底是為什麼。

雷伊昨晚用道格拉斯港的酒吧電話打給我，說他要出海去捕蝦，我可能有一段時間聯繫不到他。電話畫質很差，聽起來像在千里之外。他告訴我警方找他談了兩次，他沒提到克拉克手槍，也沒說海德要人殺他的事。警方似乎對他的說法很滿意，所以希望真的是這樣。

在這期間我等待的電話從沒打來過，我對警方的鬆散有點訝異。我嚴重焦慮，有時候幾乎是超人的意志才能克服我的提心吊膽來打字。但從來沒人打給我、沒人問過我、沒人提過海德死的那天我在他家的事，因為——我一直安慰自己——沒人知道我在那裡。

我總安心不到一小時便開始擔心警察會打來。為了先發制人、奪得先機，我好幾次拿起話筒想打給警方告訴他們……**某件事**。說我在那裡但是……**怎麼樣**？說我不在那裡但是……**為什麼**？於是我便會放下話筒。我大概重複了十幾次，拿起又放下。想著我要告訴他們真相，但哪有什麼真相？其他事總會浮現，我總會想起其他事，我鬆了口氣，逃避有一種近乎愉悅的感受。

接著警方說他們確信沒有其他可疑情況。接下來幾天，海德的吸引力開始消散，其他故事如雨後春筍。彷彿是一道從名人到無名小卒的數學題，海德的故事從第一頁到第二頁，然後第四頁，每天的故事都會比前一天少一半篇幅。有一天我偶然看見有一小欄文字埋藏在報紙末頁的中央，推測海德在即將上市的回憶錄裡會提到什麼。那欄文字上方是洗衣機廣告，旁邊是更大篇幅的報導，內容關於墨爾本職業殺手。那張照片吸引了我的注意，貝堤披薩義大利麵外帶專賣店，葛藍・杭特利。專賣店所有人艾波特・利奇第因被控與四樁謀殺案有關被捕。披薩店是他的幌子，留言會記錄在電話答錄機上。我只看到第二段。

6

事情開始變得膠著，我本來覺得寫作的目的就是用文字傳達出真正的意義，但有趣的地方似乎是釋放文字來展現惡行和奇蹟，看著它們做些卑劣的事，驚訝於它們出人意料的優雅和坦白。海德跟我說文字是鏡子，但我發現它們是月亮，讓一切事物在它們皎潔的銀色光芒裡變成遊蕩在神祕邊緣的事件。什麼也抓不住，我跟著它們越溜越遠。

我本來以為自己只知道寫作，但後來我發現越多我不知道的事，就似乎越靠近某種事實。我痛恨海德，但我現在被迫用他的語氣來寫整本書，希望可以帶領讀者瞭解我所瞭解的：這個人——他是海德，卻也不是海德；他是我，卻也不是我——很邪惡。而且我得想辦法讓他們讀到最後一頁。

每天每天他在我眼前、在每一頁死去，我倔強地讓他復活作為報復、勝利，又驚嘆不已。不，兒子並沒有原諒父親，父親也沒有詛咒兒子；誰是誰重要嗎？因為我們現在成了三位一體——主角、書、作者——不可定義且不可分割。

海德沒有停下來，即便他現在死了，他的創作還沒結束，也許越是因為他死了，我不需要跟他確認他空洞淺薄、無法無天和荒謬可笑的故事，不需要想辦法讓他的舊謊言和我的新謊言一致。他現在死了，卻可以透過我活出更多故事，我的故事綜合奇怪的韻律和他所說的浮誇庸俗，奇蹟般的創作曾經是他和他捏造的故事，現在成了我捏造的故事和我的新模樣。

我是前往大馬士革的聖彼得。

困惑沒了，憤怒也沒了，切割我和他的一切消失無蹤，讓我和我自己真正的樣子分開。我能看能聽能思考，但和我曾經的所見所聞所思已經不同了。我已經越過人生的迷霧低谷，現在霧氣已散，我終於明白這世界最深處的真實生活，這種生活和我之前覺得真實的世界大相逕庭。我寫的書是我的故事，不再是我自己，但我終於是我。

就這樣，十一天十二夜過去。

於是結束了。

我拿下亮橘色耳塞，外面的雨正用力打在屋頂上，我應該覺得心滿意足的，但卻什麼感覺也沒有，這樣感覺滿好的。

我寄出磁片，兩天後我衣櫃書房的二手傳真機開始顫動，吐出一長卷衛生紙般的紙，上面是一層帶著碳粉燒焦的難聞氣味的光澤，第一頁上面有琵雅的審稿意見。如我們安排的行程，一個禮拜內完成修訂，四天後我飛到墨爾本討論最後細節——校潤過的定稿會準備好讓我簽名，我們要確認封面和內頁插圖。

第十八章

1

我和琵雅走過長廊，經過那間我曾經覺得被永遠困住的主管辦公室——這麼短的時間就已經覺得過了好久。但那是一個死亡之前的事了，已經是另一個世界和另一種人生。辦公室的門開著，我瞥見裡面有一張壯碩——應該是肥胖的男子切開火腿的照片，照片立在那張桌上，海德就是在那張桌子後方營造出最後王國的假象。

琵雅說，那是丹普斯特，替他的新食譜拍的照片。

我以為他是寫小說的？

他寫支票讓我們兌現。他寫什麼我們就拿來拍板定案，像做假部落格一樣做成書。

書！海德最後連書都沒等到。不用應付海德讓我一面覺得鬆了口氣，一面又覺得勝利，因為我像丹普斯特一樣在短時間內寫了一本書，我覺得很驕傲。再看那間辦公室一眼，那張書桌、培根的吶喊的椅子、窗外無限延伸和複製的絕望，我之前被幽禁和惶恐的感覺似乎已經是遙遠的記憶。我感覺到與哀傷相反的情緒，喜悅的重生。我在寫一本作者已死的傳記，知道自己只需要注意書的邏輯，而不是原創作者的瘋狂。

琵雅用下巴夾著幻燈片，用她拿來的投影機推開門進到一間沒有窗戶的會議室。

我們進去時，她指著我的鞋子說，新鞋子很好看。

我跟她說謝謝，她在會議長桌尾端架好投影機，我找到從天花板放下投影幕的開關。琵雅把幻燈捲片放進投影機裡時，跟我說海德在辦公室的最後一天把幻燈片和一起照片留給她。她把裝在兩個白色大信封裡的照片倒在桌上。

琵雅說，真討厭的東西。

的確很討厭，海德和家人的普通照片，很有七〇年代的氣息——霍頓休旅車和車用帳篷、緊身短褲、漁夫帽和脫皮的皮膚、樹叢中老舊的四輪驅動車。

我們拿起那些希望的再現，接著繼續看第二個信封裡的東西。這些是他在澳安會工作時的照片——靜物照、跳傘的專業黑白照、行軍訓練；穿著制服的海德看著、下命令、微笑著。照片上寫著澳安會委員會，以及海德和權貴人士——警長、當地和國際警察、大使和執行長們。我們把最不相關的照片挑出來，但對一本需要照片的書來說真的沒什麼有趣的。我從一張側桌下面爬過去，找到開關把投影機的插頭插上。琵雅關掉會議室的燈。

琵雅花了一些時間才在黑暗中讓機器順利運作。好了之後，彩色投影片和我們剛剛看的照片一樣索然無味——同樣沒什麼用的的業餘家庭照，還有專業攝影師拍澳安會傘兵跳下飛機、爬上石油鑽機和火災滅火時的照片，色彩較鮮明但並沒有比較有趣。

琵雅說，你的書確實讓他比我印象中有趣。

我暗忖，或許妳的印象是真的。琵雅用遙控器轉換幻燈片時，投影機一直發出呼呼聲和咚咚聲，一張又一張平淡無奇的影像。除了從銀行搜刮了七億元之外，我相信海德就像他的照片一樣無趣。

我說，至少他有把這些收集起來，照片也是故事的一種。

確實是。即便平庸無奇，仍然有種連貫性，海德跟我對話時很少有這種連貫性。照片從愛家好男人到澳安會員工、有行動力的男人、中心的男人、執行長。

琵雅說，我知道他和邪惡沒關係了，但也許這只是掩蓋他不過是個骯髒小人騙子的幌子。她點一下，螢幕出現亮白色，沒有幻燈片了。灰塵微粒在圓錐狀的燈光下起舞。

琵雅說，表演結束，沒有幻燈片了。

我站起來，走過去把幻燈捲片拿起來，挑出我們選來放在書裡的幾張幻燈片。

我指著幻燈捲片說，這裡好像還有一張。一格空的夾縫中有一張幻燈片。

琵雅又按了一下遙控器，我想像有東西喀啦一聲隨著幻燈捲片向前捲。我總算理解海德了，這麼久以來讓我苦惱煩心的那個海德。那個我每晚必須沖澡洗去的海德，那個現在比我曾以為的都還簡單純粹的海德。他並不邪惡。他真實的樣子如此平凡，邪惡太過宏大了。他只是個乏味又可悲的人。

我從投影機看向投影幕上出現的模糊黑色樹林，琵雅輕晃對焦，樹放大又立刻縮小，最後是一張柔和的雨林照片，中央有一棵熱帶大樹，上面有東西懸盪著。我轉頭對琵雅說：

我說，妳說的對，海德是骯髒的小人騙子。

基夫——琵雅欲言又止。

她正直直盯著投影幕看，突然緊繃地拉近焦距，也許是希望抹去她看見的東西，把它變成別的東西。

我轉頭看投影幕。

沒有比較好，沒辦法再拉近了。我不可置信地走到桌尾。

琵雅低聲說，喔我的天。

投影幕上有一個裸體的人掛在樹上。

我是森林。

我走進投影幕定睛看。

也是暗樹之夜。

畫面血腥得很詭異。過了一會我才意識到為什麼。

我說，他沒有皮膚。

我們盯著那張被剝皮的屍體，覺得反感、著迷、噁心、沉默。毫無疑問，那屍體的皮膚與身體剝離，我本來以為幻燈片最左邊是一大片熱帶灌木叢，但近看才發現是模糊的豐田五五越野車的紅白引擎罩。

我們可以把事情串在一起，但我們沒有。

即便是現在我都在想，為什麼？我覺得我們有個不是我們工作的工作要做。而對我們這些自以為有創造力的人來說，難以想像的是事實。會不會那只是從墳墓爬出來的最後一個騙子，對我們開的最後一個玩笑？也許那根本沒什麼，只是又一副空虛的軀殼。我們試著把某些事情濃縮成一本書那麼小，卻沒有敞開自己接受生命之大。總之那是我試圖去思考的。我希望生命結束，而不是敞開，我們的偏見整齊劃一，不需要真相大白。

我說，海德死了。

2

琵雅默許般按了一下遙控器，投影機暫時關閉，幻燈捲片尷尬地往前捲，投影幕變白。我們身邊只有微弱的投影光線，一種當時仍新奇、還未無所不在的赤裸樸素。

表面功能之下，側桌下消失的電源線、灰白色的語調說著無邊無際的空虛未來。在那反覆無常的燈光下，在它純粹的機能下，粉末塗料的無光澤黑金屬、三聚氰胺、防水塑膠皮和防火工業毯融合成完整的抽象藝術作品，它是一個現代感漸漸弱化而未來感漸漸強的空間。

從我痛苦的鑽研到人造柚木書櫃的辦公室，到漂浮的空間、到曾經虛幻不存在的多變世界，我走了好大一段距離。那天早上和未來都像是好久以前的事。我們坐在沒有窗戶的空洞中，凝望著垂掛的投影幕，它的存在彷彿是為了讓我們看見這個影像。我們像永遠走在那虛空裡，空無一物的永恆。

孤獨，如此孤寂。

我們感覺到這些事物，但卻無視它們。我們壓低聲音、打官腔，說我們怎麼精挑細選才篩選出書裡的照片。我們兩個沒再提起過幻燈片裡被剝皮的屍體。也許因為海德才走沒多久，急著消化這些太沉重了，或者就算我們做得到，要知道其中可能的意義也太難了。這本書結束了，結束就是結束，對吧？

如果我們面前的照片和我寫的或我們想的不同，嗯，那就是不適用，又是一張沒有用的圖，如果不是意外看到的事故，那麼想像空間太大了，會帶來太多痛苦，我們的書用心匯整了他的故事和現在顯然是我的故事——我看得出來——只是另一個推託藉口、另一個謊言。

海德像再次跟我們一起在那會議室裡，嘲笑我們或鄙視我們。我的幽默感因涇冷緊繃而使不上力。那是他的照片或是別人的？如果不是他的，他從哪裡弄來這種照片？畢竟當時是沒有網路的一九九二年，要取得一張懸吊的剝皮屍體幻燈片非常不容易。一臺把全世界汙水道一樣可怕的事灌進你家的機器在當時還不算先進。為什麼在他人生最後會想把那張照片夾在所有照片裡放進幻燈捲片？證明他終究是殺人犯嗎？證明他始終是伊阿古嗎？

我的夢境有段時間都是那個懸吊的屍體，好幾次是琵雅、海德、我自己，或者有時候，是我和海德幻化成的彼此。也許像所有夢境一樣，同時存在和不存在，我覺得是曇花一現，而那卻是我們所有人將變成的樣子。

接下來幾十年，琵雅繼續努力讓顯然急速走下坡的出版公司存活下來，每個階段都在這持續縮小的森林裡找到更高的樹爬上去。她最後在紐約的企鵝藍燈書屋工作，在歐洲大城市和我們曾經覺得重要的出版社之中最後一個僅存的大出版社。

她甚至超越了吉因的偉大志向，出版知名作家的書和僱用寫手、累積獎項、出版部門、毀謗官司、不勞而獲、暢銷書、財務報表和公司會議紀錄，最後不是死於她害怕的失智症，而是在五十六歲時死於胃癌，可悲的是人生不過是一張累積散落文件的辦公桌，之後成了一臺監測器，夾帶著她螢幕上的信件、訊息和警示擴散到她的靈魂和內臟，它們在那裡釋放、殺死她。書稿曾經是她的最愛，最終是她的苦難，完全沒有慰藉作用。

至於我呢？

我還活著。

我會回到荷伯特，為我的小說等待一個不曾到來的時機。

3

走出會議室時，我們遇見丹普斯特。琵雅把我介紹給這個大人物。那是我第一次以作家的身分認識另一個作家。我受寵若驚，我為我的榮幸感到心驚膽戰。

你一定要嚐嚐我的加曼火腿，丹普斯特帶我們回到我上次站在那裡看海德左輪手槍的辦公室。他繼續說，我在大奧德威爾國家公園有一間農場。有威塞克斯白肩豬。我用西班牙人的方法餵牠們，只餵橡實，結果有了這個澳洲第一的加曼火腿。

丹普斯特精力旺盛，在精緻農業上一如其他事業領先時代。他外擴的臉頰上鬍子刮得很整齊，像灑上研磨胡椒粉的豬皮等著進烤箱。丹普斯特告訴我們，雖然食譜打著他這個大人物的名號，但書裡都是他得了厭食症的安達魯西亞廚師的食譜，還鏗鏘有力、誠心誠意地補充，那位廚師因為付出無名的辛勞而得到豐厚的薪資。

他透漏，這是我從來沒讀過的書裡最好的一本。

他想聊聊他的養豬農場，並再次邀我品嘗他的加曼火腿。他用一把扁平長刀——薄到像紙一樣會彎曲——他切了一片薄到不可思議的加曼火腿給我。他放在那扁平刀片上遞給我，我盯著那片像皮膚一樣細緻粉紅的鮮肉。

他說，你吃過就回不去了。牠們住在一片美麗的黑森林裡過著美好的生活，而且死得很快。死得快彷彿是個聖禮。

會痛嗎？我問，因為這似乎突然變得很重要。我內心的雙眼看見剛剛吊在樹上的屍體和懸吊在屠宰場的豬屍體合而為一。

丹普斯特露出親切的微笑，像在說人生太美好不用想這些事。

我很難過。我又問了一次，這隻豬會痛嗎？因為這一刻我已經跟豬站在同一邊對抗丹普斯特。

他沒理會我的問題，繼續跟我介紹怎麼品嘗這塊肉，咀嚼吸吮的時候要放在嘴裡哪個位置。

大家吃加曼火腿不會想到是白肩豬，他們會說，那種豬根本不可能做出這種肉！但那是因為西班牙人從來沒試過，從來沒有！像我們的文學作品——歐洲人、美國人，他們說我們應該要忍受他們的規則、他們的方式——但我從來不想讓他們來定義我。我們要有我們自己澳洲的文字，你不覺得嗎，基斯？

我沉默無言，只有一種無法溝通的可怕感覺。那一刻，我甚至和那隻豬站在一起反抗文學，畢竟文學做了很多很棒的事情，但從來沒為這隻豬或所有死去的豬做過任何事情。我和所有死去的豬站在同一邊對抗澳洲文學，對抗所有文學，對抗出版社的數字，對抗那些被同樣糟或更糟的事物，我軟弱的野心讓我在那一刻因為與更大、支離破碎和錯誤的利益狼狽為奸而感到恥辱。

我必須知道，牠痛嗎？為什麼我們——豬、人們——一定要受苦受難？為什麼我們要這樣對待彼此？但我當然什麼也沒說。

丹普斯特仍把刀和粉紅肉片捧在我面前，臉上發光熱切地說，為了即將到來的新世紀，我要送你一個字，*Charcuterie*（豬肉）。

4

回到家第一個晚上我和蘇姿躺在床上，回憶錄寫完了，收到五千元，另一半稿費再三個月就可以收到，生活立刻穩定了，還寫了一本小說，聞著蘇姿溫暖的味道，我不解這突如其來、占據我心思的感覺是什麼？她睡覺時輕柔的呼吸，她背部的味道……那時什麼？好像什麼都有了，但卻覺得少了什麼，但我不知道我要什麼。什麼都要，但那卻是我們無法想像的人生，而無論那是什麼，我都想要。我已經遊蕩在我們的結合之外，往下凝望著我們。

即便現在我有了塔斯馬尼亞之外的生活，遠遠離開那吞噬我們的悲慘島嶼，我仍覺得我們兩個被我們永遠無法理解的牽絆阻絕——既是愛也是恨，是懲罰也是被愛的家、受監禁的自由、醜陋而折磨的美好。島上有一種力量，或也許是我們內心的脆弱，我們以為自己永遠逃脫不了，或不應該逃脫、以為離開就是背叛。也許當時是背叛，也許現在也是。

也許是出於嫉妒或羨慕、貪婪或渴望、野心或不滿足，也許是我對除了書以外一切的無知，或許對於真實的事，或是說，對於重要的事並不在意——像蘇姿一樣的人每天心中承載的那些事，頂多約略提到或描述，但從未確切說出來。

那天傍晚她告訴我她愛我時，我很難回應；她臉上有痛苦的表情，而那一刻愛對我來說沒有太大意義，我也不確定愛是否真的存在。我是她的世界，也已經逐漸成為另一個世界，海德的世界，也許即便那時，她都感覺到我為那另一個世界離開她了，而另一個世界是迫使事物分離的楔子、斧頭、巨型炸彈，碎裂事物，碎裂像我們這樣的人們。

一開始她還是覺得是書的關係，一開始我也這麼覺得——是那個書裡的世界。我說，可惡！我說，我不在乎，雖然那的確是種選擇。我們好像熬過去了，好像結束了，但不是因為書，是因為海德的死。那才是另一個世界。

她說，我願意為你做任何事，至死不渝。我知道。

我也不懷疑，而且我知道再也不會有人對我這麼好，但這對我來說並不夠，現在沒什麼是夠的。我本來想說什麼，但沒說出來。我們都說太多了，說我們沒感受到的感受，不認同的事、尋找不存在的理由和徵兆。我們建造有前因後果的世界，覺得這樣就能夠解釋得清，我們就會理解這個運氣和混亂至上的可怕世界。我們試圖說服別人和說服自己，我們想，不該是這樣。我們想了又想，但思考沒辦法帶來智慧。我們知道也明白，但知道沒辦法帶來平靜。當我們找不到智慧也找不到平靜，就會有人要我們接受，並且平靜接受。但如果本就沒有知不知道、沒有接不接受、沒有平不平靜呢？我就這樣被困住。

幾天後她說了，我才意識到自己從不希望她那麼說。

她說，去吧，人生太短暫了。

雖然這些話讓我有了其他感覺，但並沒有帶來安慰。那一刻我們與彼此分離，但我們正重新開始。

5

書終於到的時候，我恨透它了。我沒有想到自己會這麼恨它。我把收到的十二本書放在餐桌上。我沿著桌子繞了一個小時或更久，不時走到外面再走回來，用一種我終於意識到是恐懼的情緒瞪視著它。感覺很可恥，我把封箱膠帶裁開、打開箱子，書在碎條狀的報紙裡。我拿出一本，光是看著拿著它就讓我有點反胃。也許是出於對逃避不了的熟悉感的極端憎惡——變質雞肉在嘴裡揮之不去的味道就像腸胃裡的造反——那熟悉感來自我跟海德在一起的大半時間，讓我每晚在蘇力家要沖很久的澡，想辦法洗去他來穩住我的胃。

我痛恨這本書的封面，一張只剩海德半邊臉的報紙照片，一張即便死了都還在那裡或不在那裡的臉；我痛恨這種模稜兩可的設計，半驚悚小說、半回憶錄；我痛恨封面的不確定感，像他自己一樣含糊朦朧。我喜歡的——唯一喜歡的——就是我強烈爭取的作者名，從封面到書脊只有幾乎難以辨認的字體寫著——**奇格非．海德**與基夫．克爾曼合著。

我發現自己的名字無論多小都仍然和書有關時——一本我之前只有一小段時間想拚盡全力寫出來的書——慰藉很快成了驚慌失措。我擔心自己會因為這種廉價的二流作品丟臉，全是最廉價和最二流的品質——軟趴趴的封面、虛假的光澤、偽裝成驚悚小說的設計；像廚房紙巾般廉價粗糙的紙質；外邊、行距和間距大量留白讓一個單薄到難以置信的故事看起來像讓人信服的大戲劇。它看起來完全就是那種會馬上變得毫無價值、壽命短暫、用完即丟的書。會被遺忘的書。唯一的推薦來自一個叫「不買偷來的書」的組織，我如果在其他情況下看到這個大概會覺得很沒禮貌。他們可以省下力氣，反正不會有人買這本書。

故事好不一定賣得好，或許根本和故事好不好沒關係。瀏覽那些花費我如此大力氣的內容，我只看見他的謊言和我捏造的故事，這個大雜燴從來沒辦法說服我相信。我的文筆——我真是沒用得很，還在擔心這種事情——沉悶枯燥又言不及義，這裡一段無聊的紀錄，那裡一段虛偽的矯揉造作，我的目標就是讓海德精彩到可以帶著讀者看到最後，這是一種詐欺。總而言之，這本書是個失敗之作。

我把書放回箱子裡。小波在看卡通，雙胞胎在哭，蘇姿剛餵過他們，現在又累又倦。我幫雙胞胎換了尿布，把他們放在嬰兒座椅上扣起來，讓他們和那一箱書坐在車裡，開到邁洛比古力垃圾場，把那箱書丟進垃圾堆裡。海鷗飛起來又墜落，像熄滅火堆裡受驚嚇的灰燼。

我回到家時，雙胞胎已經睡著了。我連嬰兒座椅一起把他們抱進去放在柴爐前，雖然爐火已經熄滅。蘇姿帶小波去公園，春天來了。我不知道我從來不可能成為作家，那個夢想也沒了，而新開始的是什麼，我無從得知。

不到一個小時雙胞胎就會醒來，我拿了些引火柴來生火，但火柴很潮溼根本點不著。我清理廚房，回到客廳坐下來，照顧柴爐前的雙胞胎。顧著顧著，為我們所有人即將承受的傷害感到惶恐。

6

有了海德回憶錄的錢，我們靠著精打細算的生活撐過去，讓我有六個月的時間可以寫作。我告訴自己現在我，不是海德，而是自己人生的作者。但我錯了，他好像還在墳墓裡寫著我的故事，我的命運是人們可以在書裡讀到、快速翻閱這一刻到結局，然後丟掉的預知故事。

隔壁的毒販們又開始飲酒作樂，我把耳塞戴回來，練習我在六個禮拜裡寫出海德回憶錄學到的紀律。文字和頁數開始堆疊，小說很快就開始成形，但我小說裡的這些文字什麼也沒有：什麼都沒說、沒有意義、毫無價值。我挫敗地把書寫完，我想做的事都完成了，卻連一點滿足感都沒有。

我印出六份稿子，用家裡的綠色繫繩一份一份捆起來。最後在每份稿子上打的不是蝴蝶結，而是遊河嚮導打的桶結——很少人知道、難以上手又複雜的結，專門捕淡水龍蝦的漁夫父親教我的。我把一份拿去投稿全國未出版小說的獎項，其餘的寄給出版社，我的第一個名單就是吉因。

三個月後，未出版小說獎的候選名單和得主出爐，沒有我的小說。我還是堅信，雖然越來越不確定。再過了幾個月，沒有任何出版社回覆我，我打了三通電話給吉因但都無人接聽，我收到泛亞助理編輯的短信，謝謝我跟他們分享稿子。信裡繼續說，雖然我的小說和他們的出版需求不相符，但她為我和小說獻上最大祝福。

我寫了封信給吉因，出乎意料地他回信了。除了和當時一般出版社客套話有點不一樣的狡黠（「我們很欣賞你的文筆，但我們無法看到這個作品對於身為作家的你和作為出版社的我們有利可圖之處。」），他加了一句更直接的話「這本小說無法歸類到澳洲文學裡任何受讚譽的風格。」這種說法只讓我更加沮喪。

幾個禮拜後我收到一個指定要我簽名的包裹。直到我打開看見我的稿子才知道這是什麼——我投到全國未出版小說比賽的稿子被退回來了，那個時代如果有附回郵地址和信封就可以這樣。我把那疊充滿遺憾的紙放在桌上，這時才注意到稿子用我原本的綠色繫繩綑綁著。

像顆未爆彈，我小心翼翼拿起稿子，翻到正面，狐疑地轉了好幾個角度才放下來，不敢相信我看到了什麼。

我把一根沿著細繩滑到打桶結的地方——跟我寄出去時綁在稿子上的是**同一個**桶結。我用食指和拇指拉拉那個結。

我愣了一會才懂這是什麼意思。

於是炸彈爆炸了，把我的世界變成旋轉的塵土。根本沒人把結打開過，沒有人看過我的小說，沒有人會讀我的小說。

作家是要有讀者的。

我不是作家。

現在那份稿子還在某個地方，雖然我不確定在哪。仍用我寄出時同樣的繩子和結，那條細繩和桶結比我的夢想更長久。也許我走的時候，我的孩子在整理遺物時會找到它，會讀個一兩頁才放棄。或者不會找到。我現在看得出來那個故事——溺水男子對人生的幻想——一點都不原創也不有趣。那是本年輕人的書。而死亡——海德的死，或未出版書裡的角色——好吧，死就是死，不是小說，只是空白頁上的一個句點，等待陌生人來填滿。

我出門走到當地酒吧，試著把自己灌醉、沉淪、越過、流連，無論我喝了多少啤酒都沒用。我知道我沒戲唱了。

7

雷伊打來，也或許他沒有打。我現在想想，雷伊在這或許最好的時節再次跟我聯繫上之前我都忘了他。沒人知道雷伊在哪裡，直到有一天他自己出現。那是傍晚的時候，他站在我家前門，拿著一瓶茶色波特酒和一袋巧克力餅乾。小波一蹬一蹬地。我和雷伊再次喝著酒，再次看著小波。我們就像老夫老妻，誰也不記得誰的名字；我們像點頭之交的陌生人，對彼此一無所知。

他逃到北方，六個月來都在灣區，和一對夫妻和他們名叫姍蒂的長嘴鳳頭鸚鵡待在捕蝦漁船上。他和姍蒂成了好朋友，牠的翅膀很短，風浪大的時候，牠就會努力從他們肩膀和欄杆飛起來，但不幸一屁股從鐵欄杆滑下去，後來屁眼就常裂開，他還幫牠塗凡士林。除了這件趣事，他對捕蝦之外的事沒再多說什麼。他不想講，不想告訴別人。他的夢境很可怕，海德在那裡，但那不是海德。那是覆蓋他全身的綠色軟泥，而且無論他多努力都洗不掉。他在瑪格麗特河遇到一個女孩，她很可愛、很善良。有天晚上他夢到自己飛過山路，降落在一個美麗的綠色小牧場。但最後她希望他也講話，她一直問問題，所以他說他得斬斷那段關係。雷伊問，為什麼人會想講這麼多話？

我說，她聽起來還好啊。

雷伊說，她還好，如果她不要說這麼多話的話。

我說，那不是最糟的。

雷伊說，有什麼好說的？有一次我終於開始感覺到該死的海鷗，但每次她都要我講話，我就回去找短翅膀、肛門爆裂的長嘴鳳頭鸚鵡。

但聽起來是個好女人。

他繼續說，她可能是好女人，只是她話太多，所以我離開了。

我在酒快見底的時候問，為什麼你不能跟一個女人在一起久一點？

她不閉嘴一直問問題，我總跟她說，妳的問題就是妳覺得有答案。

他告訴我他爸爸喝醉時會打他媽媽，他總會把他們綁在桌子旁，連雷伊一起打。他十六歲的時候，他爸爸醉醺醺回來，又開始打他媽媽，雷伊火大了。

我一屁股火，我差點殺了他，我想殺了他，他再也沒碰過她。

我問，現在呢？

我不想最後變成他，就是這樣。我太生氣的時候就走開，才不會變成他，才不會重蹈他的覆轍。

我說，你沒跟我講過。

也許那是不對的行為，也許人生就是這樣，不是嗎？

我說，我之前都不知道。

他一副我是全世界最白癡的人一樣看我，有什麼好知道的？

他的眼神狂躁，腦裡的電極再度熱得嘶嘶叫。

幹，有什麼好說的？

我聞得到那味道。

第十九章

1

後續故事的其中一種開頭是有隻狗跑進我們後院，抓住蘇姿的寵物鸚鵡並把牠弄死了。我多討厭那隻鸚鵡，蘇姿就有多愛牠。牠是一隻很有見識的紅頸綠鸚鵡，我每次靠近都會用力咬我讓我流血。跟蘇姿在一起時，牠就是隻溫順的寵物。她會把牠的長尾巴捧成圈狀，牠會輕啄吻她，會從桌上滾乒乓球給她，會用尖嘴幫她梳頭，在她看電視時坐在她肩上溫柔照料她。

我把溫順莫名的鳥屍體從那隻狗溼潤嘴裡拿出來時，蘇姿開始哭得無法抑制。那晚我在床上抱著她，但她傷心欲絕，因一種我看來不太合理的悲傷痛哭失聲。她先前把那隻鳥的翅膀剪短，這樣牠就可以在花園散步不會飛走。她一直想著那隻無法飛的鸚鵡跳跳跳地想要逃出那隻狗的手掌，卻進了那隻狗嘴裡，所以她責怪自己。我試著睡覺，卻感覺到她在我背後緩慢而激烈的顫抖。那隻鳥的死彷彿召喚出她整個世界的悲傷，我做什麼都安撫不了她。

我在黑暗中說，我們可以再找一隻鳥。

就只是——我不知道。

我說，我們可以馴服牠。

她說，我們。

她的身體因為哭得更厲害而顫動。

看在老天的份上，基夫！**我們！**

也許就是那時我體內開始失控、騷動，內臟疼痛、腸子沉重，說什麼也不放過我。有時候嚴重到我覺得呼吸不過來，我不知道這股力量是從哪來的。我得專心停下來才不會倒在地上。某種力量、某種重量會從四面八方推向我的胸口，把我壓垮，好像這世界太過沉重有力，一刻都撐不下去。我不再是那個看著死去動物眼睛的我，但我的視線從自己崩塌的身軀、被擊敗的肉體望出去，看向那活著的事物。我只要壓抑像石頭般在體內升起的思緒、夢想、希望，就會吐出來或被嗆到。我把酸泥吐進洗手臺或馬桶，搖搖晃晃回到離我最近的椅子或沙發上。

怎麼了？後來好幾晚蘇姿都問，她拉著我的手、扶著我的身體，希望我躺下來。我的天！基夫，你是不是有什麼沒告訴我？

我心想，怎麼了？我有什麼沒告訴她？有什麼不能講的？我的舌頭在嘴裡顫抖，試圖尋找文字來解釋倒塌的問號、粥狀物、螞蟻、粗糙樹皮、顫抖的嘴唇——

她會說，基夫，你一定要告訴我。

但光是要提到那隻盤旋的松鴉就超出我的負荷，因為我看得越清楚，就越困在牠盤旋的迴圈中。否則你會死，我看得出來，基夫！你會死！

我會努力為她撐住，為了她，為了我，為了我們，但我緊抓的手越來越虛弱，海德越來越強大。我看向她身後，就會看見海德看著我。我說不出口。

那天晚上我在空蕩蕩的床上醒過來，找半天才發現她裹著睡袋睡在後院草地上。她突然醒過來，看到我在那裡，露出微笑。

她指著上方說，看，今晚的星星超美的。

因為她相信星星。確實是這樣，蘇姿相信所有她說「可愛」的東西。那是她抵抗這世界的方式，這個世界在許多地方給予她這樣的人太少了——教育、前途、越來越少的希望。那是我無法給的安慰。苦中作樂不怎麼美好，會激怒那些更無知的人，那些直接說她沒內涵或沒分量的人。那些人裡大概也包括我。蘇姿的靈魂是透明的，也許那就是我無法忍受的。我非常渴望她所擁有的，但卻不可能。

基夫，你相信星星嗎？

我永遠無法。她內心有夏日陽光，而如今夏日已過。

2

另一個說法是我成了一個騙子，我忽略又拋棄蘇姿。那可能也是真的，但也許我們根本撐不下去。這個版本的開頭是我有一段時間很易怒，我被現實壓垮，尤其是需要去賺錢。我回去做工，但因緣際會的一通電話讓我得以休息。打來的人是琵雅認識的電視臺編劇，他在找有相關背景的人來做一部在塔斯馬尼亞拍攝的電視影集。我們碰面聊了一杯，他很喜歡我的想法，要我在週末前寫個影集腳本給他。我不知道腳本是什麼，只寫了個短篇故事，雖然沒有被採用，但留下一點印象。

因為這樣所以那樣，透過他到處介紹，有人邀我到駭客電視臺工作。我接了，薪水比做工好，我甚至很享受。我還沉浸在自己是小說家的想法裡，覺得一旦有錢了就要回去寫小說，但我越來越不確定。或許電視編劇就是沒有信念的小說家。他們號稱業界良心的作家通常只是金錢的交際花，而我，只是其中一個。除此之外，我有時會問自己，一本跟死人一樣的書算什麼？那對我來說算是某種成就，而我也沒有其他成就。在我不知道人生的時候，努力寫書也許是為了瞭解人生，但現在我知道了，或知道得夠多不用再去想的事。

電視臺主要編劇在我第一天到她的書房時說得很清楚，不管怎麼樣，任何想認真被當成作家的塔斯馬尼亞人都有先天侷限。

她輕蔑地說，塔斯馬尼亞作家，是矛盾修飾法還是純粹的平庸低能兒？

我明白如果我要神不知鬼不覺成為一個假貨和騙子，認真喬裝是很重要的。如我所料，電視就是最完美的保護色。

我事業蒸蒸日上，從寫深夜節目的笑話到代班寫肥皂劇劇本，那齣肥皂劇曾經是澳洲最大的驕傲。再次一樁接著一樁，我很快就成為雪梨長壽電視劇的主要編劇，從那裡開始前進，晉升到寫迷你影集的劇本。

有天早上我在新家醒來，新家是又貴又荒謬的天價邦迪公寓，突然意識到我人生最大的天賦顯然跟當時二流的澳洲電視臺一樣契合。我找到我的專長了。電視臺是暴政，金錢是暴君，而我在這個天鵝絨監獄裡過得很快樂。這是讓年輕男女想要什麼有什麼的工作——很多錢、性愛、算是名人、失去感覺的產業。

那個時候電視都是廣告，廣告追求藝術，電視臺追求廣告。我發現一九九〇年代的澳洲電視臺比我更不確定。我們聊——我們聊得多起勁！——想寫出偉大、有開創性的電視節目。雖然我們真正的技能就是逆來順受，讓我們的想法跟廣告商透過代理人、上級製作人、委任剪輯師要求的節目內容一致，他們所有人擁有劇本的初夜權。我們製作垃圾，而且以澳洲思維來看，我們的作品越庸俗就會得到越多讓我們光環加身的獎項和掌聲。我們顯而易見的自我慶賀無窮無盡。

即便作品累人又荒謬，我還是能學東西。這兩年來我進入製作產業，從那之後我就或多或少——嗯，多半是「或多」——會接觸到這個產業。你可能有看過好幾部我的節目，只是忘了。沒關係，我也忘了。不像我那本難忘的、不屬於澳洲文學任何受歡迎風格的小說，我努力確保節目很有澳洲受歡迎的風格，而且會馬上被遺忘。

並不像看起來那麼令人沮喪，這反而是我在書裡得到的那種超凡天才的自由。做電視是把錢變成光芒、把光芒變成錢的藝術。這比海德夢想的金錢循環更神奇。在電視臺裡，我可以運用很多海德教我的事情。但並不是說我做的事是一場騙局，我問的是：什麼不是騙局？你的工作、事業跨入不良之地的界線是什麼？在哪裡？因為我很想知道，我真的很想。海德知道，或者他知道的就那麼多。我覺得和他想得一樣很有虛榮感，但不太常這麼覺得，因為我錯了。

在我想成功的時候，我曾經覺得人生就是為了成功。後來我有了不同的想法。雷伊曾經說過，活著是為了犯錯，但希望可以不要犯錯。活著就是一直被更大的事情打擊，你可能會從中學到教訓，但多數時候你會被自己學到的教訓打敗。我後來想，也許整個人生的目的，是學習衡量某次失敗的分量。

3

孩子們跟蘇姿留在荷伯特。他們都理解——和我一樣——我在很多年前從他們的重量中解脫了，而那重量也許是「愛」的另外一個名字。留下的是寵愛、某種回憶——多半是創造出來的——我想是友誼，或是希望。反正是深刻黑暗的東西，那些從手腕濃烈又用力地打到心臟，讓你在夜裡聽見死亡遊行的嚇人鼓聲時驚醒的事物，鼓聲不會停止吶喊，不像破碎的肉體和被壓皺的金屬——這兩者令人無法承受。那不是我們的。瞭解這點讓我的孩子很辛苦，讓我很悲傷。我們無法成為父親與孩子。我是說可能有更糟的情況，一位肯亞北部的基督徒學生說；採伐區的蘇門答臘猩猩或任何地方的穆斯林難民營——但看見年輕男人和自己小孩玩的那種快樂——**那種開懷**——讓我有時失落感大到覺得自己要永遠墜入無垠虛空，永遠不會停止。

至於蘇姿——雖然聽說有過一兩次**放縱**——她永遠沒有對誰不負責過，和我相反，我的伴侶一個換過一個。如泰伯說的，只有病人才不動。我需要慰藉、陪伴、一個可以分享夜晚旅程和所有伴隨而來的恐懼的過客，這樣孩子氣的需求一開始很吸引人、最後變得駭人。

我想是為了撐下去，為了——

但我越來越不確定。

我很欣賞蘇姿的力量、她的勇氣、得體的言行和慷慨寬大，她井井有條的生活似乎比我的生活更強大和有智慧。我們分開後那些同情她又羨慕我的人很好笑。他們為她感到難過，覺得對我來說很好但對她來說不是，這很感人。事實上，我有名的新家、海邊的房子、浴室、廚房、一個個的伴侶、我的裝潢、建築和名人雜誌裡讀者很熟悉的那些東西——全都不停更換，只為了填補我內心的空虛。

但空虛一直都在，變得越來越大、越來越黑、越來越可怕。我像雷伊的烏龜，即便手腳被砍斷、失去所有希望，也沒辦法停止活下去。

4

黃金時代來了又去，世貿中心因殘酷的現實化為虛構故事，我因捏造故事的真人秀製作成名，《電視週刊》讚譽我為「自成一格的天才」。我製作全新悲劇影集，從公寓室友到房屋翻修到烹飪到減重，而這世界讓瑣碎虛構的故事成了大戰，而戰爭可怕的現實前所未有地詛咒人們。這幾年來，我從劇本到策畫，從策畫到製作，從製作到製作人，從製作人到製作公司的合夥人，到我自己的公司，最後我外銷到美國，成為零票房娛樂的澳洲總裁。

我繼續變老，但我生命中的女人——有些是認真的，有些不是，最近沒有認真的了——維持在平均三十五歲左右，和我人生一樣感覺沒錯卻又空虛。

泰伯又說了：我們的熱忱無窮無盡，我們至死愛著其中一個，卻發現人生容許如此多選擇。我們擔心太多選擇讓我們花心淺薄，我們沒抓住的也許是心裡無限大且最好的選擇。

或者那只是我的想法，我發現自己必須思考這些事情。做電視的好處就自省通常沒什麼幫助。

前任在我忘了她三十八歲生日時離開。

我們最後一次吵架她大聲說，你是誰？誰啊？

我不知道，那時是凌晨兩點，我在打字，試圖藉由寫這本回憶錄來尋找答案。

誰？她在我還沒來得及阻止前便伸手把筆電蓋上。

到底是誰？

她說，基夫，我這麼想相信你，但我無法相信你說的話。我愛你，我可愛的男人，為什麼不告訴我發生什麼事？

我說，我已經說了。

我看了你寫的內容。

那就是……發生的事**就是那樣**。

她說，是嗎？你的故事一直變來變去。

我說，沒有，沒變。

你寫到海德要你殺他，他死的時候你站在他旁邊，他看著你。你寫的是這樣，但你一直告訴我你跑上山丘偷看他要幹麻，他根本不知道你在那裡。

我說，事實就是我寫的那樣。

我看著她把從地板到遠處天花板木頭的落地窗簾拉開。

她說，我不相信你。

月光灑落她前方的海，照到車上和她旁邊一棵莊嚴優雅的尤加利樹下的戶外家具。每樣東西一面是明亮的銀色，完全對稱的另一面是威力十足的黑影，黑影比銀色物品更大更真實。

她說，我以為我瞭解你，但我完全不瞭解你。

我面前的螢幕上有五個字：奇格非·海德

我緩緩刪除，一個字一個字。

奇格非·海

奇格非

她說，我想生個孩子。

奇格

我們的孩子，基夫，我一開始就想要的。

奇

基夫！

——

我向後坐，失神地看著閃爍的游標，手回到鍵盤上。

你是誰？我聽見她的聲音越來越惶恐。

海德，我再次輸入。

誰？她很堅持。是誰？

——穿過這二十六字母不像樣的迷宮，我只求一件事。

是你殺了海德嗎？我不會怪你。

記得我，基夫，吃掉你靈魂的敵人。

但我希望可以相信你。

但我什麼也聽不見。我是作家。我看著螢幕上的文字，文字在我眼前活了過來。

她說，基夫，我們的寶寶。

我繼續扼殺回憶，努力學著再次活過來。我寫下：

出生是我們的第一場戰役……

第二十章

1

我度過那些美好年華、黃金數十載，努力生活、享受、賺錢、失去幾乎一切。很過癮但我無法解釋。我很聰明的是不批評自己，因為我看來什麼都沒有。這些日子以來，有時我會在另一個女人飄離時痛不欲生，但越來越少這樣了。我越來越常找雙胞胎其中一個或兩個。他們很善良。原諒我，但他們的善良——那種善良——讓我震驚、讓我感動。我告訴自己那全來自於他們的母親，那種善良、那種無私，這樣的想法讓我感到慰藉。

但他們離開後，我有時會深深陷入潰堤的緊繃感之中。我沒有力氣，只能坐著不要慌張，我不知道那是什麼，但我再次聽見血液跳動的聲音，彷彿拍打著想逃離我的身體、想要自由，彷彿我的身體或我成了邪惡的牢籠，我最擔心的是他們的善良也來自於我，擔心我也曾經有過某些好的特質，然後丟失了，或摒棄、或交換，或者讓它隨著某些本質離去。你是可以這樣子的，你知道。丟失自己最本質的樣子，於是再也找不回來，永遠找不回。就是有個洞，像癌症存活者一樣少了四肢或肝臟或胸部。但那個洞沒有名稱，或者它有，但你連講都不敢講。好的東西，後來沒了。像星星一樣，像在狗嘴裡的鳥，像童話故事裡被野狼吃掉的孩子。

2

我遇到海德時他內心的人性在很久之前就已沒了，就像現在的我；我在鏡子前擠出笑容，回應我的是他的笑容。有時候，即便只有一下子，我甚至會擔心自己的臉頰在抽動。命運像電視節目一樣，重複的善意、所有故事都差不多、類似的模式、整齊鋪排的音樂，我現在才意識到自己的人生不過是在重複海德的人生。以我卑微的方式把謊言當成事實販賣，我知道自己已經成了另一個騙子。

製作會議和精緻午餐之間，我有時會關上耳朵看看周圍的小販、志工、幹勁十足的銀行員和活力充沛的製作人們努力推銷一個更神經病的想法，我總會想起海德。

他怪誕的人格是近乎畸形的怪物，但我相信他滔滔不絕的背後是對於自己永遠不說的事情更大的沉默。我感到一股來自沮喪和孤獨的恐懼油然而生，如此嚇人、如此絕對、如此普通，累積成他無法逃脫的邪惡，但卻要以令人屏息的透徹和謙卑去接受。需要的時候他口若懸河地以冷漠又疲憊的口吻講善良、倫裡、道德。這種時候他荒謬的話語中帶著無窮盡的疲倦和屈服，像狂歡放縱之前的優雅。後來我遇到很像他的男男女女，但他們少了點東西——信念？孤獨？慾望？瘋狂？

有時候我覺得海德可能是我認識的人裡唯一真實的人。

幾十年前我試圖讓自己脫離海德，但當我年紀越來越大，我發現自己的錄影帶越來越少，我過去的電視節目現在都是數位備分，卻在他身上看到越來越多自己——想著他說的話、他教我的，尤其他的罪行後來變成了我的。也許這兩種，他犯的罪和我的節目是同一種東西。我很久以前就從他回憶錄走出來了，而且做了這麼多新東西——娛樂圈很高興我把歡樂的想法散播到全世界——暴飲暴食、人生競賽、真實生活中的癌症、競爭等等——但這些東西全是他創造出來的，我現在才知道沒有人可以像他一樣占據我。

像我最新爭議十足而爆紅、在中國拍攝的電影《渴望．死亡》，那個地方沒有普遍的規範，也沒有任何一定會大賣流行的條規，那是我最賣座的電影，自始至終都是。電影概念很簡單，那些想死和想幫助至親離開的人加入黑桃A俱樂部。每一集都從賭博間開始，衰老的設備飄著芳香，朦朧的戰前上海外灘夜總會燈光下，六個玩家在那裡玩解放遊戲。拿到兩張黑色A的人——梅花和黑桃——分別為接受安樂死和執行安樂死的人。還有更多內容，但這是核心主旨，我必須說觀眾對這故事感興趣和吸引來的廣告連我都感到又驚又喜。撇開這些不說，這是我最接近自傳的一次。

3

兩年前我和琵雅傳緋聞。我第一次到美國出差，後來清楚的是，那是我在那天早晨會議室之後最後一次見到她。

琵雅說，神奇的是我這個造型師，陽光可愛的男同志，他叫櫻桃。我一個禮拜去找櫻桃一次，不是因為真的需要，只是因為——嗯，有點難為情。

我說，繼續說。

琵雅帶我去一家在日商哈德森附近、在紐約算人不多的冷食餐廳。過了村莊或村莊隔壁或在村莊後面的某個地方——我不知道。也許是布魯克林區。我沒認真看過紐約市地圖，也沒能瞭解隨時隨地在變動又束縛禁錮的社會階級。琵雅趴在桌上。

她說，為了被觸碰。

她笑了，往後倒進椅子裡，移開視線又轉回來偷偷看我。

真的很荒謬，對吧？

我說，會嗎？

琵雅本來已經不再青春、中年發福的身材現在苗條得跟紐約專業模特兒一樣，竹竿似的，頭髮染成黑色，一口潔白無瑕的牙齒。她有點像萬花筒的明亮服裝現在換成質感和品味更好但卻乏個性的深色衣服。但她說話的方式和我記得的一樣。

他把洗髮精倒在頭髮上時，抓頭抓得好溫柔，把你承受的重量都帶走。煩惱都沒了，而且他知道。我不知道怎麼做到的，但他就是知道。

我說，我以為是其他不常見的事情，真特別。

我想是友好的觸碰。每個禮拜總有幾分鐘讓我不用擔著那個重量。

櫻桃很受歡迎嗎？

嗯，我不是唯一一個客人。這個城市有很多寂寞的女人，有時候生活裡發生一些事情，你在夜裡醒來，知道那就是寂寞的感覺，知道自己孤零零的，而且會一直這麼孤單下去。

我說，這杯酒不好喝啊。

琵雅說，我想我喝太多了。

真的不好。

琵雅問，你有過那種感覺嗎？

我有，常常這樣。

沒有，我說完微笑著示意服務生再兩杯。琵雅把手放在玻璃杯上。

琵雅說，好寂寞，你會花錢找人來碰你嗎？

這次換我轉移視線，看著吧檯、褪色的片片磁磚、臉龐、來往盤旋的人們。

基夫，你會嗎？

我有一瞬間被陌生人的話語淹沒，但琵雅的聲音穿透進來。

琵雅說，有時候我想死，靜靜地死，我想要是死了有多開心。像死人一樣死得徹底，帶著報復心態。

一個女人羞怯地走過來打招呼，後來才知道是琵雅的作家，讓我省了尷尬。她的名字是艾蜜莉·柯萍，之後她跑去跟吧檯那邊認識的人說話，琵雅悄聲說她跟布魯克林上層階級有關係。

琵雅說，我們用「時代女聲」來宣傳她，呵呵。

我說琵雅在這裡一定很幸運，一定遇到很多厲害的人，雖然我並不真心這麼覺得。她說完全不是這樣，雖然她遇到一些人也認識一些人，但她必須老實說，厲害的人少之又少，真心的朋友沒半個。她說，他們這裡有個說法叫「交易關係」。

琵雅咯咯發笑，笑到要窒息了。

大家是你「交易的朋友」，她說，這次我們都笑了。

我問，那是什麼意思？

她告訴我那表示他們利用你，你也利用他們。她說，那其實不算個詞彙，而是一個可怕的概念，可怕到沒人看得出來有多可怕。大家甚至沒有勇氣用誠實的詞彙。

我說，搶劫？

她說，彼此強暴。

就像那樣。

她停頓，看看四周像在顧慮什麼。過了一會她回過頭來，用讓人無法寬慰的眼神盯著我。

4

琵雅想聊那時候的事情，但究竟發生什麼事我更不知道了。幸好艾蜜莉．柯萍帶了一個朋友，一個年輕鬍子男過來，他似乎是個柯萍說什麼都贊同的角色，而對柯萍來說，所有事情都是柯萍想的那樣。

我問她寫了什麼。

自傳。大家現在都在寫自傳，克瑙斯高、勒納、庫斯克、卡黑爾，所有最好的作家把文學推到新高度。

琵雅禮貌地插話說，柯萍的第三本回憶錄上了《紐約時報》這週的暢銷排行榜。

我說，恭喜，很了不起！

柯萍問，為什麼我會走到寫小說的死胡同裡呢？

她好像在TED演講一樣。直率的表情、肯定的手勢、只是為了爭取時間表達虛偽想法的問題。

她像進入自說自話模式一樣繼續說，因為小說已死。我的意思是，我們都知道。

柯萍約莫近三十歲，有一張紐約奮鬥階層的臉——歷經風霜的超齡的外表卻有著少女打扮。她的左上臂有半隻手臂上有著雅致的刺青、帶刺的藤蔓從紅玫瑰身上長出來，像那玫瑰與藤蔓的對比一樣是無聲的特權裝飾物。她一副全世界都覺得她很迷人的樣子，雖然近看就會發現她的魅力來自於悉心可愛的打扮和宮廷捲尾猴一樣盯著人看的大眼。我說這些，但也許她很美，但那一刻我就是不喜歡她。她顯然把自己不足的經驗當成全宇宙，也許她根本不知道什麼是脆弱。很難說。

柯萍說小說是假的，是為了解釋才捏造的故事。情節、角色，傑克和吉兒走上山丘。光想到虛構的角色在虛構小說裡做虛構的事情就讓我噁心，我非常希望不會再讀到任何小說。

鬍子男說，小說削弱現實的力量。

柯萍把兩隻手指頭放在喉嚨，用力發出要窒息了的聲音。鬍子男笑得很開心。柯萍轉頭瞪他，一隻蒼蠅嗡嗡嗡地在她額頭上繞。

她試圖把蒼蠅趕走，**無所謂**，路克。

鬍子男安靜下來。她回到主題時我才注意到她的眼睛是老蝸牛殼的黯淡顏色。

每個人都想當第一人稱，自傳是我們唯一能做的。我是說，你做真人秀不就是在做這個嗎？

我說，我不知道我在做什麼，我只是每天早上進辦公室寫故事。

柯萍說，那這就是我們不一樣的地方了，我不「寫故事」，我痛恨故事，我們都痛恨故事。我們以前都聽過了，我們必須自己去看。

我說，聽起來很像文學自拍。

柯萍說，好的自拍有什麼不對？

鬍子男又笑起來，柯萍一副看博物館的自然歷史標本一樣瞪視著他。

她說，路克很會沉浸在自己的世界裡。對他來說偉大的性愛就是我看著他打手槍。他有很多粉絲，他跟他們講得鉅細靡遺。他講得越多，得到的讚數就越多，越多讚數他就講得越多。

琵雅朝我點點頭。

路克的人生對祖克伯來說就像野牛平原對上鐵路大亨。

鬍子男開心起來，他微笑著說，發文、分享、死翹翹。

柯萍邊說邊揮手趕蒼蠅，我從路克身上學到很多。

某個地方、某個不知名原因、某杯苦辣的莫希托之上，那不是真的莫希托，而是有點腐臭變質、叫做家常特產的混合物，因為莫希托過時了，對話轉移到一對年輕姊妹失蹤了，一個四歲，另一個六歲。

有人用了「邪惡」這個詞，我不記得是誰。

柯萍說，邪惡？欸，別跟我說你相信邪惡？

她搖搖頭微笑。柯萍對很多事情都有很強勢的意見，我已經無法確定自己對任何事的想法。

我說，這跟信不信沒關係。

柯萍說，我完全瞭解，的確沒關係，但邪惡是不存在的，對吧？邪惡是一種概念，僅此而已。但什麼是邪惡？你看不到，你摸不到。

鬍子男同意，柯萍像聖人般點點頭。

她繼續說，這是最可怕的，我感覺缺乏尊重是環境、是有理由的，對吧？就像生物學？神經可塑性，但神經可塑性並不邪惡。發生在自己身上當然可怕，但你知道，當連環殺人凶手？瘋了嗎！但事實就是這樣，內分泌失調，某些神經傳遞點錯火——腦汁機能失常。你能說一碗難喝的義大利蔬菜濃湯很邪惡嗎？

琵雅說，不能，那是結塊的番茄醬。

我就是這個意思。謝謝妳，琵雅。

我想告訴柯萍我看到一具被剝皮的屍體，告訴她你會變成什麼樣子、告訴她我唸故事書給小波聽的事，但這難以解釋，難以明白，難以在自傳裡說出來。我只能說我不同意。

基夫，邪惡是相對的概念，柯萍試圖用堅定的眼神說服我。她蝸牛殼色的眼珠愈發黯淡，比之前更遙遠、人行道顏色的漩渦。

妳覺得是這樣嗎？

有科學證明，邪惡只是古老猶太教基督徒辨別是非的說法。講到白色的神就會提到黑色魔鬼。

鬍子男露出微笑，柯萍也微笑。她畢竟是個美國作家，她的目標正向樂觀、有答案、明確、知識、角色的原型和精神都可以簡化成工整的解釋和最終審判，又是一個道德語法學家。

我能說什麼？說我本來很害怕，說我還是很害怕會有什麼事情發生，害怕某些事情因我而改變，再也回不去原本的樣子？說我的心早就碎了，而且連我一起碎了？

我微笑著伸出手說，我怎麼知道呢？我只是個澳洲真人秀製作人。

我猜柯萍文筆很好並不是因為這番顯靈很動人，而是我知道她對某些事情的感受力更好。把一段對話變成一場競賽，還把競賽變成一場勝仗，自然的規律就這麼被修復了。鬍子男伸出手，往空氣中一抓，張開時掉出一隻碎裂的蒼蠅。柯萍笑了，他們一起離開我們，前往酒吧遠處，一群人圍繞著一位很會說故事的知名演員。

5

我看了酒吧遠處一眼說，一九九二年好像很近，但那時候還沒出生的人現在已經在這世界上跑跳了。

琵雅說，我還記得，那時候時間突然瘋狂加速，快到要瘋了，突然間一切都變了。人們樂觀得毫無理智，他們說他們知道世界會朝某些東西奔去。他們不太知道奔向「什麼」，但重點是世界的確在朝著某些東西前進。如果硬要問他們，他們會咕噥說出像「民主」那種詞彙。

我說，自由。

琵雅微微笑說，對，那類詞彙。重要的是一切前進得這麼快，快到連時間都要停止了。歷史全劇終。歷史笑話裡比較好笑的一個。

琵雅說，當然。重要的是我們以為自己在得到這個世界，但事實上我們在失去一些重要的東西。你記得那個幻燈捲片嗎？有時候我想往回走，倒回去看看海德的人生。

洗出來的柯達彩色照片回到我手裡，我也能看見傘兵們閃爍的影像，他們屈服在前所未有的年輕家庭裡，頭髮長在海德頭上，他的家人在豐田休旅車派皮般的車蓋前準備拍照。

琵雅說，也許事實就是那樣。沒人知道這世界完全沒有在前進，而是後退。沒有人能把垮臺視作開始，或回歸，世間有些價值的崩毀也是接受新暴力和新的不正義的開始。

我說，妳需要每個禮拜去找櫻桃兩次。

琵雅用她主編的眼光審視我，她還沒說完，她需要我傾聽而不是說話。

基夫，讓人震驚的不是暴力、不是不公不義，而是把暴力和不公義視為自然現象。這不過是唯我論的文化觀、一種寂寞的流行病、一種仇恨的政策、一種歡迎我們創造殺人故事最後卻把所有人洗劫一空的邀請函。

我不喜歡用琵雅的方式看待過去或現在。

琵雅說，這是一種昏睡狀態，持續數十載的昏睡狀態。

我不懂為什麼我們不能交換故事、笑一笑、一起享受夜晚就好。我不喜歡她這麼認真的樣子，我試著把話題帶回櫻桃身上。

琵雅說，去你的櫻桃。基夫，我想講我一直很困擾的事。如果這世界可以把未來當成一個人來想像，你覺得它會夢見海德嗎？

但我不同意她說的，我無法認同。我必須相信他只是個人。怎麼會把一個微小罪犯跟世界的崩毀混為一談？那種巨大到即便現在輪廓仍不清不楚的崩毀？可怕的暴力正在朝我們所有人而來。也許我並不想相信任何一種崩毀。所以我說不會，她在說的是一種美國思想，而海德的故事不是美國故事，而是澳洲故事。

她笑出來。什麼是澳洲故事？或德國故事？或美國故事？

不，我不認同。我又說了一次，關於這話題我再也沒說話，因為或許她是對的，或者也許她不對，但我只想說說笑話、多點幾杯酒。

接著琵雅問我記不記得最後一張幻燈片。

6

那影像突然一股腦浮現，讓人很不舒服——刺眼的光線讓肌肉格外粉紅，皮下條狀血管是可怕的青色。

我記得我們看著那晃動的屍體看了好久，不是因為我們想看，而是因為我們震驚到無法不看。當然，屍體並沒有晃動——定格影像怎麼可能做到這種事呢？

琵雅記得在那間會議室裡的感覺——好像有東西在動，或者會議室在動，或甚至是會議室之外的某種東西。

我知道她指的是更巨大的變遷——也許是歷史、未來、或我們的靈魂、或以上皆是——還有對來去匆促的短暫知識不舒服的感覺。

琵雅說著，我們觀察得很仔細，我記得你跑到螢幕盯著看。

我點了艾普羅香橙苦酒，總覺得它可以幫我逃離這種對話，但琵雅有她想說的事情，也許想說很久了，想說的話都在另一個國度長繭了，而我們一直扛著不說，直到找到來自那遙遠時光、遙遠地方、那另一個國家的另一個人，便誤以為我們至少——終於——可以聊那些不能聊的話題。

但我們無法。

她還是繼續說，頭輕輕低著，我以前沒在她身上見過的堅定，陌生又獨特。

琵雅說，我本來希望我們看到的只是惡作劇。

服務生回來說他們沒有艾普羅香橙苦酒，但他們有傳統手工自製的內格羅尼。

琵雅說一開始她懷疑那是投影機的問題還是我們的問題，而且以為那是其他東西，其他溫和又沒有爭議的東西。

我對服務生說，兩杯內格羅尼。

我想那可能是一個某些事物已經結束，而別的東西——無法想像的東西——正在開始的世界，我們對那個世界無能為力反抗，只能看著，等待醒來吶喊，永遠不知道我們事實上正處在醒著的噩夢裡，而噩夢永遠不會結束，處在一個心不知道如何與另一顆心觸碰的世界。

琵雅抬頭用一種充滿溫柔的眼神看我，那種知道自己即將失去某人時的眼神，那種被錯以為是愛情的眼神。她往前靠，把手放在我的手上。

我看得出來她想說什麼，對她來說很重要的話，而我說什麼也無法勸阻她要告訴我的話。

基夫，我可以說一件事嗎？

當然可以。

我不在意，我真的不在意，如果我是你可能也會做同樣的事。

琵雅靠得更近，眼睛凝視著我，認真得令人尷尬。那一刻我才明白她的感覺，同樣分量的賞識與絕望。我注意到她眼角細紋裡有淚。她仰頭眨了兩三下眼睛。

基夫，我覺得你殺了他。但你沒辦法當作沒這回事，對嗎？

我看得出琵雅對這件事堅信不移，而且相信這件事對她來說很重要。

我說，對，沒辦法當作沒這回事。

第二十一章

1

那晚我遇到的都是陌生人。他們說認識我、像老朋友、好朋友一樣跟我熱情打招呼，但我完全認不出他們。他們讓人看了難受的身體是腫脹與崩塌的戰場，他們的臉鬆弛得很怪。一開始他們都像帶著面具——奇怪的是對什麼事情都經常露出停頓驚嘆的表情。一切多餘的都腐蝕了。某些事發生，他們不知道，而現在已經身處其中。就像最終判決一樣，減少美德與缺德，加工下垂的臉龐、無神水汪汪的眼睛、生了酒垢的皮膚。他們搭著我的手臂鬆軟無力，他們的臉凹陷且乾得不可思議，他們全都有一種情緒、一種態度，我只能用迎合得很疲倦來形容。我那晚在酒吧窗戶倒影看到自己也一樣的時候，我驚恐萬分，意識到時間也讓我成為這副樣子，意識到時間在我和他們身上做出判決，意識到時間注定讓我和酒吧裡的其他人一樣。太多年過去，我現在已經是另一個人了。

沒有回頭路。

我看向吧檯，不認得那幾乎蒼白病態曳步走向我、舉起手開朗笑著的身影。即便把這過去數十年考慮進去，也實在無法認出他是誰。他矮了一點，披著圍巾、戴著滑雪帽。他沒有頭髮，也沒有眼睫毛或眉毛，全都因目前做了六次化療沒了。即使臨終，雷伊還是活得跟毫無節制的人一樣。

2

這一晚我飛到荷伯特，老舊、艱困、該死的荷伯特。雷伊的道別派對——他用的名義——在一家明亮的啤酒屋，唯一的娛樂就是撞球桌。外面凍雨不時擱淺在窗戶上，讓來往車輛漸漸消融成彩虹。

雷伊看起來像隻快死的烏龜——突出大眼和癌症病患的面容，他壯碩的胸膛現在成了曼陀鈴外殼，但這些都不是最令人詫異的。讓人震驚的是他溫和的幽默。

他說，我跟以前比起來人好太多了，這對梅格來說是好事。

梅格是他的新女友，而他唯一掛心的就是她。跟她在一起他似乎找到自己了。

他說，梅格很注意我的體重，我體重一掉她就餵我吃那些噁心的蛋白奶昔補回來，所以我輕了幾公斤但還是胖在各種不該胖的地方。

他大笑，笑的時候我們第一次對上視線。如果他的心情好得不得了，他的意識就是清楚的。他的腫瘤科醫生曾讓他去找心理諮商師討論自己的煩惱。

雷伊跟諮商師說，我沒有煩惱，反正我半年內就要死了。

他稱癌症「塔斯」。

他說，這東西懶散得要命，本來應該要很積極進取的。腫瘤醫生從來沒看過這種狀況。我說，塔斯腫瘤一星期只發作一次，即便發作時也不太顯著。

他告訴我六次化療只能減緩惡化，他想盡可能活久一點，但他還是會死。化療讓他可以活到十二月。

雷伊說，我覺得我可以活更久，也許再多四個月，也許甚至更多，但我已經死了。

活人不過是死人的一種，而且是很稀有的那種。

他笑了。那晚他笑很多——笑醫院、笑醫生、笑他自己。他也講話，多半跟梅格有關，他在診斷出癌症前一年跟她住在一起。

你知道我真正煩惱的是什麼嗎？他沒等我回答就繼續說下去。人的善意。我懂糟糕的屎事，但梅格呢？

他笑得停不下來，顯然覺得遇到梅格、見證人生美好和欺騙的本質、生命對他慷慨又這麼快永遠拒絕他，全是狗屎運。面對死亡，他彷彿超脫了。

雷伊笑的時候，我聞到他呼吸帶著濃烈化學藥劑氣味的惡臭，夾雜著令人倒盡胃口的化膿味道。每次他講梅格的時候，嘴裡就會吐出那汙濁金屬般的臭味。

他的味道不好聞，但也許只是我的嗅覺老化了。年輕的時候事物有不同的味道，人有不同味道，年輕人有不同味道。深夜的現在，我下載年輕時的歌希望藉著聽這些歌，無論多短暫，我或許可以再次聞到那些人、那些地方、那些時候的味道——愛、喜悅、嫉妒、恐懼和困惑——現在看來很重要的東西，看來像是，嗯，我的人生。

我說不出為什麼聲音和氣味會連在一起，但就是如此。我傾聽不是為了聽見，而是希望能夠嗅到事物。很少發生這種情況，但如果我能夠連結聲音與氣味，這些氣味仍然——在很偶爾的時候可以成功拼湊出我的過去——可以比那些文字更加準確完整地重建那個時光。你會明白我當時多年輕，還有除此之外的其他事情。蘇姿會是一股強烈的氣味，也許是一棵暴風雨過後的樹。我們孩子是潮溼的野生動物氣味。一切事物都有味道，而每個味道都是一個宇宙。即便是某天早晨我們家門外的路面，即便那柏油和油耗味都如此讓我沉醉。

雷伊說，梅格跟我說她連我身上這股化學藥劑味都喜歡。因為她說，等這些味道沒了，那……

但雷伊沒有說下去。他別開臉，轉回來時帶著微笑。

你知道是什麼讓我活下去嗎？

不知道。

我真的很肚爛的時候？

不知道。

雷伊說，我想像面前有一對乳房。

於是他笑了，因為這是個真實又荒謬的謊，因為這是個美麗的畫面和低俗的笑話，也因為說真的，他現在除了笑還能拿什麼跟這世界對抗？

我問，你覺得梅格會夢到屌嗎？

他說，希望啊，只要是我的就好。

他眨眨眼，眼皮像白色蠑螈的皮膚一樣黯淡猥褻。

他說，基夫，我下去的時候會跟你說我看到什麼。

那一刻我覺得再次聞到了雷伊年輕時的氣味。

3

半小時後我藉口離開，謊稱要跟洛杉磯的電信經理電話會議，雷伊出乎意料地情緒化。

你來了！兄弟，我說不出這對我來說有多大的意義。

他真的很感動，我不知道為什麼。海德之後我們的生活便分道揚鑣，或者也許我的生活迅速關上、破碎或去了另一個地方。過去十年我只有見過他一次，還是走在邦迪海灘大街時偶遇到的。他現在如此坦誠地看著我，讓我一直看向別處。他有種老人的坦白直率和——更糟的——信任。我說不出那個感覺，跟他一起待在那裡很尷尬。

雷伊說，我想起跟海德在一起那幾年，我們在做事，做實事。

我說，對，實事。

我們站在飯店門口，這地方悶熱又寒冷，前門突然打開時便會送進一陣寒意，刺骨冷風吹進來。奇哥有願景，有願景的人不多。願景才是重要的事。現在這些該死的白癡——他們知道什麼？

我說，不知道。

沒錯，奇哥知道，兄弟。奇哥知道。

我看見雷伊和海德再次團聚，雷伊警戒著殺手，不知道我已經在那裡。

雷伊說，我們很愛他。

我說，對，大家都愛他。

你瞭解他。

我說，我創造他，但這是兩碼子事。

他在你身上看到潛力，我看得出來，否則他不會讓你留下來。

我說，他哪有什麼選擇？

幹，你就是不知道。你跟我們任何一個人一樣瞭解他，也許更多一點，不是嗎？

很有可能是真的，這感覺讓人不寒而慄。我努力不要去想，我努力說抗拒，但雷伊的凝視——那雙被催眠的雙眼何時被迷惑了？被誰迷惑？——似乎專注地看著我的唇，迫使我的雙唇隨著他的渴望舞動，隨著他亮藍色的信念。

我說我不可能瞭解他。我尋找某些安慰性的客套話，但那雙眼睛直直望進來。拜託……只要……

雷伊說，讚美他。

讚美他？

雷伊說，有這麼糟嗎？大家問我的時候我都這樣說。創造工作機會、雇用員工、拯救生命有什麼不對？你不可能說不好。

我說，不可能。

我心中有種近乎慌亂的感覺——那悲慘的地方、氟燈、寒冷、悶熱、那裡的其他人、他們打撞球時互相責怪，他們知道什麼？

我說，不，不可能說不好。

他在做的就是這種事，這種我們現在很需要的態度。

他沒有睫毛的眼睛顫動著，有種溼潤的微光，我想是不顧一切抓住任何事物的拚勁、某種希望——

撐不住的時候活下去的理由，或至少要活過。

他說，對，你懂了！我知道你懂，在電視臺和那些有的沒的，看看政客們，這是恥辱。

是啊，我說，但我不知道是不是。我越長越大，漸漸驚訝地發現只要轉開水龍頭就會有可以喝的水，只要輕彈開關就有電。這些都是人類和人類值得擁有的成就，並非微不足道，我覺得不要小看感恩的力量。

雷伊繼續說，現在我們需要一個像奇哥那樣的人。有人像他，有人去做，不是為了自己，是為別人，為了我們。所以他把某些銀行弄垮——我們就是被所有銀行搞垮的。也許他們應該再被搞得更垮一點。你知道，大家敬佩他，只要看他做的事情就夠了，知道那不是為了他自己。如果你看過他家就知道，完全沒有奢華的東西。

我說，我最後有看到一張照片，看到時很驚訝。

就是這樣。這就是為什麼他吸引人，他們從他身上看到自己。

你覺得是這樣嗎？

雷伊說，當然，你不是嗎？

從他身上嗎？

雷伊說，最好的一面。

我說，對最好的一面。

雷伊說，看吧？你知道！他是個偉大的人。

於是他繼續用他緩慢、有點含糊的聲音聊起海德，在我心裡那聲音開始和松鴉翅膀穿過上方空氣的聲音分不清——

雷伊說，這是舉例，他是一種——雷伊搜索著該用什麼字眼——概念。

也許是為了抓住我的注意力，他說，一種概念——跟你們作家一樣。

但哪個作家會拿這種事來自誇？我心想。偉大的書跟海德創造的故事相比不過是業餘作品。他用自己的創作迷惑金融行員、一把火燒了商業銀行、消耗法律資源、讓全國神魂顛倒。然而作家的名字被遺忘的時候才會留存下來，即便恥辱的紀錄也在很久以前隨著海德的故事被刪除，換來更簡單、粗野、更平庸的暴徒和殺人犯故事，那些沒價值的東西無法教人什麼。

我說，概念，對，我想他是。

有時候就像現在一樣，他好像就站在我面前。雷伊舉起一隻手又放下來。我看得見他。佩卓．摩根去年覺得看見他了，活生生地從黃金海岸邦寧斯店走出來。

我想離開。

雷伊說，佩卓說他瘦了很多。

一定瘦了。你想來一杯嗎？

我不能喝酒。

我說，我幫你叫可樂。

他舉起半杯甘露酒說，我如果再喝這東西我就瞧不起我自己。他把杯子放下，用奇怪的眼神盯著我看說，有時候我對他的死很懷疑。

雷伊突起而晦暗的古怪眼睛盯著我看。夜晚空氣中突然一陣風，把他的眼睛吹得流淚。他似乎沒感覺到，或者他沒有理會。

懷疑他怎麼死的。

4

我說，我想他是用自己希望的方式死的。
他解脫自由了，雷伊說，彷彿這很重要，他的臉頰發光。
我不知道。
雷伊說，你最後見到他的，你看到了。
我想我看到了。
你記得嗎？在辦公室的最後一天？我沒打算忘記。
所以你知道真相。
真相？
他本來應該是個偉人、領袖，我們相信他。
他可以讓別人做事，這是真的。
雷伊說，很罕見，這是天賦。
雷伊，我要跟你說件事，我想海德——
我停下來，但只能硬著頭皮說了——
好像殺了那個會計，葛瑞德。布萊特·葛瑞德。
你說的是那個審計員？

對，審計員，我覺得海德殺了他。

不可能。

雷伊，你怎麼知道？

因為我知道。

我們看著彼此的眼睛。

我殺的。

要說我心中充滿許多疑問並不是真的，不如說，感覺就像我一直以來恐懼的答案。雷伊直率地看著我，完全信任我。這是很討厭的事。

他的語氣很輕柔，兄弟就是這樣。

我問，為什麼？

沒有為什麼，我開的槍。奇哥想找我們去獵豬。奇哥說葛瑞德在阻止他、寄黑函給他。我不知道，這些故事都是他講的，我從來沒獵過豬。

之後呢？

之後是什麼意思？之後，海德說他會處理屍體，我讓他去弄。我不知道事情為什麼會發生，你知道他會怎麼一步步帶著你，直到你看不清自己從那裡來或要去那裡嗎？

我不寒而慄。

只要看他讓你做什麼、他可以控制你到什麼程度就好。

我搖搖頭。

像我第一次在海灣鄉下那樣，該死的奇怪叢林、該死的雨、該死的泥濘。覺得自己是廢物，什麼也不是、一無是處。他老是這樣說。

誰說的？海德？

雷伊不可置信地說，不是，那個老人。他老是說我是廢物，奇哥讓我覺得……我**很好**。你知道嗎？讓我覺得我是特別的人，但他嚇到我了。他說他需要我替他做那件事，你瞭解的，基夫。你知道他是怎麼看透你的。

我說我們如果繼續站在那個冷死人的門口，雷伊可能會比死於癌症更先死於感冒。他似乎沒聽見。他看透我了，**兄弟**那套爛哏，好像我必須做，好像可以幫到他。你想知道細節嗎？我可以跟你說細節，但你不想知道細節。除了條子和三姑六婆，沒人會想知道細節。細節到底是什麼意思？我開槍、他倒進泥裡、他渾身綠泥站起來、我再開一槍，就是這樣。我那天下午離開後飛奔回家，重點是我扣下扳機的時候感覺——

雷伊的嘴唇開始顫抖，他的臉現在跟亮晶晶的豬鼻子沒兩樣，還有他沒有睫毛的眼睛，看起來像見鬼或他就是鬼似的。

他最後結結巴巴說，**感覺很好**。

他彷彿不可置信或恐懼或絕望地搖搖頭，他痛苦的臉上有深深的皺紋，刻蝕的皺紋裡因有水氣而變成銀色。他繼續講。

真的，基夫，感覺很好。我一直很希望你知道。那感覺就像沒有重量、什麼東西改變了、我終於自由了，好像我終於可以保護自己。但我把一切搞砸了，我後來才發現的。幹，一切都毀了。我才意識到如果我跟任何人說，他也會殺了我。我開始覺得越來越糟。我真的想過要殺海德，我想殺他，但殺他是他想要的，所以我不會這麼做。尤其在葛瑞德之後，你聽得懂嗎？

我不知道該說什麼。

如果我殺了他或幫忙殺他，他就會永遠控制我。

雷伊彷彿在描述我的人生。

基夫，我不懂，除了現在講出來，我其實沒有真的想過這件事。你覺得很好，然後你覺得很有罪惡感，過了一陣子，你真的什麼都感覺不到了。沒感覺，真的。葛瑞德在我開槍之前就死了。

我想逃離雷伊，衝出那不幸的飯店酒吧，衝進外頭的凍雨裡，用最快的速度飛回家。

雷伊說，我只是個工具，像槍或子彈。我覺得好有罪惡感，但很難說是為什麼。

他說，我還記得海德做過的所有好事，也許那是真正重要的事。

我不能告訴雷伊我做了什麼。

基夫，你是聰明人，你告訴我，這些好事才是最重要的事，對嗎？

不久後我離開。我的沉默也是海德的詛咒嗎？但那麼，即便這些年以後，我越來越不確定自己做了什麼。太難了，我無法拼湊起來、拼成一幅圖，總而言之，我覺得不去拼湊會好一點。

那晚我完全沒睡。我猜是因為旅館房間不通風，或是枕頭的關係。我醒著或夢見我醒著、魂不附體、床單溼了、我身上有股麝香臭味。我身邊聚集一群孤寂悲傷的受傷鳥兒、瀕死動物、樹上的屍體、車下的屍體、樹皮和葉子上的屍體。它們無情地干擾，尋復仇之路而來，它們步步逼近，它們交疊在我身上，它們把我拖進更深處的黑暗，它們把我向下推，使我窒息，像它們一樣呆望著前方。

第二十二章

1

終於，我完全清醒了，在旅館房間特有的黑暗中我只能想到海德，想到海德也許是有個人風格的領袖，一個未來的領袖，一個即將到來世代和黎明的領袖。如同所有偉大的領袖，他本身很謙遜，總是專注在手上的工作——生存、搶劫、說謊、詐騙、顛倒是非和運籌帷幄。

我敢說這裡面有某些被視為罪惡——現今法庭顯然正準備好一整個購物車的文字來證明，但我覺得那樣評斷他是薄弱又不恰當的方式，雖然我也不知道該怎麼合理評斷他。

那晚更黑暗的時刻，我好奇自己是不是他最大的挑戰，他最後而且也許是最離奇的成就。說服我去做我後來做的事情，並利用他自己的死——難倒人的問題！問題關於我們是誰和我們可能有什麼還沒做？真是他的最終勝利！

他是我遇過最接近天才的人。

但我總覺得空虛，也許這只是又一件空虛的事。也許他知道遊戲結束了，也許他是懦夫。雖然很難不去看他的人生，以及他的人生讓我的人生——反覆述說、技能和把戲、自負——變成一種延續。不能說我完全改變了，不能說那時候我是完全不同的人，也不能說曾經看似別人的人生現在成了我的人生。無論如何他都在我身邊，也許某一個時候他會變成我，也許更糟的，我們變成了他。誰說得準呢？

也許天才是最接近自己的人。

他騙了銀行七億，但很快全世界會騙得更多，令人洩氣的是這場騙局就跟用不存在的空貨櫃拿錢賺錢一樣——假勾結、不用財產證明的貸款、各種衍生而來的事物。有名字的貨櫃像安隆、雷曼兄弟、北岩銀行、貝爾斯登，他們的牆上印了裝載貨物的帳單，聲稱裡面有東西。下滲經濟學：所有船隻、振奮人心的機會、成功經濟學和所有人的民主隨著漸漸上漲的潮汐升起。如此這般，每一個遠遠看去都無限美好，承諾會有**好事**發生。

但走近一看，全是生鏽的黑洞。

海德哲學的真實讓人有共鳴，那是在即將到來的幾十年內沒有人敢說的真相。他對需要別人相信的需求感到困惑，他對這個需求的追求也許是好奇的實驗，想看看這種信仰到什麼時候會終於破碎，想看看什麼會打破這種信仰，卻發現了偉大的真相——**信仰永遠不滅**。無論是一場瘋狂的信仰實驗，像我們後來發現聖戰戰士那樣，即便生死攸關——自殺尤其如此——信仰只會更堅定。

到某個時候，一場火開始吞沒我們所有人。時間讓一切變得疲憊，也許連時間自己都感覺疲倦，也許我們邪惡的未來已經在體內。荒廢的家庭、城鎮、土地；不幸的人受折磨、無辜的人被殺害、孩子被溺死、困惑的人呻吟著，一個恐懼加劇的世界。也許這是海德真正的錯誤——我們所有人的錯誤：以為人生是短跑，而其實是馬拉松。如果他慢慢跑到新世紀，可能會把整個國家搞垮，而不只是他的事業和幾家銀行。

喔，我知道他不是第一個，也和最偉大的企業罪犯相距甚遠。我還是覺得自己不孤單，相信他值得更好——更多，如果你想這麼說的話。人類無法一起作夢，但如果做到了——如琵雅好奇的——會夢見海德嗎？誰說得準？誰能回答？但海德之後的一切我只能說：沒什麼讓我驚訝的。

2

我只能看見海德黯淡的眼睛望著天空，但當我抬起頭向上看時什麼也沒有，當我看向地面、看向荷伯特、看向塔斯馬尼亞、看向我的人生，我認識的所有人、所有笑聲和友情、良善及愛、一切也都在很久以前隨著所有卑屈奉承和仇恨、把塔斯馬尼亞當成封地的愚鈍行為、這愚蠢的島而消逝。這裡什麼也沒有，什麼都不曾有過。

雷伊的送別會的隔天，我坐在租來的車裡想離開，但這島嶼牢籠有迷人之處，這就是為什麼島嶼如此適合當監獄——你永遠可以前進，但你永遠逃不了。我有一輛色彩明亮的敞篷跑車，我曾經嘲笑這種車和我這種駕駛，但我從沒說要當個前後一致的人。我打電話給雙胞胎之一的許，但他很忙沒時間碰面，他說亨利不在市區。我們有友好又疏離的關係，因為疏離所以友好。小波——

小波死了。

我有提過嗎？我想我提過。我從來不聊這件事，但沒辦法不去想。她二十歲出車禍，我什麼也不能做。我們好幾年沒說話，不記得多少年了。我有她的梳子，我把責任全怪罪在自己身上。她在八年前走了，她的頭髮像鳥羽毛一樣烏黑光亮。

坐在租來的車裡，我覺得所有死去事物再次聚集在身上的重量難以承受。也因為這樣，我便開車到能夠俯瞰荷伯特、遠離島嶼南方的山頂，而且班機延後，在下一班機起飛之前我有一整個早上的時間，也許找個廣闊的地方讓自己可以再次呼吸。我開到那裡或許是因為路引導我往那個方向去，我便跟著它們走；但其實我並沒有看到路或比以前更討人厭的荷伯特，隨著路延伸到市區外，一個醜陋的小建築突然出現，留下更多讓人看不順眼的小東西。我努力不要去看。

我和雷伊年輕時經常散步，有時候會沿著偏遠小路跑上山頂。跑！現在很難想像了。那種快樂，那種對一切的驚奇，我們眼中的美麗事物，我們看見的一切都閃耀著光芒。可愛的、美好的，我們不敢相信這種美是我們的。我們什麼也沒有，但我們有這片美景。無法言喻。我們不知道那美景就是我們。

我們在我們的世界感受海灘、海洋、雨林野外河流和通往天空的山徑時很有哲理，天空似乎從石頭取出不朽的冷漠，而從天空下凡的石頭亮光中有種溫柔的漠然。在野生的世界裡，我們發現自己並不是——如我們被引導著相信的——被歷史定義、永遠比原本渺小的命運的奴隸。不，我們發覺自己有選擇每一步和每個決定的自由，所有希望都是我們的，所有希望都在我們心中，只要我們不曾遺忘。

為什麼我們忘了？發生了什麼事？為什麼我們拿自由去交易？我們因自由而混亂、茫然、不平等、害怕？我不知道。我們二十歲的時後決定活下去，那後來呢？後來我們有了不同選擇。

我們只能努力奔跑、笑著、越來越奮力奔跑，跑過岩石，踏著那些之字形小徑的大圓石往上，小徑越來越陡、越來越荒涼、更加險峻、在熱氣裡、在雪裡；奔跑著，氣喘吁吁、大吼大叫、燃燒自己、越爬越高，奔跑著而且永遠不停。我們四周的荒涼強而有力，幾乎令人震撼。越過山峰有一塊一路延伸向西和西南的荒地，沒有道路或新拓居地的干擾，可以走個十天，一個人也遇不到，抵達一片汪洋海域之前除了這片荒地什麼也看不到。我們跑著跑著，不知自己曾幾何時什麼都不是，卻也什麼都是。難以理解、無法言說。你可以跑可以笑，但你無法描述。文字太不足以描述我們所有感覺，所有知道的、所有我已經失去的。文字是其中的一部分，但文字也是尋找鳥兒的籠子。

我們是飛翔的鳥，更高、更快、更努力。

3

我是駕駛，但這不是同一件事。荒涼之地遠去，一些不知名的大樹變成了不知名的小樹，接著是灌木，接著車爬得更高時則是石頭。

山峰頂離停車場不遠的地方是一個腐朽蛀蝕的觀景平臺，眺望著荷伯特和遠方。沒有平臺可以看反方向那曾經遼闊的荒原，荒原有些地方被採伐過、被挖土機挖過、其餘地方在新時代受到乾枯火燒的折磨，如同被焚燒的雨林因未來而犧牲，成了潮溼的沙漠、沼澤和苔原，以及潮溼焦黑的砂礫層。

在這令人心曠神怡的涼意中，我沿著石頭小徑走向觀景臺，邊走路邊拍手。那裡只有三個帶著自拍桿的中國遊客，和帶著一隻三腳灰狗的矮男人。觀景臺著名的風景庸俗又普通。我看著那俗世樣貌的看板，看板上描繪出風景特色並一一命名，我想是為了填補如此明顯的空洞吧。

小波和我在她十七歲生日過後就沒說過話了。我不知道為什麼。一次爭吵——吵什麼我記不得了。我想應該是關於蘇姿、她、我。蘇姿後來告訴我，你得理解這不是針對你，只是他們的方式。

有些人很自由。我曾經很自由，但我當時不知道。我曾經很自由，而我用自由換來別的東西。為什麼雷伊和我不能繼續奔跑？為什麼我不能再次跟蘇姿、小波和雙胞胎坐在那個小廚房裡？為什麼？為什麼小波死了而我還活著？為什麼一切都沒了？消失了？在她死後，我需要繼續活下去的意義，我祈求一個目的、理由、解釋、想法，但沒有，而我繼續走下去。這就是可怕的真相，一直一直一直走下去。

我下方遠處有一座城鎮，一個過去、一個未來、一座機場。下面那裡，我兒子和我將再無瓜葛。下面那裡，雷伊快死了。下面那裡，我的女兒死了。我希望把那殘酷世界的痛苦扛在背上，比「我們」受更多傷，那痛苦狂掃過我、從山邊滾下去、橫行一切。我渴求那可怕又無情的世界踐踏我、碾碎我、摧毀每一個在死前掙扎痛苦的人。帶我們回到謙卑的時刻。所有希望裡，我最想回到知恩惜福、感恩，以及能夠被安慰的樣子。

我等了好久。

烏雲飄過山頂，聚集在我下方。我在漸漸暗下來的天色裡尋找希望，我渴望聽見心裡那個幾乎被遺忘的聲音。

我是亞當，等待著進入祂造的城市。

卻知道我永遠無法進去。

一隻在冰冷冰磧石上覓食的松鴉往上看，頭猛力一動，緩緩看著周圍，訪福回應神聖發條裝置的巨大慣性輪。牠困在琥珀色眼睛中一個衰敗世代之久，才開始尖聲吶喊末日已到。

沒有人告訴過我，我已經死了。

4

為什麼？

沒有為什麼。

我甚至不記得怎麼變成這樣的。細節——好吧，也許是我捏造的。我再也不知道，我只記得最後一件事，那些詭異的遺言。

回想起來，我經常想不通。為什麼我同意要歷經那場死刑？為什麼，當他把槍塞進我手裡時我不丟掉、還他或放下？但沒有為什麼。我就是拿著。我就是拿著，而我拿著拿著，沿海德的路越走越深的每一時間點，我就越明白我就是會做下一件事。信任的牽絆，或同意、或瞭解，人類心深處的某種東西在我們之間滋長，破壞它感覺很不對——會像背叛吧。也許我不想讓海德難過，拒絕好像不太禮貌——我知道海德是什麼意思——只因為可能會死所以阻礙死亡流程的失禮。說好、說同意總是簡單多了。

無論如何，某樣東西變了，我再也無法掌控，它掌控的，我們走上那通往遺忘的石頭路，他帶頭，我跟著；我，拼命想掙脫卻不知道怎麼做。

我想寫一本書，我這樣告訴自己，就這樣。但那時候寫那本書也是生命的全部。我想也許那天做的事情可以幫我寫出這本書。或者那是一種經驗，藝術最神祕的幻覺——我們一定要超越自己、發現世界的鬼話——只有在心裡走下去我們才會發現一切的真相，一直以來都是如此。

泰伯：追求經驗是我們以為自己擁有太少的謊言。

去他的泰伯。

什麼好了？我有時會想。但沒有答案，或沒有唯一答案。

雖然我多半沒認真想。老實說，我根本很少想。應該說我有遺憾。

我只記得他最後的遺言。

好了！好了！

我沒有遺憾了。

大師名作坊 183

第一人稱說謊家

作　者—理查・費納根
譯　者—張玄竺
編　輯—張瑋庭
美術設計—高偉哲
內頁排版—極翔企業有限公司

副總編輯—嘉世強
董事長—趙政岷
出版者—時報文化出版企業股份有限公司
108019臺北市和平西路三段二四〇號三樓
發行專線—（〇二）二三〇六六八四二
讀者服務專線—〇八〇〇二三一七〇五・（〇二）二三〇四七一〇三
讀者服務傳真—（〇二）二三〇四六八五八
郵撥—一九三四四七二四時報文化出版公司
信箱—（一〇八九九）臺北華江橋郵局第九九信箱
時報悅讀網—http://www.readingtimes.com.tw
電子郵件信箱—liter@readingtimes.com.tw
法律顧問—理律法律事務所　陳長文律師、李念祖律師
印　刷—紘億印刷有限公司
初版一刷—二〇二一年十二月三日
定　價—新臺幣四二〇元
（缺頁或破損的書，請寄回更換）

時報文化出版公司成立於一九七五年，
並於一九九九年股票上櫃公開發行，於二〇〇八年脫離中時集團非屬旺中，
以「尊重智慧與創意的文化事業」為信念。

第一人稱說謊家 / 理查・費納根 (Richard Flanagan) 著；張玄竺譯．
– 初版．– 臺北市：時報文化, 2021.12
面；　公分．–（大師名作坊；183）
譯自：First Person
ISBN 978-957-13-9749-8

887.157　　110019508

ISBN 978-957-13-9749-8
Printed in Taiwan